Robert Brack

PSYCHOFIEBER

Roman

(1993)

Kriminelle Sittengeschichte Deutschlands
Herausgegeben von Frank Göhre

Gestaltung und Satz:
Grafikstudio EDITION KÖLN / Heike Rittner

Druck und Bindung:
Graspo CZ. a.s., Zlín, Tschechische Republik

ISBN 978-3-936791-54-9

EDITION KÖLN
Mevissenstraße 16/2
50 668 Köln
edition.koeln@t-online.de
www.peterfaecke.de

Robert Brack

PSYCHOFIEBER

Roman

Mit einem Werkstattgespräch von
Helmut Ziegler

Krimi & Co.

Die Hauptpersonen

Harte Zeiten brechen an für den Journalisten *Tolonen*, obwohl sein hartgesottener Kompagnon *Kreissberg* allem Anschein nach zum Softie mutierte. Nur der Kripo-Beamte *Menzel* ist ganz der alte geblieben und gibt einen Tipp: Die Leiche der jungen *Carmen Wüpperfürth* liegt auf einer Elbinsel, als Überbleibsel einer Party, die *Kai-Uwe Katzur*, Sohn des Innensenators *Bruno Katzur*, gegeben hat, bevor er verschwand. Ein imitierter Graf namens *Guido Perosino*, ein polnischer Dealer namens *Robak* und ein Detektiv namens *Herbert A. P. Sapia* kommen dem recherchierenden Journalisten in die Quere, während er das soziale Elend der Hansestadt in den Personen von *Aloa*, ihrem Freund *Narc* und dem aufmüpfigen Penner *Klaus* kennen lernt und von einem schwarzen Racheengel bedroht wird.

1

Wir haben hier alles, was wir brauchen. Zwei Betten zum Schlafen, zwei Stühle zum Sitzen, einen Tisch zum Schreiben, ein Radio zum Hören, ein Fenster zum Hinaussehen. Leider nur sehr wenig Luft zum Atmen für zwei erwachsene Männer. Und keinen Kühlschrank, um das Bier aufzubewahren. Da wir hier nur selten Bier bekommen, spielt das keine große Rolle. Mir ist es ohnehin egal, nur mein Kompagnon kann nicht oft genug das Fehlen eines eisgekühlten Holsten beklagen. Was mir viel mehr zu schaffen macht, ist der Ausblick aus dem Fenster: graue Mauern, grauer Asphalt, grauer Himmel. Viel mehr bekommen auch Sie nicht zu sehen, werden Sie jetzt sagen. Sicher. Aber die Mauern, die ich sehe, wenn ich mich auf die Zehenspitzen oder auf den Stuhl stelle, sind Gefängnismauern. Der Hof, den ich sehe, das ist der, in dem wir eine Stunde täglich herumlaufen dürfen. Und der Himmel? Der ist unsichtbar geworden. Wenn alles grau geschmirgelt ist, wird es schwierig, herauszufinden, wo die eine Fläche beginnt und die andere aufhört. Meiner Welt fehlt die dritte Dimension, sie existiert nur noch als Fläche. Es gibt keinen Raum mehr. Nur noch eine Zelle.

Der Mann, mit dem ich diese wenigen Quadratmeter teile, hat die Angewohnheit, vor dem Einschlafen ein Lied zu singen: «Die Fahne hoch, die Reihen fest geschlossen …» Das singt er jeden Abend. Nicht richtig laut. Mal summt er es, mal murmelt er es im Sprechgesang, gelegentlich hebt er die Stimme etwas an, manchmal lallt er ein bisschen. Text und Melodie beherrscht er nur bruchstückhaft. Also muss er improvisieren. Ich achte auf jede Nuance, jede Abweichung, jede Neuentwicklung. Auf diese Weise singt er sich in den Schlaf.

Ich habe es bis heute nicht geschafft, herauszufinden, wann der Schlaf bei ihm beginnt. Jedenfalls nicht erst dann, wenn sein Gesang verstummt. Er murmelt sowieso sehr viel im Schlaf. Leider kann ich davon kaum etwas verstehen, so sehr ich mich auch bemühe. Dabei würde ich gerne mehr über diesen Mann erfahren, mit dem ich nun seit einigen Wochen zusammenlebe. Nicht aus wirklichem Interesse natürlich, sondern aus Langeweile.

Mein Gott, wie ich mich langweile! Man kann tatsächlich ein Stadium der geistigen Öde erreichen, in dem man zu nichts anderem mehr fähig ist, als sich zu langweilen. Eine Psychose. So weit wollen sie einen natürlich kriegen. Das nennen sie Strafvollzug. Sie machen einen dumpf, apathisch, blöd. Man wird zum rückgratlosen Weichtier hier. Um das zu verhindern, muss ich mich jetzt an den Schreibtisch zwingen. Ich frage mich, wie mein Kumpel wohl darauf reagieren wird. Ich glaube nicht, dass er in seinem Leben jemals mehr als seinen Namen niedergeschrieben hat. Als ich neulich versuchte, ein Buch zu lesen, hat er gefragt, was ich da in den Händen halte. Ein Buch, hab ich geantwortet. Ich hätte auch sagen können: einen Holzklotz. Die Reaktion wäre gleichermaßen indifferent ausgefallen: Aha. Verständnisloses Kopfnicken. Offenbar hat er noch nie ein Buch in den Händen gehalten. Na und, was sind schon Bücher? mag man einwenden. Überlebensmittel, wie ich jetzt feststellen muss. Überlebensmittel für Schwächlinge vielleicht. Mein Zellengenosse benötigt dieses Mittel jedenfalls nicht.

Er ist größer und breiter als ich, ein echter Muskelprotz. Ich frage mich immer wieder, woher diese Kraft kommt. Bodybuilding betreibt er nicht, und einer regelmäßigen Beschäftigung ist er offenbar sein ganzes Leben lang nicht nachgegangen. Seine Muskeln sind sein ganzer Stolz, er stellt sie zur Schau mit der gleichen Selbstverständlichkeit, mit der eine Sexbombe ihre Reize darbietet. Selbst an den kältesten Tagen trägt er nur ein Unterhemd. So kann jeder die Tätowierung bewundern, die seine Arme und Schultern zieren: Frauen, Schlangen, Runen (SS), Hakenkreuze, Herzen, Dolche, Schwerter, Rosen. Wenn er das Hemd auszieht, starrt man gebannt auf den feuerspeienden Drachen auf seinem massigen Rücken. Wenn er sich umdreht und dann vor einem steht, wird man unbarmherzig von dem pornographischen Frauenakt auf seinem muskulösen Bauch angezogen. Als ich einmal eine ironische Bemerkung über diese in die Haut geritzten Bilder anbringen wollte, hat er mich für einen kurzen Moment angesehen, als wolle er mich erschlagen. Seitdem lasse ich das. Auch wenn ich geneigt bin, diese Malereien als «entartete Kunst» einzustufen - für ihn sind es echte Kunstwerke, mit deren Hilfe er sein Verhältnis zur Welt beschreibt.

Übrigens ist er kein Nazi, auch wenn ihn seine Freunde liebevoll «SS-Heinz» nennen. Als wir uns zum ersten Mal begegnet sind, hat er mir erzählt, warum er eingelocht wurde.

Der Wärter (ein Mensch, der den perversesten Beruf der Wache ausübt) schloss die Zellentür auf und sagte:

«Machen Sie sich nichts draus, Tolonen. Sie bekommen bald eine Einzelzelle. Aber keine Angst, der da ist ein gutartiges Raubtier.»

Das fand er witzig, wir nicht.

SS-Heinz lag auf seinem Bett an der linken Seite der Zelle und sah mich apathisch an.

«Hallo», sagte ich und schmiss meine wenigen Utensilien auf das andere Bett.

«Tach», sagte er.

«Sei nett zu ihm, Heinz», meinte der Wärter überflüssigerweise, «das ist ein Intellektueller.»

«Mir egal.»

Die Tür knallte zu, und ich stand mitten in meiner neuen Behausung und fühlte mich ungeheuer elend. Wie lange werde ich diese Mauern ertragen müssen? fragte ich mich. Und wie lange mit diesem tätowierten Fleischbrocken zusammensein, der nach Schweiß und anderen Ausdünstungen riecht?

«He, Alter! Mach dir mal nicht gleich ins Hemd», sagte er.

«Ich heiße auch Heinz», sagte ich hilflos.

Und da fing er an zu lachen. Ich fand das überhaupt nicht komisch. Ich bin vielleicht kein Intellektueller, aber immerhin genug vergeistigt und verkorkst, dass es mir schwer fällt, mit solchen Typen aus dem Proletariat zu kommunizieren. Ich hab Angst vor diesen Kerlen.

«Das ist klasse!» brüllte er und wälzte sich begeistert auf dem unordentlichen Bett herum.

Ich setzte mich hin. Mein Magen krampfte sich zusammen. Der Prozess hatte mir ein halbes Magengeschwür beschert.

«Heinz und Heinz», kicherte er und sah mich fröhlich an. «Wir können eine Ketchup-Firma aufmachen.»

«Was ist denn so witzig?»

«Mensch, Heinz! Du bist wohl schwer von Begriff? Funktioniert nicht alles so richtig da oben, he?» Er deutete auf meinen Kopf.

«Wahrscheinlich nicht.»

«Einen Schluck?»

«Bitte?»

«Einen Whisky.» Er zog eine Literflasche Jim Beam unter dem Kopfkissen hervor.

«Wo hast du die denn her?»

«Du kannst genau einen Schluck haben. Als Einstand. Dann musst du dir selbst eine besorgen.»

«Danke.»

Ich nahm einen großen Schluck, um ihm zu beweisen, dass ich ein harter Bursche war. Meine Innereien zogen sich zusammen. Ich krümmte mich und ächzte. Wenn ich jetzt sterbe, dachte ich, dann wenigstens wie ein Held.

«Die haben dich ganz schön in der Mangel gehabt, was?»

SS-Heinz nahm die Flasche wieder an sich: «Ich hatte mal einen Kumpel, dem kam auch immer die Galle hoch im Knast, jetzt hat's ihn zerrissen. War ein Arschloch, aber ein klasse Typ. Ich mein, der konnte einem echt auf den Geist gehen mit seinem Gelaber, aber wenn's drauf ankam, war er voll dabei. Ingo. Ich trink jeden Tag einen Schluck auf sein Wohl.»

Er nahm einen sehr großen Schluck und grunzte.

«Wir haben ihn verbrannt.»

«Was?»

«Jetzt sitzt er in einer Urne.»

«Ach so.»

«Scheiße.» Er nahm noch einen Schluck und verstaute die Flasche wieder unter dem Kopfkissen.

«Und ich sitz hier und dreh Däumchen. Na, vielleicht besser als in einer Urne.»

«Däumchendrehen in der Urne?»

«Ha! Du bist ein Scherzkeks, hä?»

«Manchmal.»

«Teil dir deine Witze gut ein, du wirst sie noch brauchen.»

«Mach ich.»

«Ich hab nämlich keine mehr über. Ich denk immer an diese Scheißurne, die wir gekauft haben. Wir haben die teuerste genommen. Sah ganz schön bescheuert aus, das Ding. Scheiße. Nachdem der Topf unter der Erde war, haben wir uns die Birne zugeknüppelt, die Jungs und ich. Und dann haben wir diese Arschgeigen getroffen. Na ja.» Er machte eine abschätzige Handbewegung.

«Was, na ja?»

«Ich hatte geladen wie noch nie, Mann. Es war ein beschissener, trauriger Tag, verstehst du? Und dann kommen diese Figuren an, fünf Mann hoch, und angegeben haben sie wie zehn nackte Neger. Grünschnäbel.» Er wälzte sich auf die Seite. «Glatzen. Kennst du die Typen?»

Ich sah ihn fragend an.

«Skinheads. Die kamen angelatscht im Kampfanzug und so weiter, Knüppel, Schlagring. Wir waren sowieso schon schlecht drauf, Mann. Und dann werden wir von diesen Arschgeigen angemacht. Die wollten Blut sehen, verstehst du? Ich hab denen meine Buchstaben gezeigt. Hier.»

Er hielt mir seine linke Faust entgegen. Auf die Finger hatte er sich die Buchstaben H-A-S-S tätowieren lassen.

«Dann hab ich so gemacht.» Er streckte Zeigefinger und Mittelfinger vor, drehte die Hand um und hielt sie hoch: «SS. Das sind meine Buchstaben. Da waren sie wohl sauer, weil sie nichts dagegenhalten konnten. Jedenfalls meinte der eine, wir Penner dürften die Buchstaben nicht benutzen. Sie wollten mir die Finger abhacken. Das fanden sie lustig. Die haben gelacht. Und dann hatte der Oberschwätzer von denen die Buchstaben in der Fresse hängen. Dann ging der Rambozambo los. Mann, wir waren so sauer, wegen Ingo und überhaupt, dass wir gedroschen haben wie Schwarzenegger. Ungelogen, Alter. Wir haben sie fertiggemacht. In null Komma nix lagen die platt wie die Fliegen auf dem Boden. Siehst du die Faust hier?»

«Ja, klar.»

«Mit der hab ich ihn zermatscht. Ich hab ihm den Schädel zu Brei gehauen, konnte gar nicht aufhören damit. Scheiße.» Er schüttelte betrübt den Kopf: «Und jetzt sitz ich hier, verdammt. Nur wegen so ein paar Arschgeigen. Das war vielleicht ein beschissener Tag!»

Er holte tief Luft und schwieg. Einige Minuten sagte keiner

von uns einen Ton. Dann kramte er mit der rechten Hand die Flasche wieder hervor.

«Willst du noch?»

«Danke.»

Er hielt mir die Flasche hin. Auch auf den Fingern der rechten Hand waren Buchstaben.

«Was steht denn da?» fragte ich und nahm die Flasche entgegen.

Er machte eine Faust. Wenn er den Daumen richtig hielt, konnte man fünf Buchstaben erkennen.

«L-I-E-B-E», sagte SS-Heinz und schloss die Augen.

2

Es war Sommer und seit Tagen viel zu heiß. Die Rechten hatten die Wahlen gewonnen. Ich saß mit einer Flasche eisgekühltem Bier vor meinem Fernseher und machte Kulturpessimismus. Vielleicht war es an der Zeit auszuwandern. Ich hatte sowieso seit einiger Zeit das Gefühl, in dieser Stadt überflüssig zu sein. Aber nur wegen dieser 15,5 Prozent rechtsradikaler Wählerstimmen ins Exil gehen? Wohin, denn Kleinbürgerliche Nationalisten gibt es überall. Wenn man sich mit ihnen herumplagen muss, dann besser zu Hause, wo man wenigstens ihre Sprache versteht. Ich lächelte bitter in Richtung Mattscheibe. Der Fernsehapparat strahlte ein eisiges Blau in mein Zimmer, draußen wurde es allmählich dunkler. Ich stand kurz auf, holte mir eine neue Flasche Bier und öffnete nach kurzem Zögern eine Dose Erdnüsse. Die Übertragung von Wahlergebnissen hat was von einer Sportübertragung, warum soll man es also nicht genießen?

Im Wahlstudio machten sich die etablierten Politiker lächerlich, indem sie den Wählern die Schuld an der Misere gaben. Die Politiker der sozialliberalen Regierungspartei sahen blass aus. Vielleicht stand ihnen der kalte Schweiß auf der Stirn. Die konservativen Oppositionsvertreter grinsten verlogen und schoben jede Verantwortung weit von sich. Als sich ein korpulenter Kryptofaschist der Deutschnationalen an den Diskussionstisch schob, rümpften alle die Nase. Sogar die Reporter rückten merklich weg, von diesem «Vertreter einer schweigsamen Minderheit», wie der Bursche sich selbst höhnisch einführte. Schulterschluss der Demokraten, konnte man das nennen. Oder auch billige Kungelei der Etablierten, die ja die öffentlich-rechtlichen Sender kontrollierten.

Und somit auch die angeblich so aufrechten Reporter, die nun vergeblich versuchten, den dickfelligen Abgeordneten der «Deutschnationalen Partei für die Ordnung» (abgekürzt D.P.O.) in die Enge zu treiben. Wie wollten die denn einen solchen Kerl in die Enge treiben, diesen billigen Jakob der Gegenaufklärung? Vernünftige Argumente verstand er nicht oder wollte er nicht verstehen. Aber seine deutschtümelnden Sprüche wurden von zahlreichen Anhängern, die sich ins Wahlstudio gemogelt hatten, lautstark bejohlt und beklatscht.

Die Erdnüsse schmeckten bitter, und das Bier trug seinen Teil zu meiner Depression bei. Dies ist nicht mehr meine Stadt, entschied ich und griff nach der Fernbedienung. Sollen sie doch diskutieren, diese Idioten, jetzt ist es sowieso zu spät! Ich schaltete von einer Betroffenheitsdebatte zur nächsten. Dann hatte ich einen «Tatort» auf der Mattscheibe. Solche schlappen Exkurse in die bundesdeutsche Wirklichkeit sehe ich mir normalerweise überhaupt nicht an. Heute Abend blieb mir jedoch nichts anderes übrig.

Aber meine Gedanken schweiften schnell ab, es war sowieso klar, wer der Mörder war - natürlich nicht der nette Türke, der die Ehre seiner Tochter retten wollte. An einem echten Tatort war ich erst am Nachmittag gewesen. Ich hatte den Besuch der Leiche mit einem Ausflug an die Elbe verbinden können. Immerhin.

Wäre ich nicht aus lauter Langeweile am Sonntagnachmittag auf einen Sprung ins Büro gegangen, hätte mich der Anruf von Kreissbergs Kumpel Menzel überhaupt nicht erreicht. Menzel arbeitete in der Vermisstenabteilung der Kripo und war ein Freund meines Kompagnons Kreissberg aus Bundeswehrtagen. Er hatte erfolglos versucht, Kreissberg zu Hause zu erreichen, und auf gut Glück die Nummer unseres gemeinsamen Büros gewählt. Auf meine geheuchelte Frage, ob er an einem so schönen Sonntag nichts Besseres zu tun hätte, als Informant zu spielen, lachte er nur dämlich und faselte etwas von «allzeit bereit». Mir sollte es recht sein. Eine unbekannte Tote, die in der Hitze vor sich hin weste - daraus konnte eventuell eine Geschichte werden, für die sich eine Illustrierte interessierte.

Um ehrlich zu sein, mein professionelles Interesse am Telefon war eine einzige Lüge. Man soll ja nie einen eifrigen Informanten verprellen. Dennoch überlegte ich, ob es den Aufwand wirklich rechtfertigte. Aber was kann man an einem beschissenen Sommersonntag schon Besseres tun als arbeiten. Außerdem konnte ich dann ruhigen Gewissens den Gang zur Wahlurne ausfallen lassen. (Ja, ich gehöre zu jenen Parteiverdrossenen, auf die nun alle mit den Fingern zeigen. Na und?)

Da ich keinen eigenen Wagen mehr besaß, pferchte ich mich mit zahllosen Sommerfrischlern (Wahlboykotteure?) in die S-Bahn und fuhr nach Wedel. Dort, vor den Toren der großen Stadt, gibt es nicht nur eine Schiffsbegrüßungsanlage und einen Yachthafen, sondern auch eine langgezogene Elbinsel. Und auf dieser Insel hatte ein pensionierter Vogelschützer am frühen Morgen die Leiche entdeckt.

Als ich am Schulauer Hafen ankam, ging das Rätselraten los: Wer würde mich zur Insel übersetzen? Den Gedanken, mir ein Ruderboot zu mieten und mit eigener Kraft die Elbe zu überqueren, schob ich schnell beiseite. Ehrlich gesagt, ich hatte Schiss. Die großen Tank- und Containerschiffe fahren auch sonntags aufs Meer hinaus.

Im Yachthafen lagen zahllose kleine Segelschiffe nebeneinander. Die weißen Segel glänzten grell im Sonnenschein, der Wind ließ sie herumflattern, und es sah aus wie in einer Waschmittelreklame. Die emsigen Freizeitaktivisten hatten eine ähnliche Ausstrahlung. Vielleicht erinnerten sie auch mehr an eine Reklame für alkoholfreies Bier. Es lebe die geschmacklose Zukunft! Sie waren alle blond und gesund, trugen weiße, italienische Shorts und bedruckte amerikanische T-Shirts. Ich weiß nicht, warum ich diese Leute nicht mag. Vielleicht weil ich jene Existenzzweifel, die denen völlig abgehen, im Übermaß mit mir herumschleppe. Kann auch sein, dass ich diese unglückseligen Sportskanonen mit Yacht und Blondine einfach nur beneide. Na, und wenn schon! Lieber Alkoholiker als Light-Bier-Spezi, lieber Wampenträger als «Du-darfst»-Diätist. (Trotzdem, wenn ich diese Erfolgreichen da so sehe, packt mich ein leichter Jammer.)

Ich schlurfte über den Yachtanleger und besah mir die braungebrannten Hamburger Bürgerdeerns. Dann fummelte ich meine verspiegelte Sonnenbrille aus der Brusttasche meines Hemdes und setzte sie auf. Wenn die Sonne nicht mehr blendet, hebt sich das Selbstbewusstsein. Wen sollte ich nun fragen? Die beiden Hübschen da drüben? Hm, der Gedanke, dass mir zwei durchtrainierte Bürgerstöchter zeigten, wie man am Sonntag Aktivurlaub betreibt, wollte mir nicht behagen. Vielleicht diesen italienisch aussehenden Muskelprotz da drüben, den mit der betont männlich geschnittenen Badehose? Oder dieses fröhliche Pärchen mit den originellen Schirmmützen? Lieber nicht. Aber den Langhaarigen da drüben, der bei dieser Hitze sogar noch einen Pullover trägt, der sein Boot schwarz angemalt hat und aus dessen Kassettenrecorder «Deserted Cities of the Heart» von Cream dröhnt, den könnte man mal fragen.

Ich lief zu ihm rüber.

Auch er hatte eine Frau dabei, natürlich. Sie trug ein schwarzes Kleid und hatte mehr Sommersprossen im Gesicht als zehn Iren auf Italienurlaub. Sah ganz nett aus. Er machte einen eher finsteren Eindruck. Die beiden wollten gerade ablegen. Sie kniete auf den Holzplanken und löste das Tau. Ziemlich langsam, beinahe schläfrig.

Ich beschleunigte meine Schritte, winkte und rief: «He, hallo!»

Sie sah gar nicht auf, aber er musterte mich finster: «Was ist los?»

«Können Sie mich mitnehmen?»

Er grinste, und ich sah, dass er schlechte Zähne hatte.

«Das ist keine Fähre hier, Mann.»

«Ich muss unbedingt zur Insel rüber.»

«Zur Vogelinsel?»

Sie sah mich immer noch nicht an, sondern knotete weiter das Tau auf.

«Ja, es ist sehr wichtig.»

Er machte eine abwehrende Handbewegung: «Wir fahren nicht da rüber.»

«Ich könnte Sie dafür bezahlen.»

Jetzt sah sie zu mir hoch. Ziemlich desinteressiert. Hennagefärbte Haare.

«Nehmen Sie erst mal die Brille ab», sagte er.

Ich schob meine Brille in die Brusttasche: «Ich hab beruflich dort zu tun.»

«Heute am Sonntag haben Sie beruflich auf der Insel zu tun, was?»

«Genau.»

«So ein Quatsch.»

Sie stand jetzt auf und hielt das Tau in der Hand. Musterte mich.

«Was wollen Sie denn zahlen?» fragte er.

«Wieviel?»

«Zwanzig Mark?»

«In Ordnung.»

Er zuckte mit den Schultern und sah seine Freundin an: «Was meinst du?»

Sie zuckte ebenfalls mit den Schultern.

«Okay, Mann, spring rein. Aber vorsichtig.»
Sie zog das Boot an den Steg, und ich kletterte hinein.
«Bleib da vorne sitzen», sagte er.
Sie sprang ziemlich behende hinterher, und wir legten ab. Er hisste ein rotes Segel und manövrierte das Boot zum Ausgang des Yachthafens. Die Glücklichen und Erfolgreichen würdigten uns keines Blickes. Meine Gastgeber schienen die Asozialen des Hafens zu sein. Langsam strebte das Boot der Elbe zu. Ich fühlte mich unwohl. Wann war ich das letzte Mal auf einem Boot gewesen? Hatte ich überhaupt jemals ein Segelboot betreten ?
Ziemlich lässig und keineswegs unelegant schipperten wir aus dem Schulauer Hafen. Sie betätigte das Ruder. Als wir den Fluss erreicht hatten, strich er sich die wirren Haare aus dem Gesicht und sah mich amüsiert an:
«Ich heiße Georg.»
«Tolonen.»
«Tolonen? Wie der Jazzrock-Gitarrist aus Finnland?»
«Genau so.»
«Ist ja lustig. Was gibt's denn da drüben zu besichtigen?»
«Eine Leiche.»
«Soso. Du hast gar keinen Fotoapparat dabei.»
«Warum sollte ich?»
«Du bist doch Journalist, oder?»
«Sieht man mir das an ?»
«Na klar. Wenn einer so großkotzig daherkommt. Bildzeitung?»
«Ich hab mein eigenes Büro.»
«Na schön, dann schieb mal die Kohle rüber.» Er hielt die Hand auf.
Ich gab ihm einen Zwanzigmarkschein, den er in seine zerschlissene, schwarze Jeans stopfte.
«Was für eine Leiche soll denn das sein?»

«Eine Frauenleiche, mehr weiß ich auch nicht», sagte ich.

«Ertrunken?»

«Ermordet.»

«Genau das richtige für einen rasenden Reporter.»

«Genau das», wollte ich antworten, aber einige Böen verfingen sich in dem roten Segel und beanspruchten seine ganze Aufmerksamkeit. Das Mädchen zündete sich einen Joint an, als das Boot wieder ruhiger lag, und reichte ihn an ihren Freund weiter.

«Wie lang liegt sie denn schon da?» fragte er zwischen zwei Zügen.

«Weiß ich nicht.»

«Na ja, ist ja auch egal. Willst du einen Zug?» Ich schüttelte den Kopf, und er gab den Joint wieder seiner Freundin zurück.

Als wir uns der Insel näherten, deutete er nach vorn: «Du bist nicht der erste, Pechsache.»

«Das werden die Polizeibeamten sein. Da drüben liegt ein Boot der Wasserpolizei.»

Wir hielten auf den Strand zu. Zwei Uniformierte sahen uns und machten Handbewegungen. Sie wollten nicht, dass wir landeten.

«Was jetzt?» fragte Georg.

«Ich steig aus, und ihr fahrt weiter.» Ich sah auf meine Turnschuhe und die Hose. Sollte ich die Hosenbeine hochkrempeln? Bei der Hitze war es wohl egal.

«Ich fahr dich da drüben hin, dann hast du die Bullen nicht gleich im Nacken», sagte Georg.

Als wir nahe genug am Strand waren, bedankte ich mich und ließ mich vorsichtig über Bord gleiten.

«Viel Spaß mit der Leiche», sagte Georg. Seine Freundin hielt es nicht für nötig, mich zu verabschieden.

Ich stand bis über beide Knie im dreckigen Elbwasser und

watete an Land. Im Sand lag einiges Strandgut und ziemlich viel Abfall, der von einer Party stammen musste: eine Bierkiste mit leeren Flaschen, ein Karton mit Müll, hier und da eine Sektflasche, Pappteller, Plastikbecher, außerdem ein schmutziges Hemd und ein Damenschuh neben einer kleinen Feuerstelle.

Die beiden Uniformierten eilten mir entgegen. Schirmmützen auf dem Kopf, aber hemdsärmelig bauten sie sich vor mir auf. Der eine hatte einen Bierbauch, der andere war irgendwie zu kurz geraten.

«Was soll das?» fragte der mit dem Bauch. «Was wollen Sie hier?»

«Ich nehme an, das mit dem Aufräumen übernehmen Sie. Ich will mir nur die Leiche angucken.»

Der andere deutete aufs Wasser, wo sich das rote Segel fortbewegte: «Was ist das für ein Boot?»

«Meine Fähre.»

«Sie sind hier völlig fehl am Platz», sagte der Dicke.

Ich holte meinen Journalistenausweis aus der Gesäßtasche und faltete ihn auf: «Es ist mein Beruf, fehl am Platz zu sein.»

Der zu kurz Geratene warf einen Blick darauf und gab den Ausweis an seinen Kollegen weiter, der ihn genauestens studierte.

«Herr Tolonen?» fragte er dümmlich.

«Ganz recht.»

«Ich glaube nicht, dass Sie hier erwünscht sind.»

Ich blickte suchend um mich: «Sind meine Kollegen schon angekommen?»

«Was für Kollegen?»

«Na wie schön, dass ich der erste bin.»

«Das hier ist Naturschutzgebiet. Sie haben kein Recht -»

«Seit wann stehen Leichen unter Naturschutz?»

«Sie gehen hier nicht -»

«Doch, genau das werde ich tun. Vielleicht möchten Sie mir den Weg zur Fundstelle zeigen. Sonst muss ich eigenmächtig handeln.»

«Hören Sie!» stieß der zu kurz Gekommene hervor, aber sein Kollege winkte müde ab.

«Wir müssen ihn sowieso hinbringen. Also kommen Sie.»

Sie führten mich über einen Pfad durchs Gestrüpp, an einem Tümpel vorbei auf die andere Seite der schmalen, langgezogenen Elbinsel. Dort in einer Dünenkuhle im Schatten einiger Weidenbäume lag die tote Frau. Kriminalbeamte knieten neben ihr oder liefen umher, um Spuren zu sichern. Der Kommissar blickte verärgert über den Rand seiner Lesebrille, als er die beiden Beamten mit mir in ihrer Mitte auf sich zukommen sah.

«Guten Tag», begrüßte ich ihn höflich.

Er löste sich aus der Gruppe der Zivilbeamten und trat einige Schritte auf mich zu. Er war klein und drahtig, trug ein kurzärmeliges, weißes Hemd und Hosenträger, obwohl er die wahrscheinlich gar nicht nötig hatte. Seine Füße steckten in weißen Socken und Gesundheitssandalen. Er gehörte zu jener Sorte von Beamten, die immer verärgert sind. Die chronische Magenverstimmung stand ihm ins Gesicht geschrieben.

«Wer sind Sie, und was wollen Sie hier?»

«Tolonen, mein Name, Journalist.»

«Na fein», sagte er. «Da hat wieder mal einer nicht dichtgehalten.»

«Seit wann darf die Presse nicht mehr über Verbrechen berichten?»

«Haben Sie einen Ausweis?»

Der dicke Uniformierte gab ihm meinen Presseausweis. Der Kommissar blickte flüchtig darauf und gab ihn mir zurück.

«Aber passen Sie auf, dass Sie uns nicht im Weg stehen!» sagte er mit einer Leichenbittermiene. Dann drehte er sich um und gesellte sich zu seinen Kollegen von der Spurensicherung.

«Gehen wir zurück?» fragte der zu kurz Geratene seinen Kumpel.

Der zögerte, und ich nahm ihm die Antwort ab: «Gehen Sie ruhig, vielleicht kommen ja noch mehr, denen Sie den Weg zeigen müssen.»

Sie warfen mir finstere Blicke zu und trollten sich von dannen.

Es war sauwarm, und die Leiche stank bestialisch. Ich sah mir die Tote an. Sie war nackt. Ihr aufgedunsener Körper ähnelte dem einer riesigen Made. Gesichtszüge und Körperformen waren nur noch zu erahnen. In Brust und Bauch bemerkte ich einige hässliche, durch das Aufquellen verformte Wunden. Die Augenhöhlen waren leere Löcher, vielleicht von Vögeln ausgepickt. Füße und Hände sahen klein aus im Vergleich zu den sonstigen, leicht monströsen Körperformen.

Der Gerichtsmediziner war ein hagerer Mann mit einem sehr faltigen Gesicht. Er trug Plastikhandschuhe. Ich hörte ihm zu, während er dem Kommissar seine vorläufigen Erkenntnisse mitteilte: Die gesamte Bauchdecke der Leiche weist eine Grünfärbung auf. Der Leib ist teilweise von Gasen aufgetrieben, aus Mund und Nase quillt Fäulnisflüssigkeit. Wenn man die Hitze bedenkt, muss die Leiche seit ungefähr einer Woche hier herumliegen.

Wer hat sie wohl hier vergessen? fragte ich mich. Blonde Haare, weiße Haut - sie könnte hübsch gewesen sein. Aber das blonde Haar sah eher aus wie verblichenes Gras. Vielleicht 25 Jahre alt ist sie gewesen, schätzte der Mediziner. Die von den Fäulnisgasen gespannte Haut hatte nichts mehr an sich, was an das erinnert, was ein Mann gern streichelt, dachte ich und musste würgen.

«Ist sie misshandelt worden?» fragte der Kommissar sachlich.

«Saubere Einstiche», erwiderte der Mediziner und schüttelte den Kopf.

«Nicht gerade präzise, aber einigermaßen gezielt. Sie sollte sterben. Einstiche von vorn und von hinten, wahrscheinlich von hinten zuerst.»

«Sie muss ihren Mörder also nicht unbedingt gekannt haben.»

«Wer weiß.»

«Es war eine Party, die meisten müssten sich wohl gekannt haben.»

«Wer hat die Party veranstaltet?» mischte ich mich ein.

Der Kommissar warf mir einen verächtlichen Blick zu: «Wenn wir so schlau wären wie Sie, hätten wir es vielleicht schon herausgefunden. Es ist eine Woche her. Woher sollen wir wissen, wer hier seine Orgie abgehalten hat?»

«Und die Identität der Toten?» fragte ich weiter.

«Sie machen mir Spaß! Sie liegt hier nackt und tot vor uns. Keine Klamotten, geschweige denn einen Ausweis oder Adressbuch oder sonstwas.»

«Es könnte eine Vergewaltigung stattgefunden haben», sagte der Mediziner, der sich über den Unterleib der Leiche gebeugt hatte.

«Eine verdammte Orgie», brummte der Kommissar. «Schöne Scheiße.»

«Ich habe gesagt, eine Vergewaltigung könnte stattgefunden haben. Vielleicht war's auch nur ein ganz normaler Geschlechtsverkehr.»

«So was kommt ja vor im Sommer auf Inseln, wenn man feiert», murmelte der Kommissar.

«Die Leiche wurde von einem Vogelschützer gefunden?» fragte ich.

«Ich möchte mal wissen, woher dieser Schlaumeier so gut Bescheid weiß», sagte der Kommissar mehr zu seinem Kollegen gewandt. Dann grinste er mich schief an: «Sie werden's mir nicht sagen, was?»

«Nein.»

Er zuckte mit den Schultern und sagte: «Morgen steht dann irgendwas vom ‹Lustmord auf der Orgieninsel› in einem dieser verdammten Käseblätter. Und wir sind wieder die Deppen, weil wir weniger behaupten dürfen als die Journaille.»

«Ich seh mir mal die Umgebung an», sagte ich, als ich merkte, wie mir allmählich schlecht wurde.

Ich sah den Beamten von der Spurensicherung zu, wie sie jeden Quadratzentimeter der Insel inspizierten. Sie sammelten alles, was nach Abfall der Überflussgesellschaft aussah: Von der leeren Cola-Dose bis zum gefüllten Kondom, von der zerbrochenen Sonnenbrille bis zur plattgetretenen Zigarettenschachtel wurde alles in Plastiktüten verpackt.

Am Nachmittag nahm mich ein Boot der Wasserschutzpolizei mit. Die Beamten redeten nicht mit mir. Sie sprachen über Bundesligaergebnisse und das angebliche Asylantenproblem. Zur Wahl waren sie schon gegangen. Als ich sie fragte, wem sie ihre Stimme gegeben hatten, sagten sie «den Richtigen» und grinsten höhnisch.

Am Anleger in Neumühlen ließen sie mich aussteigen. Ich drängelte mich durch die Masse der Elbspaziergänger und eroberte mir einen Platz in einem überteuerten Gartenlokal. Trotz der Erinnerung an die Leiche hatte ich großen Hunger. Ich saß an einem Tisch mit lauter sonnenverbrannten Touristen, die ihre Rente verprassten, und fühle mich unwohl. Die Kutterscholle schmeckte gut, aber der Kartoffelsalat war fade. Nach dem zweiten Bier wurden mir die fröhlich-verschwitzten Wochenendausflügler zuviel, und ich fuhr mit dem Bus nach Hause.

Als ich an meinem Wahllokal in St. Georg vorbeikam, erinnerte ich mich an die Wahlbenachrichtigung, die seit drei

Tagen in meiner Mülltonne lag. Ein Personalausweis würde vielleicht genügen, um seinen Anspruch auf das Bürgerrecht anzumelden… Ich sah auf die Uhr: Es war 18:06 Uhr. Zu spät. Mir blieb nur noch die Möglichkeit, der Staatsbürgerpflicht Nummer zwei nachzukommen: Fernsehen.

3

Am nächsten Morgen um halb elf stieg ich mit einem Stapel Tageszeitungen unter dem Arm zu einer fünfzigjährigen Dame in unseren schäbigen Aufzug und fuhr nach oben ins Büro. Nachdem die Aufzugtür sich geschlossen hatte, entdeckte ich ein frisch in den abblätternden Lack eingekratztes Hakenkreuz. Ich kramte meinen Büroschlüssel hervor und ritzte eine krakelige Parole neben das Symbol: NAZI VERRRECKE! Die Dame verzog keine Miene. Eine neutrale Hanseatin, wie sich das gehört. Ich fragte mich, was sie wohl in diesem heruntergekommenen Bürohaus mit den zweifelhaften Firmennamen zu suchen hatte. Wollte sie die «Securitas Innovation», die «Privatkredit-Förderung Hansen» oder den «Pängt-Scherzartikel-Versand» besuchen? Sie stieg im dritten Stock aus. Dort befanden sich «Hammerstein-Importe» und «Iran Film Export».

Ich fuhr noch ein Stockwerk höher, ging einen staubigen Korridor entlang und öffnete die Tür mit dem Firmenschild «Büro T+K» zu jenen zwei Räumen, die mir und meinem alten Kumpel Kreissberg seit unserem Abschied vom Klatschjournalismus als Zufluchtsort dienten. Seltsamerweise war Kreissberg schon da. Sonst kam er montags immer erst gegen 14:00 Uhr, um zwei Stunden später bereits wieder Feierabend zu machen. Heute jedoch saß er bereits im Büroraum an seiner Maschine und tippte eifrig etwas ab. Ich blieb in der Tür stehen und winkte ihm freundlich zu. Er grüßte mich mit einem knappen Kopfnicken und ließ sich nicht stören. Unter seinen Armen hatten sich Schweißflecken gebildet. Wie immer hatte er die Jalousien heruntergelassen. Trotzdem trug er eine Sonnenbrille.

Ich legte die Zeitungen auf meinen Schreibtisch und begab mich zu unserem neuen halbrunden Empfangstisch im Vorraum. Dort lag bereits die Post. Kreissberg hatte sie, entgegen seiner sonstigen Gewohnheit, mit nach oben gebracht.

Auf dem Empfangstisch stand außerdem der teure Computer, den ich für ihn angeschafft hatte und den zu benutzen er sich standhaft weigerte. Während ich mich tagtäglich an meinem Gerät mit den verschiedenen Lernprogrammen herumplagte, versteifte sich Kreissberg darauf, weiterhin die Schreibmaschine zu benutzen. Meine zahllosen Versuche, ihn von der Notwendigkeit der zeitgemäßen Produktionsmethoden in unserem Beruf zu überzeugen, waren gescheitert. Sein einziges Argument gegen die Teilnahme am Computerzeitalter lautete allerdings: «Diese Dinger machen mich blind.» Auch unsere neuen weißen Büromöbel mochte er nicht. («Gelackte Möbel für Lackaffen!») erklärte er immer wieder. Nur gegen das antiquarisch erstandene Art-Déco-Sofa meldete er keinen Widerspruch an. Wahrscheinlich weil es tatsächlich sehr bequem war und er darauf seinen «kreativen Mittagsschlaf» halten konnte.

Seit einiger Zeit war die Stimmung in unserem Zwei-Mann-Unternehmen ziemlich miserabel. Ich schob Kreissbergs miese Laune auf die mörderische Hitze, die schon viel zu lange über der Stadt lastete, und verdrängte dabei, dass seine Depression schon viel früher begonnen hatte. Genau einen Tag, nachdem wir unsere Sekretärin entlassen hatten, also vor drei Wochen. Roswitha. Sie hatte es ihm angetan. Leider hatte ich dieses Problem nicht so richtig ernst genommen.

Kreissbergs Bedingung für eine weitere Zusammenarbeit mit mir war die Einstellung einer Hilfskraft gewesen, die tippen, telefonieren und Kaffee kochen konnte. Ich hatte eine hübsche Studentin ausgesucht, um ihm eine Freude zu machen. Brünett, zierlich, selbstbewusst. Er behandelte sie wie ein rohes Ei. Drei Monate lang gab er keinen einzigen seiner gefürchteten Macho-Sprüche von sich. Er schaffte es sogar, charmant zu sein. Manchmal, wenn sie ihm mal wieder im Weg stand (das kam öfter vor, sie hatte so eine Art), tänzelte er wie ein großer, tapsiger Bär um sie herum. Angesichts seiner Größe und Breite - er sah aus wie ein fett gewordener Schwergewichtsboxer- war dies ein beinahe rührender Vorgang.

Er gab das Trinken auf. Es fiel ihm sehr schwer, aber er hielt durch. Ich hatte mir vorgenommen, darüber keine Witze zu machen, und meistens hielt ich mich dran. Kreissberg schien ohnehin humorlos geworden zu sein - oder sagen wir besser: zurückhaltend. Roswitha, in ihren engen Jeans und den Blusen aus dünnem Stoff, tat nichts, was ihn zu irgendwelchen Hoffnungen berechtigt hätte. Im Gegenteil, in einer Tour erzählte sie von ihrem Freund, den sie in den Semesterferien in Sevilla besuchen wollte. (Sie studierte übrigens Englisch und Spanisch.) Als ich Kreissberg gegenüber einmal einen Witz über den «Barbier von Sevilla» versuchte (der Freund war tatsächlich Friseur), reagierte er noch nicht einmal mit einem müden Lächeln.

Nach drei Monaten hatten wir Roswitha entlassen müssen. Aus finanziellen Gründen. Wir gaben ihr ein viertes Monatsgehalt und fühlten uns mies dabei. Vor einer Woche erhielten wir eine Postkarte mit Grüßen aus Sevilla. Auf der Adresse stand mein Name zuerst, auch bei der Anrede.

Gleichzeitig begann die Sommerhitze, und unsere geschäftliche Flaute hielt an. Wir hatten in den letzten Monaten einige interessante Geschichten recherchiert, aber keines der zahlungskräftigeren Blätter hatte eine Reportage von «Büro T + K» kaufen wollen. Unsere Einnahmen betrugen etwa ein Fünftel des zum Überleben Nötigen. Wir konnten gerade mal die Büromiete davon bezahlen.

«Wir hätten keine Sekretärin, sondern eine Verkaufsstrategin einstellen sollen. Oder eine Agentin», sagte ich zu Kreissberg, während er auf die Postkarte von Roswitha starrte.

Er legte die Karte vorsichtig beiseite und blickte mich finster an: «Wir sind doch eine Agentur, wieso sollten wir da noch eine Agentin beschäftigen?»

«Wir sind schlechte Verkäufer, Kreissberg.»

«Vielleicht sollten wir einfach andere Geschichten recherchieren. Nicht immer diesen Umweltkram oder diesen Polit-Klimbim.»

«Unser Interview mit dem Bürgermeister wegen seiner Rücktrittsabsichten war doch interessant.»

«Nur vollkommen hinfällig, als wir es fertig hatten. Denn da hatte er sich plötzlich entschieden, noch bis zum Ende der Legislaturperiode im Amt zu bleiben.»

«Nicht unsere Schuld.»

«Seine Rechtfertigung hat er dann einem Kollegen von der Illustrierten diktiert.»

«Wir waren dicht dran, Kreissberg.»

«Und haben verloren.»

«Das nächste Mal -»

«- gibt es vielleicht gar nicht. Wir sind nicht beliebt, Tolonen, das weißt du ganz genau.»

«Nur wegen dieser leidigen Geschichte vom letzten Jahr.»

«Wegen dir! Es ist durchgesickert, dass du bestechlich bist.»

«Red keinen Quatsch, ich bin nicht bestechlicher als jeder andere.»

«Und wovon leben wir dann?»

«Von unseren Einnahmen.»

«Ha! Wo kommen die wohl her?»

«Wir haben Recherchen gemacht und sind dafür bezahlt worden.»

«Wir. Ich höre immer wir. Tatsache ist, dass du die Kohle immer allein ranschaffst und mir nur andeutungsweise erzählst, woher sie kommt. Und wenn ich dann mal los will, um eine eigene Sache auf die Beine zu stellen -»

«Kreissberg, du bist kein Restaurant-Kritiker.»

«Hab ich das behauptet?»

«Du wolltest -»

«Einen Versuch wollte ich machen.»

«Das war von vornherein -»

«Von vornherein, von vornherein! So ein Scheiß! Ich hatte eine gute Idee!»

«Es gibt genug Restaurantführer in dieser Stadt.»

«Eben nicht. Und schon gar nicht so einen.»

«Pappsatt für 'nen Zehner - das war doch eine alberne Idee. Imbissbuden, Stehrestaurants und Billigkneipen sind doch allen längst bekannt.»

«Du weißt es mal wieder besser, was? Diesen bescheuerten Titel hast du dir ausgedacht. Du hast die ganze Sache in den Dreck gezogen. Und weißt du warum? Weil du dir zu fein für so was bist!»

«Ach komm, du lässt dir lieber Geld von irgendwelchen Betrügern zustecken statt ordentlich zu arbeiten -»

«Es reicht jetzt, Kreissberg!»

«Und dann machst du einen auf Polit-Klimbim und investigativen Journalismus oder wie der Scheiß heißt. Und in Wahrheit lauerst du nur auf den nächsten Umschlag mit ein paar Tausendern drin.»

«Komm mir bloß nicht auf die moralische Tour, Kreissberg.»

«Moral, du Arsch! Das hörst du wohl nicht gern -»

Aber dann hatte er plötzlich wieder die Ansichtskarte aus Sevilla in der Hand, murmelte «Vergiss es, Mann» und verzog sich hinter seine Schreibmaschine.

Und dort saß er auch nun wieder, eine Woche nach diesem Streitgespräch, und immer noch genauso schlecht gelaunt. Ehrlich gesagt, traute ich mich nicht zu fragen, was er da in die Schreibmaschine tippte.

Ich verzog mich hinter meinen eigenen Schreibtisch und begann die Zeitungen zu lesen. In den Hamburger Blättern nahm die gestrige Wahl logischerweise einen breiten Raum ein. Die Sozialliberalen hatten ihre absolute Mehrheit verloren, die Konservativen kein halbes Prozent hinzugewonnen, die Alternativen wären beinahe aus dem Parlament geflogen. Nur die Rechten frohlockten über ihre 15,5 Prozent. In der gestrigen Nacht hatten die Sympathisanten der Deutschnationalen die Reeperbahn für eine Freudenkundgebung blockiert. Natürlich gab es eine Straßenschlacht, aber nur zwischen der Polizei und linken «Störern». Die D.P.O.-Anhänger schwenkten derweil Deutschlandfahnen, verprügelten Ausländer und demolierten parkende ausländische Autos. Als die Prostituierten das alles mitbekamen, verließen sie ihre Posten, und in der Herbertstraße gingen die roten Lichter aus. Diese Frauen hatten wenigstens eine eindeutige Meinung. Eine stadtbekannte Domina erklärte sogar forsch: «Mein Körper ist eine nazifreie Zone.»

Auch die Politiker der etablierten Parteien gaben sich sehr kämpferisch - zumindest in ihren Presseverlautbarungen. In zahlreichen Interviews erklärten sie die D.P.O. für «nicht salonfähig». Als ob die Rechten jemals Wert darauf gelegt hätten, ihre Politik im Salon zu verwirklichen. Deren Domäne war die Straße, ein Bereich, den die Etablierten ohnehin nur noch vom Hörensagen kannten.

Kreissberg hörte auf zu tippen und fummelte in seinem Papierwirrwarr auf dem Tisch herum. Er fand seinen dicken Filzschreiber und machte auf einigen Blättern Markierungen. Jetzt nahm er sogar seine Brille ab und fuhr sich mit der Hand über die schweißige Stirn.

«Die Faschos haben die Wahl gewonnen», sagte ich, um mal irgendwie mit dem Reden anzufangen.

«Stimmt», brummte er, ohne aufzusehen.

«Vielleicht sollte man da mal nachhaken.»

«Was willst du denn nachhaken, das Ergebnis steht doch fest.»

«Die Partei, die Personen, ob die Dreck am Stecken haben.»

«Sehr originell.» Er spannte ein neues Blatt Papier in die Maschine.

«Ist doch ein wichtiges Thema.»

«Die Kollegen sind alle schon ausgeschwärmt. Wir sind wie üblich zu spät dran.» Er setzte seine Brille wieder auf und starrte auf das leere Blatt.

«Was Besonderes vielleicht, eine echte Intrige, Korruption.»

Er winkte ab: «Lass mich bloß damit in Ruhe.»

«Was schreibst du denn da?»

«Wo warst du eigentlich gestern Nachmittag?»

«Was meinst du damit?»

«Ich frag nur. Hast du gewählt?»

«Nein.»

«Und jetzt jammerst du über den Erfolg der Nazis.»

«Ich jammere nicht, ich stelle Überlegungen an.»

«Wo warst du gestern?»

«An der Elbe.»

«Sieh mal an. Hat dich jemand eingeladen? Zum Segeln?»

«Wieso interessiert dich das?»

«Vielleicht hast du einen Abstecher auf eine Insel gemacht.»

«Ja, und?»

«Tolonen, du bist nicht nur ein verlogener Schweinehund, sondern auch ein Feigling.»

«Auf der Elbinsel ist ein Mord passiert, ja verdammt! Das willst du doch hören.»

«Woher wusstest du davon?»

«Dein Kumpel Menzel hat hier angerufen.»

«Menzel hat hier angerufen, und du hast mich nicht informiert. Der Anruf war doch für mich?»

«Er hat dich nicht erreicht. Also musste ich los. Das ist doch ganz normal, wir arbeiten schließlich zusammen.»

«Fragt sich nur, wie lange noch.»

«Was soll das heißen?»

Er zog erneut die Brille ab: «Das soll heißen, dass ich bald den Kanal voll habe. Heute Morgen ruft mich Menzel an und fragt mich nach unserer dicken Reportage, und ich weiß von nichts. Und dann schleichst du hier rein und spielst den verlogenen Intriganten.»

«Ich sehe weit und breit keine Intrige.»

«Du hast es mir verschwiegen!»

«Du hast mich ja nicht mal angesehen.»

Er machte eine abschätzige Handbewegung: «Erspar mir deine Erklärungen.»

Dann holte er die Morgenpost unter seinen Zetteln hervor, faltete sie zusammen und warf sie mir auf den Schreibtisch. «Die Leiche interessiert dich doch.»

«Ist sie identifiziert?»

«Carmen Wüpperfürth.»

«Nie gehört, den Namen.»

«Die Freundin eines gewissen Kai-Uwe Katzur.»

«Ja und?»

«Das ist der Sohn unseres noch amtierenden Innensenators.»

«Sieh mal an.»

Kreissberg schob einige eng beschriebene Blätter zusammen und stand plötzlich auf. Während er sich seine Sonnenbrille ein weiteres Mal, diesmal gewollt schwungvoll, aufsetzte, schob er sich an meinem Schreibtisch vorbei in Richtung Tür.

«Was ist denn los?»

«Ich hab noch einen Artikel abzuliefern.»

«Wo? Was?»

«Wir sprechen noch drüber. Tschüss.»

Er verschwand nach draußen. Ich saß einen Moment lang ziemlich belämmert da und kämpfte mit widerstreitenden Schuldgefühlen. Dann stand ich auf und beugte mich über seinen Papierkorb. Ich hatte gesehen, wie er ein halb beschriebenes Blatt zusammengeknüllt und fortgeworfen hatte. Ich faltete das Knäuel auseinander. Ein Ausschnitt aus einem Interview mit Robert DeNiro. Der Schauspieler war zur Zeit tatsächlich in der Stadt. Aber Kreissberg und DeNiro? War das ein Bluff?

4

Am Abend traf ich unseren Informanten von der Kripo.

«Der Typ hat nicht mehr alle Tassen im Schrank. Midlifecrisis würde ich diagnostizieren», sagte Menzel mit einem schmierigen Grinsen im eckigen Gesicht. Er hatte sich eine neue Brille gekauft, rotes Gestell. Sie passte überhaupt nicht zu seinem ergrauenden, wirren Haarschopf, der sich allmählich zu lichten begann.

«Und Kreissberg hat tatsächlich gesagt, er will zurück zu Interpublic/Globalnews?»

«Nicht direkt. Er meinte nur, dort würde er wenigstens auf anständige Weise Lügengeschichten verbreiten.»

«In diese Klatschgeschichten-Agentur würden mich keine zehn Pferde zurückbringen. Aber im Gegensatz zu mir ist Kreissberg mit diesem Ungetüm von einer Chefin ja ganz gut zurechtgekommen.»

«Vielleicht möchte er lieber von einer Frau herumkommandiert werden.»

«Ich kommandiere ihn nicht herum.»

«Die Zusammenarbeit mit Ihnen scheint ihm trotzdem nicht mehr zu behagen.»

«Mich würde mal interessieren, ob er tatsächlich ein Interview mit Robert DeNiro gemacht hat.»

«Eifersüchtig, was?»

«Quatsch.»

Wir saßen in Menzels Lieblingskneipe, die sich auf halbem Weg zwischen unserem Büro und meiner Wohnung befand. Die Spelunke nannte sich Baker Street Pub. Ein typischer Zuhälterschuppen. Das letzte Mal, als ich hier gesessen hatte, an einem der runden Tische mit weißen Deckchen und hässlichen kleinen Lämpchen, die ein schummriges Licht verbreiteten, hatte ich mir geschworen, nie mehr wiederzukommen. Aber wo sonst sollte man sich mit diesem Schwätzer aus der Vermisstenabteilung schon treffen?

Er winkte dem livrierten Kellner zu, der gerade ein Whiskyglas mit seiner fadenscheinigen Serviette polierte. Der Kellner stellte das Glas weg und schlurfte heran. Es dauerte eine Ewigkeit, bis er unseren Tisch erreicht und seinen zerfledderten Notizblock hervorgeholt hatte.

«Die Herren wünschen?» Der Kugelschreiber zitterte in seiner Hand. Der Mann gehörte längst ins Altersheim. Stattdessen schob er hier offenbar einen 24-Stunden-Dienst.

«Zwei ordentliche Humpen Bier für mich und meinen Kollegen aus der freien Wirtschaft», sagte Menzel. «Und ein saftiges Steak zur Unterstützung meiner Beamtenwampe.»

«Was wünschen der Herr zu essen?»

«Gar nichts.»

Der Kellner schlurfte zurück zum Tresen, krächzte die Bestellung durch eine Luke in die Küche und schob eine Country-Kassette in den Recorder. Dwight Yoakam sang davon, wie das ist, wenn einem die Beine des Barhockers unterm Arsch wegknicken und nur noch die Whiskyflasche zu dir hält.

«Ich liebe diese Musik», sagte Menzel, «deshalb komme ich immer wieder hierher. Mal abgesehen von den jungen Hühnchen, die dort draußen vorbeifliegen.» Er meinte die Prostituierten, die an der Ecke vor dem Eingang Posten bezogen hatten. «Die Blonde da, das ist Kreissbergs besonderer Liebling. Zu der trägt er sein sauer verdientes Geld.»

«Davon will ich nichts wissen.»

«Ich kenn ihn gut, den alten Wüstling. Wir waren zusammen beim Barras, sind Seite an Seite durch den Schlamm gerobbt, haben auf die gleiche Zielscheibe geballert und gemeinsam Dosenfleisch am Lagerfeuer gefressen.»

«Das weiß ich alles.»

«Kriegsdienstverweigerer, wie? Ihr Typen wisst nicht, was eine echte Kumpelei ist.»

Der Kellner kam herangeschlurft und stellte die Biergläser ab. Menzel bestellte gleich ein zweites.

«Wie wär's, wenn wir mal über was anderes sprechen würden?»

«Langweile ich Sie? Das tut mir leid.»

«Wer ist die tote Frau auf der Elbinsel?»

«Der Journalist wird ungeduldig, was? Na meinetwegen. Was wollen Sie denn wissen?»

«Sie ist doch inzwischen identifiziert worden.»

«Aber ja, aber ja. Die Polizei arbeitet schnell.»

«Und?»

«Sie heißt Carmen Wüpperfürth. Ich hatte ihren Namen schon in meiner Kartei. Ist seit einigen Tagen von ihrer Mutter vermisst gemeldet.» Er sah mich geheimnisvoll an.

«Muss ich den Namen kennen?»

«Nein. Ein junges Ding. Ganz hübsch auf den Fotos, die ich in der Kartei habe. Das Interessanteste an meiner Arbeit sind die Fotos, denke ich manchmal.»

Der Kellner, der sich lautlos genähert hatte, stellte ein Rib-Eye-Steak gigantischen Ausmaßes auf den Tisch. Menzel rieb sich aufgeregt die Hände und griff gierig nach dem Besteck.

«Wie alt war das Mädchen?»

Menzel spießte ein großes Stück Fleisch auf die Gabel. «Vierundzwanzig Lenze jung, ein Blondschopf. Gute Figur, zum Anbeißen.»

«Aufgequollen sah die Leiche nicht gerade appetitlich aus.»

Er machte eine abwehrende Handbewegung: «Solche Bilder guck ich mir nicht an, niemals.»

«Berufstätig?»

«Eine Studentin, nichts Besonderes. Eine ganz normale Hamburger Deern.»

«Warum bringt man ein harmloses Mädchen um? Ist sie vergewaltigt worden?»
«Nicht unbedingt.»
«Es wurden Spermaspuren gefunden, ich war dabei.»
Er futterte mit ungezügeltem Appetit: «Ja, ja, das ist schon richtig. Aber war es eine Vergewaltigung? Die Kollegen haben die Spermaspuren untersucht, und es sieht so aus, als ob wir den Täter schon identifiziert haben.»
«Wer? Ist er schon verhaftet worden?»
Menzel schob den Salatteller beiseite: «Ich mag das Grünzeug nicht.» Dann sah er mich mit vollem Mund grinsend an: «Die Party dort auf der Insel wurde von einem gewissen Kai-Uwe Katzur gegeben. Der Name Katzur muss einem erfahrenen Kämpen aus Ihrer Branche doch was sagen.»
«Der Sohn Ihres Dienstherrn.»
«Richtig.» Er lehnte sich zufrieden zurück.
«Und sein Sperma wurde in der Leiche ...»
«Richtig. Aber so ungewöhnlich ist das nicht, denn sie war seine Freundin.»
«Das heißt, er muss nicht unbedingt der Täter gewesen sein.»
«Nicht unbedingt. Aber der Gerichtsmediziner meint, Geschlechtsakt und Tötungsakt müssen in unmittelbarer Reihenfolge stattgefunden haben.»
«Vielleicht eine Tötung im Affekt.»
«Vielleicht.» Die letzten Happen verschwanden zwischen seinen Zähnen, und er schob den Teller von sich.
«Was war das für eine Party?»
«Muss wohl ziemlich hoch hergegangen sein. Eine Streife der Wasserschutzpolizei hat berichtet, dass sie am nächsten Morgen ein verängstigtes Pärchen von der Insel abgeholt haben. Die haben wohl die Abfahrt der letzten Gäste verpennt. Und hatten sich beide einen Schnupfen und zahllose Mückenstiche

eingefangen. Man sollte auch nicht ohne Schlafsack im Dickicht am Wasser übernachten.»

«Haben die beiden was über die Tote erzählt?»

«Nein. Davon haben sie nichts mitbekommen.»

«Und die Wasserpolizei auch nicht.»

«Nein. Die sahen nur den Müll, der dort herumlag, und machten darüber Meldung.»

«Was ist mit dem jungen Katzur? Verhaftet?»

«Ach was. Der ist untergetaucht.»

«Spricht eher für seine Schuld.»

«Vielleicht ist er auch nur etwas verstört nach dieser Geschichte. Wir wollen nichts dramatisieren.»

«Schließlich handelt es sich um den Sohn Ihres Chefs.»

«Mein Chef ist er ja nur indirekt. Aber die Polizei muss den Fall natürlich mit Samthandschuhen anfassen.»

«Das hat Ihnen der Senator schon zu verstehen gegeben.»

«Mir bestimmt nicht. Und ich bezweifle, dass er sich allzu deutlich äußern wird. Mit seinem Sohn verstand er sich ohnehin nicht gut.»

«Aus welchen Gründen?»

Menzel zuckte mit den Schultern: «Finden Sie's raus! Menschliche Dramen fallen doch in Ihr Ressort.»

«Die Bullen halten also dicht, wenn's um ihren Senator geht.»

«Vielleicht, vielleicht auch nicht. Keiner weiß, wie lange Katzur Senior noch im Sattel sitzen wird. Wir hatten ja gerade Wahlen. Und die haben die Sozialliberalen haushoch verloren. Sie müssen koalieren, und es gibt keinen geeigneten Partner.»

«Sie werden schon irgendeinen verlogenen Kompromiss finden.»

«Mit den Konservativen?»

«Warum nicht?»

«Da gibt's eine Menge Antipathien. Auf jeden Fall würde

das das Ende von Katzur als Innensenator bedeuten.»

«Als Innensenator schon, aber nicht unbedingt als Bürgermeisterkandidat.»

«Ha! Jetzt überraschen Sie mich aber.»

«Er war doch der Spitzenkandidat.»

«Wie dem auch sei, die Bullen, wie Sie uns so freundlich zu titulieren pflegen, wären ganz froh, wenn Katzur aus ihrem Bereich verschwindet.»

«Sieh mal an. Wie das?»

«Sind Sie mal auf einer dieser Demos gewesen, die in der letzten Zeit stattgefunden haben?»

«Was für Demos?»

«Die, auf denen das Deutschlandlied gesungen wird. Heute am späten Nachmittag hat wieder eine stattgefunden.»

«Ich bin doch nicht lebensmüde.»

«So schlimm ist es nun auch wieder nicht. Zumal diese Veranstaltungen ja immer sehr ordentlich ablaufen, solange es keine Gegendemo gibt -»

«Jetzt schieben Sie die Krawallmacher bloß nicht in die linke Ecke!»

«Die Linken stehen sowieso schon in der Ecke und schämen sich. Aber ich will auf was ganz anderes hinaus: Das sind die einzigen Demos, auf die unsere Streifenpolizisten gerne gehen. Die singen sogar manchmal mit. Natürlich nur, wenn sie in Zivil teilnehmen.»

«Was wollen Sie damit sagen? Dass der Polizeiapparat unterwandert ist?»

«Ich will damit nur sagen, dass viele meiner Kollegen, ob uniformiert oder nicht, den Deutschnationalen große Sympathien entgegenbringen.»

«Sie selbst womöglich auch.»

Menzel hob abwehrend beide Hände. «Um Himmels willen! Ich habe ein absolut liberales Gemüt.»

Der Kellner schlurfte heran und räumte den leeren Teller und den unangetasteten Salat ab.

«Wie wär's mit einem Schnäpschen?» fragte Menzel.

«Nein, danke.»

«Für mich aber doch einen», sagte er zum Kellner. Und dann zu mir: «Ich will mich stärken, bevor ich die Kleine mit dem prallen Hintern da draußen vernasche.» Er schnalzte mit der Zunge und blickte vielsagend durchs Fenster. «Kommen Sie doch mit. Ich bin liberal, wie gesagt.»

«Das ist nichts für mich.»

Er zuckte mit den Schultern. Ich saß noch ein paar Minuten bei ihm und sah zu, wie er an seinem Whisky nuckelte. Dann bequemte er sich endlich, mir die Adresse der Mutter der Ermordeten zu geben. Ich schob ihm meinen Notizblock hin.

«O nein, nicht mit bloßen Händen. Ich werde mich doch nicht in Ihren Unterlagen verewigen, ausgerechnet jetzt, wo die Zeiten kniffeliger werden.»

Er nannte mir außerdem die Adresse einer Freundin von Carmen Wüpperfürth, die ebenfalls an der Inselparty teilgenommen haben sollte. Ich zahlte die Rechnung für uns beide und ging nach Hause.

Die «Kleine mit dem prallen Hintern» stand vor der Tür und wartete auf ihren liberalen Freier. Während ich zahlte, hatte Menzel ihr durch das Fenster ein Zeichen gegeben. Auch ich kam nun am Fenster vorbei und sah ihn winken. Netter Kerl. Seine Geschwätzigkeit war Gold wert. Ich winkte zurück.

5

Am nächsten Tag gegen Mittag stand ich vor dem hohen schmiedeeisernen Tor der Villa an der Elbchaussee und fragte mich, wie ich wohl da reinkommen könnte. Es gab keinen Klingelknopf, keine Gegensprechanlage und keine Türklinke. Auch ein Namensschild konnte ich nirgends entdecken. Der Senator bevorzugte ein Leben in relativer Anonymität.

Die grellweiße Fassade des um die Jahrhundertwende erbauten Hauses blitzte hier und da zwischen den hohen Fichten auf. Die Rasenfläche, durch die sich ein leicht geschwungener Teerweg schlängelte, wurde von einem Gärtner auf einem Minitraktor gepflegt. Ich versuchte, dem Asiaten auf dem Traktor ein Zeichen zu machen, doch er blickte nur einmal desinteressiert zum Tor herüber, drehte dann in einem eleganten Bogen ab und hoppelte in den Schutz der Bäume.

Ich schwitzte. Über meiner rechten Schulter hing ein Aufnahmegerät. Ich hatte vor, den Senator vor das Mikrophon zu bitten. Ich wusste, dass der Politiker sich noch im Haus befand, ein kurzes Telefonat mit der kurz angebundenen Haushaltshilfe hatte mir diese Erkenntnis beschert. Aber zum Teufel, es gab keinen Klingelknopf! Ich ging nach rechts an der hohen Mauer entlang, vielleicht fand sich irgendwo eine Möglichkeit hinüberzuklettern. (Überlegte ich kühn. Tatsächlich wäre es unmöglich gewesen, denn oben auf der Mauer hatte ein eifriger Sicherheitsfanatiker große Glasscherben einzementiert.)

Ich bahnte mir einen Weg durch allerlei Gewächse und gelangte an einen Pfad, der von rechts her zwischen zwei kleineren Villen hindurchführte, direkt auf eine kleine Tür in der Mauer zu. Der Dienstboteneingang. Hier gab es auch eine Klingel. Ich drückte auf den Messingknopf. Drinnen bellte ein Hund, sonst tat sich erst mal nichts. Weil ich keine Lust hatte, das Gebell des offenbar großen Viehs noch mal anzuhören, wartete ich geduldig ab. Nach einer Weile hörte ich eilige Schritte, ein Riegel wurde geräuschvoll zurückgeschoben, und die Tür ging auf.

«O nein, nicht schon wieder!» rief die junge Frau, als sie das Aufnahmegerät an meiner Schulter baumeln sah.

«Was ist denn los? Von Ihnen will ich doch gar nichts.»

Die Frau streckte abwehrend beide Hände aus: «Bleiben Sie bloß draußen, ich kriege nur wieder Ärger.»

Aber ich war schon zwei Schritte nach vorn getreten und blockierte die Tür: «Ich bin mit dem alten Senator verabredet.»

«Hören Sie, ich bin neu hier. Ich brauch diesen Job. Machen Sie mir doch bitte keinen Ärger.»

«Was glaubst du wohl, wie es mir geht, Kindchen. Ich muss eine ganze Familie ernähren. Haben Sie Kinder?»

«Was? Nein. Wieso?» ich rückte ihr auf die Pelle. Sie stolperte zwei Schritte zurück.

«Wenn du erst mal welche hast, weißt du, was Existenzsorgen sind.»

Diese blöde väterliche Machotour behagte mir nicht besonders, ich hatte sie bei Kreissberg abgeguckt.

«Bitte -» Sie sah mich aus braunen Rehaugen an. Ich fand sie hübsch in ihrem schwarzen Kleid mit der weißen Küchenschürze. Sie tat mir leid, aber ich wollte unbedingt da rein.

«Hör mal, Kleine, warum meldest du mich nicht an?»

Sie verschränkte die Arme vor der Brust: «Verdammt noch mal, können Sie nicht mal vernünftig reden? Wie reden Sie denn?»

«Hm?»

«Ich bin eine Frau, kein Kind.»

«Wollen wir uns unterhalten?»

«Was ist denn das für eine altväterliche Tour, die Sie hier abziehen?»

Im Hintergrund bellte der Hund. Ich warf einen Blick in den gepflegten Garten. Von hier aus konnte ich sogar die Terrasse sehen. Leere Korbsessel ließen sich dort von der Sonne bescheinen, ein rotes Kissen lag auf einer Bank. Er sah hübsch aus, dieser rote Fleck vor der weißen Fassade.

«Der Hund ist los», sagte sie.

Die Verandatür wurde geöffnet, und ein untersetzter älterer Mann in einem kobaltblauen Anzug trat heraus. Er blickte neugierig in unsere Richtung. Eine Frau in einem rosa Kostüm kam dazu. Sie war etwas größer als er, aber vielleicht lag es nur daran, dass er sich leicht nach vorne beugte. Der Mann fasste die Frau am Arm und zog sie zur Seite. Dann schob er sie zurück ins Haus. Er ging einige Schritte zwischen den Stühlen nach vorn und stand nun am Rand der Terrasse. Dann rief er einen Namen, den ich nicht verstand.

«Das ist der Hund», sagte das Mädchen und lächelte befriedigt, «jetzt sind Sie dran.»

«Nach dir schnappt er wohl nicht, was?»

«Nein.»

«Na, wenn ich der Hund wäre -» (Die armselige Originalität dieser Bemerkung entging ihr.)

Sie drehte sich abrupt um: «Komm, Castor, komm!»

Ich sah einen riesigen Schäferhund näher kommen und wich unwillkürlich einen Schritt zurück.

«Komm, braver Hund, komm!»

Sie kniete nieder und breitete die Arme aus. Ich trat einen weiteren Schritt zurück.

«Hör mal», sagte ich, «vielleicht könnten wir uns mal kurz hier draußen unterhalten.»

Sie drehte den Kopf und blickte mich über die Schulter hinweg an: «Worüber wohl?»

«Über den Junior zum Beispiel.»

«Kai-Uwe? Den hab ich noch nie hier gesehen. Der Alte hat ihn schon vor Monaten rausgeschmissen.» Sie stand wieder auf und drängte mich ganz nach draußen: «Gehen Sie lieber, mit dem Hund ist wirklich nicht zu spaßen.» Sie schob die Tür zu, bis sie nur noch einen Spaltbreit offen war.

«Wo wohnt er denn?» fragte ich.

«In einem Hotel, wo denn sonst? Aber seine schmutzige Wäsche, die schickt er immer noch regelmäßig hierher. Mit einem Taxi. Viele neue, sehr teure Sachen. Obwohl der Alte ihm den Geldhahn abgedreht hat. Interessant, nicht?»

«Und was-»

«Auf Wiedersehen!» Sie knallte mir die Tür ins Gesicht. Auf der anderen Seite erklang ein gefährliches Knurren, und ich musste an jenen Hund aus der Nachbarschaft denken, der mich im Alter von fünf Jahren beinahe zerfleischt hätte. Scheiß Hunde. Dann hörte ich ihre Stimme: «Ja, ja, mein kleiner Castor, jetzt kommst du schön mit mir mit ...»

Es war wohl vernünftiger, ein anderes Mal wieder zu kommen.

Im Reihenhaus der Witwe Wüpperfürth empfing man mich vergleichsweise freundlich. Hier hatte niemand mehr was zu verlieren. Ich wurde ins Wohnzimmer gebeten.

«Ich habe mich entschlossen», sagte Frau Wüpperfürth, «mit der Presse in jeder Beziehung zusammenzuarbeiten. Je mehr Informationen an die Öffentlichkeit gelangen, um so größer ist die Chance, dass der Mörder meiner Tochter überführt wird.»

Sie trug natürlich Schwarz. Wahrscheinlich war dies sogar die Farbe, die ihr, einer ganz durchschnittlichen, kleinbürgerlichen Hausfrau von 47 Jahren, am besten stand. Jedenfalls machte sie einen gleichermaßen bescheidenen wie würdevollen Eindruck. Sie bot mir einen Platz auf dem beigefarbenen Warenhaussofa an und kochte einen Tee.

«Leider haben seine Eltern bisher jede Torheit von ihm gedeckt. Und sie werden alles versuchen, um ihren missratenen Sohn auch diesmal reinzuwaschen.»

«Sie sprechen von den Katzurs?»

«Diese Politikerfamilie ist doch nur auf ihren guten Ruf bedacht.»

«Sie glauben, dass Ihre Tochter vom Sohn des Senators umgebracht wurde?»

«Ja, natürlich, von wem denn sonst? Das war doch ein Wahnsinniger.»

«Er war doch mit ihr befreundet, oder?»

«Er hat sie benutzt, geschändet und weggeworfen!» flüsterte sie erregt, und ihr graues Gesicht mit dem Netz aus Gramfalten blickte mich versteinert an.

«Jetzt ist er verschwunden.»

«Wahrscheinlich sitzt er im Keller seines sauberen Vaters. Dieser Politiker! Und die Presse schweigt dazu.» Mehr Verachtung konnte man gar nicht mitklingen lassen. Dann verkrampften sich ihre Lippen zu der Andeutung eines Lächelns: «Darf ich Ihnen etwas einschenken?»

Ich hielt ihr meine Tasse hin: «Ja, bitte.»

Ihre Hand zitterte: «Zucker?»

«Zwei, bitte.»

Sie versuchte, ein Stück Würfelzucker in meine Tasse zu tun, aber es fiel ihr runter. Sie schob mir die Zuckerdose hin: «Nehmen Sie lieber selbst, ich bin nicht ganz beieinander.»

«Sie meinen also, die Presse ist manipuliert?»

«Sie schweigen doch über den Mord.»

«In den Boulevardblättern -»

«Eine Leiche auf der Elbinsel, nicht identifiziert … Kein Wort über den Mörder.»

«Die Presse kann nicht mehr drucken, als die Polizei weiß.»

«Ach, ist das wirklich so?»

«Meistens.»

«Na fein. Die Reporter bekommen ihre Informationen von der Polizei, richtig?»

«In der Regel, und dann kommen eigene Ermittlungen -»

«Wem untersteht wohl die Polizei?»

«Dem Innensenator, also dem alten Katzur.»

«Na bitte. Dieser Katzur ist ein ehrgeiziger Mann. Er will Bürgermeister werden. Mit einem Mörder als Sohn dürfte das kaum möglich sein.»

Ich sah die beiden Teetassen an. Ihr Inhalt wurde kalt. Angesichts von soviel Bitterkeit im Gesicht einer einzigen kleinen Frau wagte ich nicht, mich einer so profanen Tätigkeit wie dem Teeschlürfen hinzugeben. Obwohl ich spürte, dass meine Kehle trocken geworden war. Ich unterdrückte ein Husten.

«Wissen Sie, wie lange sein Sohn und meine Tochter befreundet waren?»

«Keine Ahnung.»

«Zwei Jahre. Das ist doch eine lange Zeit, nicht wahr?»

«Heutzutage wohl schon.»

«Ich bin kein einziges Mal dort eingeladen gewesen! Was sagen Sie dazu?» fragte sie streng.

«Sie waren doch nicht verlobt, oder?»

«Nein. Carmen hat zwar hin und wieder vom Heiraten gesprochen, aber… na ja… das war wohl auch nur so ein Versprechen.»

«Von ihm?»

«Von ihm, von seinen Eltern wohl kaum. Eine Politikerfamilie!» wiederholte sie. «Wie nennt man das, was die immer machen - mauscheln?»

«Taktieren? Glauben Sie, dass seine Eltern ihm verboten haben, Ihre Tochter zu heiraten?»

«Natürlich», erwiderte sie selbstgerecht. Sie saß jetzt kerzengerade und sah mich böse an. «Erst sollte er eine Gehirnwäsche bekommen und dann ein anderes Mädchen aus dieser Senatorenclique heiraten.»

«Gehirnwäsche?»

«Ins Sanatorium sollte er eingewiesen werden. Diese Familie hat ihn dermaßen neurotisch gemacht, dass er von zu Hause flüchten musste. In einer Pension hat er gelebt! Stellen Sie sich das mal vor. Und trotzdem hat ihn seine Mutter nicht in Ruhe gelassen. Beinahe jeden Tag hat sie ihn besucht. Morgens. Dass meine Tochter manchmal bei ihm war, hat sie gar nicht interessiert. Mit ihr hat sie nicht geredet. Das war wohl unter ihrer Würde.»

«Warum haben Sie ihn nicht hier aufgenommen?»

«Das hätte meinem Mann nicht behagt.»

«Ihr Mann ist -»

«Er ist schon seit Jahren tot. Aber sein Fluidum beherrscht noch das Haus.»

«Aha.»

«Ich kann nichts tun ohne seine Einwilligung. Er hatte einen starken Willen. Der Wille lebt weiter. Unser Wille ist unsere unsterbliche Kraft. Das wissen Sie doch?»

«Ja, sicher.»

Ihre Augen irrten einige Sekunden über die gehäkelte Tischdecke, dann blickte sie auf und schien durch mich hindurchzusehen: «Wir sprechen noch immer miteinander.»

Ihr Blick wanderte weiter und blieb an einer großen Standuhr hängen, ein altes Stück, das überhaupt nicht zu den restlichen furnierten Möbeln passte: «Ja, es wird bald wieder Zeit, manchmal kommen sie jetzt auch beide zusammen.»

«Ich lasse Ihnen meine Karte hier, falls Ihnen noch etwas einfällt -»

«Ich möchte dabei sein, wenn sich die beiden miteinander unterhalten.»

«Rufen Sie einfach an, wenn Sie -»

«Ich muss jetzt nach oben.»

Sie erhob sich hastig, stieß gegen den Couchtisch und merkte nicht, wie der Tee über die Tassenränder schwappte. Ich stand ebenfalls auf.

«Ja, gut. Also auf Wiedersehen, Frau Wüpperfürth.»

Als ich aus der Haustür trat, traf mich das grelle Sonnenlicht mit unangenehmer Wucht. Ich schloss einen Moment die Augen. Aber die unbarmherzige Nachmittagshitze drängte sich an mich heran. Ich zog die Tür hinter mir zu und lief durch den vertrockneten Vorgarten zur Straße. Vorbei an einem Gartenzwerg, der mich mit einer Mütze in der ausgestreckten Hand höhnisch verabschiedete.

Wenig später, nach einer Viertelstunde in der stinkenden S-Bahn, lief ich im Schatten einiger Backsteinhäuser durch Barmbek.

Als ich die mächtige Gestalt auf mich zukommen sah, hätte ich beinahe die Straßenseite gewechselt. (Soweit war es also schon mit uns.) Kreissberg ließ sich nichts anmerken, stapfte auf mich zu, als wäre ich ein Unbekannter, den es aus dem Weg zu räumen gelte. Ich blieb stehen. Er trug schlabbrige Leinenhosen, ein enges T-Shirt umspannte seinen mächtigen Oberkörper und eine weiße Schirmmütze saß auf seinem breiten Schädel. Er grüßte gar nicht erst. «Was machst du denn hier?»

«Geld verdienen.»

«Das ist eine Studentin», er deutete vage hinter sich, «die wird dir kaum einen Scheck ausschreiben können.»

«Hör mal, Kreissberg, können wir dieses Thema nicht –»

«Woher hast du diese Adresse, von Menzel?»

«Ja, klar.»
«Der ist auch nichts weiter als ein Schweinehund.»
«Er geht vielleicht davon aus, dass wir zusammenarbeiten.»
«Der weiß genau, was gespielt wird.»
«Was wird eigentlich gespielt?»
«Es ist ein Scheißspiel, Tolonen. Und du gehst mir auf den Sack.»
«Vielleicht sollten wir mal drüber reden.»
«Ich hab jetzt zu tun.»
Er ging weiter. Ich sah ihm kurz nach. Dann ging ich weiter und suchte die richtige Hausnummer.
Die Freundin von Carmen Wüpperfürth hieß Petra Kühne und wohnte in einer Ein-Zimmer-Genossenschaftswohnung. Sie beugte sich über die Brüstung ihres kleinen Balkons im ersten Stock, als ich klingelte.
«Sie sind wohl auch von der Presse?»
«Ja.»
«Junge, Junge, was für ein eifriger Berufszweig.»
Im ersten Stock stand sie lässig in der Tür, eine große, kräftige Frau Anfang Zwanzig mit kurzen, glatten, blonden Haaren und einem breiten Sommersprossengesicht, in Jeans und superbunter Viskosebluse.
«Gerade war schon einer hier, so ein finsterer Riese», sagte sie, als sie mich zum Balkon führte, wo zwei halbverrostete Gartenstühle standen.
«Ich hab ihn gesehen. Hat er sich anständig benommen?»
Sie lachte mich an: «Klar. Bei mir benimmt sich jeder anständig.» Sie hatte eine ziemlich wuchtige Art, einen anzusehen.
Wir setzten uns auf die beiden Stühle, die den ganzen Balkon einnahmen. Der Feierabendverkehr rauschte über eine nahe gelegene Kreuzung.
«Ich habe mit Carmens Mutter gesprochen.»
«Die arme Frau.»

«Sie haben mit der Verstorbenen studiert?»

«Reden Sie bloß nicht so pietistisch daher. Sie ist ermordet worden.»

«Ich versuche nur -»

«Ihr Kollege war ziemlich geradlinig. Ruppiger Kerl. Ich hab ihn hier reingezwängt», sie deutete auf meinen Stuhl, «da musste er sich zusammenreißen.»

«Was studieren Sie denn?»

«Anglistik, Allerweltsstudium, mir fiel nichts Besseres ein. Carmen wohl auch nicht. Früher hat man immer von verlorenen Generationen gesprochen - haben Sie auch mal zu so einer gehört? Wir fühlen uns so ähnlich.»

«Jede Generation fühlt sich verloren, bis zu einem bestimmten Alter.»

«Sie sind ein schlauer Mensch.»

«Lassen wir das lieber. Mich interessiert das Verhältnis von Carmen zu Kai-Uwe Katzur.»

«Warum interessiert Sie das?»

«Carmens Mutter beschuldigt den jungen Katzur des Mordes. Und seine Eltern würden ihn decken, sagte sie.»

Sie blickte über die Balkonbrüstung zur Fassade auf der anderen Straßenseite: «Seit ihr Ehemann gestorben ist, ist Carmens Mutter ziemlich... na ja... wunderlich geworden. Sie redet mit den Toten. Seit einiger Zeit ist sie in psychiatrischer Behandlung. Sie hat die Katzurs mal regelrecht überfallen, als bei denen ein großer Empfang gewesen ist. K. U. K. und Carmen waren auch dabei.»

«K. U. K.?»

«Kai-Uwe, so hat er sich abgekürzt. Ihre Mutter hat einen Riesenaufstand gemacht. Ich glaube, sie hat einen Minderwertigkeitskomplex und fühlt sich von allen möglichen einflussreichen Leuten verfolgt. Dabei ist sie eigentlich sehr lieb. Und jetzt kümmert sich wohl keiner mehr um sie?»

«Was ist Katzur junior für ein Mensch?»
«Werden Sie mich zitieren?»
«Wie Sie wollen.»
«Will ich nämlich nicht. Also: Kai-Uwe ist ein Großkotz, dem ist die Arroganz mit in die Wiege gelegt worden. Er spielte sich immer als die Nummer eins auf und tat wie Krösus. Dabei lag er bis vor kurzem seinem Vater auf der Tasche.»
«Und jetzt?»
«Jetzt finanziert er sich selbst.»
«Wie denn?»
«Windige Geschäfte, nehme ich an. Um ehrlich zu sein, mir ist es egal, womit einer sein Geld verdient. Was mir nicht egal ist, ist, wie einer seine Freunde oder überhaupt andere Leute behandelt. Der hat Carmen behandelt, als wäre sie sein Eigentum. Wie eine Puppe. Sie sah aus, wie er wollte, sie zog an, was er wollte - und wenn er meinte, dass sie es nötig hätte, nahm sie eine Prise Koks, weil er es wollte. So einer ist das. Aber in Wahrheit… ach, na ja …»
«In Wahrheit?»
«Ein totaler Waschlappen. Wenn man ihm mal drei Sekunden in die Augen sieht, wird er blass. Ein feiger Hund mit einem Vater- und einem Mutterkomplex. Nicht gerade zu beneiden, der Knilch.»
Ihr Gesicht drückte Zufriedenheit mit dem gerade gefällten Urteil aus.
«Sie sind wohl mal mit ihm aneinandergeraten?»
«Er hat meine Freundin fertiggemacht. Und dann ist sie hier hergekommen, war völlig fertig, und ich musste sie wieder hochpäppeln. Wenn sie wieder einigermaßen fit war, kam er in seinem verdammten Sportcoupé und hat sie abgeholt. Später ist er dazu übergegangen, sie hier abzuliefern, wenn er glaubte, dass sie es nötig hatte. Das muss man sich mal

vorstellen! Das war ein echt perverses Verhältnis. Aber hochgetraut hat er sich nicht.»

«Glauben Sie, dass er sie getötet hat?»

«Der Waschlappen?» Sie lachte hämisch.

«Vielleicht im Affekt.»

«Bei dem gibt's keinen Affekt, nur kalte Berechnung.»

«Ich denke, so souverän ist er gar nicht.»

«Kalt wie eine Schlange, feige wie ein Hund!»

«Waren Sie auch auf der Inselparty?»

Sie senkte den Kopf: «Dann würde sie vielleicht jetzt noch leben.»

«Meinen Sie?»

«Ich weiß nicht. Ich bin nicht hingegangen, weil Kai-Uwe seine ganze verlogene Bande eingeladen hatte. Ich war nicht eingeladen. Carmen hat mich gefragt. Ich hab abgelehnt.»

Ihre Stimme war leise geworden. Sie sah immer noch auf den Boden. Dann holte sie tief Luft: «Wollen Sie Kai-Uwe auf die Pelle rücken?»

«Ja, natürlich.»

«Ich kann Ihnen den Namen seiner Pension geben.»

«Na prima.»

«Freuen Sie sich nicht zu früh, er ist ja untergetaucht, aber vielleicht finden Sie eine Spur.»

Ich schrieb die Adresse, die sie mir nannte, in mein Notizbuch.

Als ich mich an der Tür verabschiedete, sagte sie: «Wenn Sie über Carmen schreiben, seien Sie nett zu ihr ...»

«Ich versprech's.»

«Versprechen Sie mir nichts, Sie sind Journalist. Ich wollte es nur gesagt haben.»

«Ja.»

«Tschüss.» Ich sollte wirklich nichts versprechen. Ich habe nie ein Versprechen halten können.

6

Die Pension Ehrenwirth lag in einer Seitenstraße in der Nähe des Hauptbahnhofs, nicht weit von meiner Wohnung entfernt. Ein schmales, weißes Haus aus der Gründerzeit, frisch verputzt. Zu der gläsernen Eingangstür führte eine steile Steintreppe. Rechts und links auf dem breiten Geländer thronten zwei altertümliche Laternen. Neben dem übergroßen Klingelknopf waren zahlreiche Schilder angebracht, die darauf hinwiesen, dass hier die meisten der gängigen Kreditkarten akzeptiert wurden.

Ich klemmte mir die Morgenpost unter den linken Arm und klingelte. Die Zeitung hatte ich am Hauptbahnhof gekauft. Auf mehreren Seiten wurde darin über die Gespräche der Sozialliberalen und der Konservativen berichtet. Sie waren zum Scheitern verurteilt. Beide Parteien gifteten sich an und schienen überhaupt kein Interesse an echten Verhandlungen zu haben. Ein Artikel beschäftigte sich mit der rechtsradikalen D.P.O. und ihrer Forderung nach einer rechtskonservativen Regierungsbildung. Die feisten Neonazis - einige ihrer Wortführer waren abgebildet - bildeten sich tatsächlich ein, sie könnten in Zukunft die Geschicke der Hansestadt lenken. Sollte es soweit kommen, würde ich wohl demonstrieren gehen müssen. Wer hätte gedacht, dass ein so träger Mensch wie ich plötzlich das Bedürfnis verspüren könnte, auf die Straße zu gehen…

Es summte, und ich stieß die Tür auf. Ein grüner Teppich führte auf das Rezeptionspult zu. Dahinter saß ein gebeugter Mann mit krummen Schultern, dünnen Armen und einem länglichen Schädel, auf dem wenige klebrige Haare penibel nach hinten gekämmt waren.

«Guten Morgen, der Herr. Sie wünschen?» Der Mann musterte mich mit müdem Blick.

«Auskünfte», sagte ich. «Nichts weiter als ein paar Auskünfte.»

«Bitte?»

«Sind Sie hier der Chef?»

«Wollen Sie Auskünfte über unser Haus einholen?» Der Mann richtete sich auf und kniff die Augen zusammen.

«Über einen Ihrer Gäste.»

«Es ist nicht unsere Art, Auskünfte zu erteilen.» Auf seinem Pult stand ein Namensschild: K. Ehrenwirth.

«Es geht um einen jungen Mann, der sich bei Ihnen eingemietet hat.»

K. Ehrenwirth zwinkerte ein paarmal nervös mit den Augen, dann drehte er sich nach links und rief in den dunklen Gang:

«Heinrich! Kommst du mal bitte.»

Aus dem Gang eilte ein anderer herbei. Er sah genauso aus wie der hinter der Rezeption, allerdings trug er kein Jackett, sondern war in Hemdsärmeln. In der linken Hand hielt er ein Staubtuch.

«Sie sind wohl die Gebrüder Ehrenwirth?» fragte ich verblüfft. Es waren Zwillinge.

«Ja», sagte der Hemdsärmelige. Er begann pedantisch das Staubtuch zusammenzufalten. Auch er machte einen sehr trägen Eindruck. Aber seine Augen sahen mich hellwach an, als wolle er sich jede Einzelheit meiner Kleidung merken.

«Was gibt es denn?» fragte er.

Seine Stimme klang genauso hoch und wimmernd wie die des anderen.

«Der Herr hier möchte Auskünfte haben.» Das Wort «Auskünfte» betonte er besonders.

«Was für Auskünfte?»

«Ja, was für welche, Herr ...»

Ich griff in meine Gesäßtasche und holte den Journalistenausweis hervor. Der Mann hinter dem Pult griff gierig danach: «Herr Tolonen. Für wen arbeiten Sie denn?»

«Ich betreibe ein eigenes Büro.»

«Tja», sagte Heinrich Ehrenwirth und fingerte unbehaglich an seinem Hemdkragen herum. «Und was -»

«Es geht um einen gewissen Kai-Uwe Katzur. Der wohnt doch bei Ihnen?»

Die beiden sahen sich ratlos an: «Ja», sagte Heinrich Ehrenwirth dann zögernd.

«Nein», sagte sein Bruder. «Nicht mehr.»

«Wann ist er ausgezogen?»

«Wann ...» Die beiden sahen sich an. Es widerstrebte ihnen, mir zu antworten.

«War die Polizei hier?» fragte ich scharf.

«Die Polizei?» Das brachte sie auf Trab. «Wundert mich, dass sie noch nicht hier war. Der Mann wird doch wegen Mordes gesucht.»

Da blieb ihnen die Spucke weg.

«O Gott», stammelte Heinrich dann und faltete sein Staubtuch wieder auseinander.

«Ja, also das ...» murmelte sein Bruder.

«Soll ich etwa schreiben, dass Sie wissentlich einen Mörder beherbergt haben?»

«Also hören Sie mal.» K. Ehrenwirth zwinkerte empört.

Heinrich schüttelte den Kopf: «So können Sie das nicht machen.»

«Will ich auch gar nicht. Aber Sie sollten mir helfen.»

«Also wissen Sie ...»

«Das ist gegen die Gepflogenheiten ...»

«Es ist auch gegen die Gepflogenheiten, einen Mord zu begehen.»

Beide fingerten jetzt an ihren Kragenknöpfen. Das Problem des engen Hemdkragens musste genetisch bedingt sein.

«Haben Sie sein Zimmer schon aufgeräumt? Nein? Ich möchte es besichtigen.»

«Also ich weiß nicht ...» Heinrich begann erneut zu falten.

«Mich würde auch interessieren, wer sich hier mit ihm traf. Sonst wird meine Phantasie nur unnötig angeregt. Das ist eine zwielichtige Gegend hier, in der Sie Ihre Pension betreiben. Drogenszene und all das.»

«Wir sollten den Herrn wohl ein bisschen unterstützen», meldete sich K. Ehrenwirth zaghaft. «Es geht schließlich um ein Verbrechen.»

«Seine Freundin hieß ...» begann Heinrich.

«Carmen.»

«Das weiß ich, sie ist ja leider das Opfer. Andere Namen würden mir mehr helfen.»

«Es war doch sonst niemand da», stotterte K.Ehrenwirth. «Außer der Mutter und ...»

«... außer dem Grafen.»

«Ja, der Graf.»

«Was für ein Graf denn?» Ich zückte mein Notizbuch.

«Perosino. Graf Perosino.» K. Ehrenwirth deutete auf meinen Bleistift: «Lassen Sie nur, ich gebe Ihnen ein -» er duckte sich hinter das Pult und kam gleich wieder zum Vorschein, «- ein Flugblatt.» Er hielt mir einen roten Zettel hin.

«Graf Perosino - TP 3000 - Psycho-Wave - Techno-Surf. Was soll das denn heißen?»

«Das durften wir hier auslegen», sagte Heinrich. «Das ist ein Veranstaltungsort auf St. Pauli, eine Art Tanzpalast. Nicht wahr?» Er blickte hilfesuchend zu seinem Bruder.

«Eine Diskothek, nehme ich doch an», nickte der. «Wir sind natürlich nie dort gewesen.»

«Obwohl der Graf uns eingeladen hat.»

«Er bezeichnet sich selbst als Elektro-Graf», erklärte Heinrich mit ernster Miene.

«Na gut.» Ich faltete das Blatt zusammen und steckte es in die Hosentasche.

«Darf ich dann mal sein Zimmer sehen?»

«Da er weg ist, werden Sie dort kaum etwas finden», sagte Heinrich.

«Das weiß man nie.»

«Lassen wir den Herrn doch», lenkte K. Ehrenwirth ein. «Was ist schon dabei, das Zimmer ist leer, der Gast ist abgereist.»

Heinrich stiefelte los und schaltete das Licht ein. Ich folgte ihm. An den Wänden des Korridors hingen Blumenaquarelle, womöglich selbstgemalt. Vor dem Zimmer mit der Nummer 023 blieb er stehen und holte seinen Generalschlüssel hervor.

Das Zimmer war noch nicht aufgeräumt. Die Schranktüren standen offen, das Bett war ungemacht, der Stuhl vor dem schmalen Tisch umgekippt. Ehrenwirth stellte ihn behutsam an seinen Platz zurück. Ich nahm mir den Stuhl und stieg darauf, um auf den Schrank zu sehen. Außer Staub gab es da nichts. Ich kam mir dämlich vor. Der Schrank war leer, die Schublade im Tisch ebenfalls. In der Dusche stand eine Shampooflasche, auf dem Waschbecken ein gesprungenes Zahnputzglas. Auf einer Kommode ein kleiner Fernseher. In der Kommode immerhin ein Paar zerschlissener Tennisschuhe. Im oder unter dem Bett war nichts zu entdecken. Ich klappte sogar den Klodeckel hoch.

«Das ist wohl nicht sehr ergiebig», bemerkte Ehrenwirth zaghaft.

«Offenbar nicht.»

Ich nahm mir den Papierkorb vor. Drei leere Marlboro-Schachteln, Reste eines halbgegessenen Apfels, eine

Cola-Dose und zerknülltes Papier, einige Schnipsel. Ich setzte mich an den Tisch und knüllte das Papier auseinander. Auf einem waren nur drei Buchstaben mit Kuli geschrieben: K, L, I, auf einem anderen unleserliches, mehrfach durchgestrichenes Gekritzel. Dann eine Telefonnummer und ein Name: Nadja. Ich schrieb beides auf. Dann fand ich eine leere Kondomschachtel. Das war alles.

«Sie hatten wohl noch keine Zeit zum Aufräumen?»

«Der Herr war erst gestern Abend noch mal …»

«Da wussten wir noch nicht, dass …»

«Hat er viele verschiedene Frauen hier bei sich gehabt?»

«Aber ich bitte Sie, wie kommen Sie denn darauf?»

«Ich dachte nur …»

«Immer nur die gleiche… und manchmal eine andere.»

«Ihnen war das egal?»

«Das nicht, aber Herr Katzur zahlte pünktlich, und die Damen waren gut erzogen.»

«Sieh mal an.»

Ich gab's auf. Detektivspielen kann einem ganz schön auf die Nerven gehen. Wir verließen das Zimmer, das Heinrich Ehrenwirth sorgfältig abschloss. Ich folgte seinen schlurfenden Schritten durch den Korridor. Ich verabschiedete mich. Die beiden Brüder hinter dem Pult atmeten hörbar auf.

«Erzählen Sie der Polizei nichts von mir, das bringt nur Ärger», sagte ich zum Schluss.

Beide nickten.

Draußen, als ich schon einige Stufen hinuntergegangen war, drehte ich mich noch einmal um und warf einen letzten Blick durch die Glastür. Drinnen standen die beiden ältlichen Zwillinge jetzt dicht aneinandergedrängt und blickten mir nach. Heinrich griff ängstlich nach der Hand seines Bruders und streichelte sie.

Das Mädchen namens Nadja zu finden war nicht schwierig. Ich ging in eine Telefonzelle, wählte die Nummer und landete in einer Pizzeria gegenüber dem Hauptbahnhof. Ich verlangte Nadja und hatte sie wenige Minuten später an der Strippe. Sie sagte, sie hätte nichts dagegen, über Kai-Uwe Katzur zu sprechen. Gelangweilte Stimme. Sie schien nicht besonders innig mit ihm befreundet zu sein.

Sie bediente draußen auf dem Bürgersteig, eine sportliche Brünette mit Kulleraugen und beinahe wulstigen Lippen. Eine schnelle, pragmatische Kellnerin. Ich bestellte eine Pizza und ein Glas Chianti und legte ihr einen Zehnmarkschein hin, um sie auskunftsfreudig zu stimmen. Sie nahm den Schein mit einem Schulterzucken an sich und setzte sich, nachdem sie die Bestellung weitergegeben hatte, auf den Plastikstuhl neben mich. Die meisten Tische waren unbesetzt.

«Haben Sie eine Ahnung, wo ich Kai-Uwe erreichen kann?» fragte ich.

«Nein. Seit seiner komischen Party hab ich ihn nicht mehr gesehen.»

«Sie waren auf der Party? Also sind Sie recht gut mit ihm befreundet?»

«Quatsch. Er brauchte Frauen für sein Fest, deshalb hat er mich eingeladen. Ich kannte ihn gar nicht vorher. Ein Bekannter hat mir davon erzählt. Also bin ich mitgegangen.»

«Katzur hatte Ihre Telefonnummer notiert.»

«Die muss ihm einer seiner dämlichen Macho-Freunde gegeben haben. Die haben mich in einer Tour angebaggert auf der Insel. Diese schmierigen Erfolgstypen, die alle einen Bauch haben und deshalb weite, schwarze Hosen tragen. Von denen gab es viele dort. Ich hab einem Fotografen die Nummer hier gegeben, man weiß ja nie.»

«Katzurs Freundin ist auf der Insel zurückgeblieben. Tot.»

«Ich hab davon gehört.» Sie schlug ihre tiefgebräunten Beine übereinander.

«Waren Sie nicht schockiert? Haben Sie nichts bemerkt an dem Abend?»

«Ich bin ziemlich früh dort weg. Hatte die Schnauze voll von den Kerlen. Es gibt so eine Sorte Männer, denen der Erfolg nicht reicht, sie müssen ihn immer lautstark erklären. Außerdem ging mir das Champagnergesaufe auf die Nerven. Ich bin ein einfaches Mädchen vom Lande.» Sie lachte kurz. Klang ganz sympathisch.

«Ist Ihnen irgend etwas aufgefallen, während Sie dort waren?»

«Mir ist aufgefallen, wie käuflich Frauen sind, wie ekelhaft fette Männerbäuche sein können, und wie unendlich bescheuert es ist, wenn alle möglichen Idioten glauben, sie müssten auf Teufel komm raus eine Orgie zustande bringen.»

«War es eine Orgie?»

«Ach was! Ein paar Frauen machten einen Riesentrara, als sie sich auszogen, und ein paar Männer grunzten wie die Schweine, als sie ihnen Geldscheine zur Belohnung hinwarfen. Irgendein Paar wollte es vor allen anderen treiben, aber der Mann schaffte es nicht ganz. War wohl nervös. Aber die meisten tanzten und tranken - genauso wie auf einem x-beliebigen Gartenfest. Wenn Sie eine tolle Story für irgendein Revolverblatt schreiben wollen, müssen Sie was dazuerfinden.»

«Drogen?»

«Nur soviel wie immer, ein bisschen Koks, ein paar Pillen.»

«Wer könnte Carmen umgebracht haben?»

«Keine Ahnung. Moment mal, ich hol Ihnen Ihre Pizza.» Sie verschwand im Restaurant und stritt sich ein bisschen mit ihrem Chef, der nicht mochte, dass sie bei mir rumsaß. Dann kam sie mit der Pizza zurück.

«Ist ein gewisser Perosino auch dort gewesen?»

«Klar, der war ja verantwortlich für diese Scheißmusik, die dort lief. Dieser Techno-Kram. Maschinenrhythmen und Gepiepse. Ich bin mehr für Melodien, bisschen altmodisch.»

«Was ist das für einer?»

«Perosino? Den kennen Sie nicht? Der ist doch ein Phänomen.» Sie sah mich zögernd an: «Na ja, Sie sind wohl ein bisschen zu alt für solche Scherze.»

«Gerade mal knapp über vierzig.»

«Ja, eben. Aber egal: Perosino macht einen auf Säulenheiliger der Popszene oder wie man das beschreiben soll.»

«Der Elektro-Graf.»

«Ja, so nennt er sich. Sie sollten mal sehen, wie er rumläuft. Wie ein Geisteskranker. So eine Kreuzung aus Graf Dracula und Benito Mussolini. Oder eine Kombination aus Peter Lorre und Erich von Stroheim. Aber das klingt alles viel zu schmeichelhaft. Er ist einfach ein Lackaffe, der auf Stummfilm-Hero macht. Immer mit Umhang und bedeutungsschwangerer Miene. In den Szeneblättern lässt er sich beweihräuchern. Er glaubt, er sei eine Kultfigur.»

«Und?»

«Er ist nicht besser als jeder Budenschreier vom Rummelplatz.»

«Sie sind sich wohl sehr sicher in Ihrem Urteil über andere.»

«Natürlich. Sie nicht?»

«Können Sie mir Namen von anderen Teilnehmern geben?»

«Nee, höchstens den von meinem Bekannten, aber der ist vor drei Tagen nach Italien abgereist. Und der kennt Katzur auch nur über irgendwelche Kumpel, aber die kenne ich wieder nicht. Ich glaub, ich kann Ihnen nicht sehr viel weiterhelfen.»

«Na, immerhin.»

«Nadja!» Der Italiener stand in der Tür und wollte sie zur Arbeit antreiben.

«Schätze, jetzt müssen Sie Ihre Pizza essen, sonst ist er tödlich beleidigt.»

Sie lief zu zwei anderen Tischen, an denen neue Gäste Platz genommen hatten.

Ich probierte die Pizza, winkte dem Wirt zu und deutete auf meinen Teller: «Schmeckt gut.»

Er verschwand zufrieden im Lokal. Ich aß wie immer zu hastig und trank den Wein zu schnell. Dabei hatte ich es überhaupt nicht eilig. Perosinos Tanzpalast öffnete seine Pforten erst um 22:00 Uhr, so stand es auf dem roten Flugblatt. Ich hatte einen freien Nachmittag. Als ich das Restaurant verließ, rempelte ich versehentlich einen bärtigen Bettler an, der eine Entschuldigung brabbelte und die Hand aufhielt. Ich gab ihm zwei Markstücke. Zum Dank blies er für mich einen grellen Ton auf seinem Plastiksaxophon. Er trug einen fleckigen Tirolerhut und eine rote Steppdecke als Umhang. Ein Neuzugang in unserem Viertel.

7

23:25 Uhr. Graf Perosino beugte sich über die Brüstung mit den imitierten Barocksäulen und blickte auf das hektische Treiben zu seinen Füßen. Ihn mit Stroheim oder Mussolini zu vergleichen war völlig übertrieben, er sah eher aus wie eine billige Bela-Lugosi-Imitation. Er war schmächtig und trug über dem schwarzen Anzug und dem Rüschenhemd einen albernen schwarzen Umhang. In der einen Hand hielt er ein Funktelefon, wahrscheinlich stellte es eine Art Statussymbol dar. Ich hatte mich durch das Gewühl der herumzuckenden Leiber zum Tresen durchgearbeitet und winkte dem breitschultrigen Mann hinter der Bar zu. Der Tresen war aus Metall und in schmutzigem Gold gestrichen. Der Barkeeper reagierte nicht auf mein Winken, und ich hatte Zeit, mir das TP 3000 anzusehen. Zwischen Gipssäulen und unter üppigen Kristalllüstern hatte sich die jugendliche Techno-Gemeinde versammelt. Sie standen an die Säulen oder dazwischengebaute Mäuerchen gelehnt oder saßen auf plüschigen Sofas und Sesseln. Andere tanzten mit erhobenen Händen wie in Ekstase zu maschinell pulsenden Rhythmen und idiotischem Gepiepse von billigen Synthesizern. Teilweise waren die Säulen und Mauern in transparentes, glänzendes Plastik eingehüllt. Früher musste dies mal ein teurer St. Pauli-Nachtklub gewesen sein. Die männlichen Gäste trugen zum größten Teil zerrissene Jeans, Turnschuhe und Kapuzenjacken, manche hatten sich eine Trillerpfeife um den Hals gehängt. Die weiblichen Techno-Fans hatten sich zum Teil in aufreizende Plastikkostüme gezwängt. Sie waren zum größten Teil nicht einmal halb so alt wie ich.

Der Barmann bequemte sich zu mir, und ich hielt ihm meine Visitenkarte hin:

«Ich will den Chef sprechen.» Wegen der ohrenbetäubend lauten Musik musste ich ihm ins Ohr brüllen.

Der breitschultrige Kerl runzelte arrogant die Stirn und studierte den Text auf der Karte.

«Was wollen Sie denn von ihm?»

«Interview.»

«Weiß er Bescheid?»

«Noch nicht. Aber Sie haben ja dieses tolle Telefon da.» Ich deutete hinter ihn. «Damit können Sie mich anmelden.»

Er blickte über meinen Kopf hinweg auf das tanzende Volk und tat so, als würde er nachdenken. Dann nickte er behäbig und drehte sich zum Apparat herum.

Wie gut, dass der Elektro-Graf immer sein Funktelefon bei sich trug. Er gab sein Okay.

«Gehen Sie hinter der Säule da die Treppe hoch. Sie müssen über die Absperrung klettern.»

Die Absperrung war eine Kette, über die ein übereifriger Innenausstatter ebenfalls ein Stück Plastikfolie gehängt hatte. Die Treppe war aus ordinärem Holz und ziemlich ausgetreten. Als ich oben angekommen war, gingen die Lichter im Saal aus, und Blitzlichter begannen zu zucken. Einen Moment lang sah ich überhaupt nichts. Dann stand der Elektro-Graf vor mir und musterte mich. Ich hielt ihm meine Karte hin. Eine Begrüßungsformel war überflüssig, er hätte mich nicht einmal verstanden, wenn ich laut geschrieen hätte. Es dauerte eine Weile, bis er in dem ungünstigen Licht die Buchstaben entziffert hatte. Dann bedeutete er mir mitzukommen. Ich lief hinter seinem flatternden Umhang her. Über eine kleine Treppe und einen schmalen, finsteren Gang, an dessen Wänden noch immer kitschige Aktfotos hingen, gelangten wir in sein Büro. Die Tür war gepolstert und der Raum schalldicht genug, dass man von den Maschinenrhythmen nur noch ein leises Vibrieren wahrnehmen konnte. An den Wänden hingen einige altmodische, psychedelische Poster und das Kinoplakat eines italienischen Gruselfilms aus den sechziger Jahren: «Die toten Augen des Dr. Dracula». Schöner Titel. Daneben das Plakat zu Fritz Langs «Metropolis». Perosino steuerte zielstrebig den Chefsessel hinter seinem Schreibtisch aus Plexiglas an und deutete auf die davor stehenden, passenden Stühle. Ich nahm Platz und bewunderte das Salzwasseraquarium, das links neben dem Schreibtisch an der Wand stand. Ein Kugelfisch zog gelangweilt seine Bahnen zwischen Korallen und Seeanemonen.

«Möchten Sie einen Fruchtcocktail?» fragte Perosino, während er den Telefonapparat sehr ordentlich vor sich hinlegte.

«Fruchtcocktail?»

«In diesem Klub gibt es keine alkoholischen Getränke.»

«Sieh mal an. Nein, danke.»

«Wir haben einen phantasievollen Barkeeper.»

«Ich habe keinen Durst.»

Er sah wieder auf die Visitenkarte, die er vor sich auf den Tisch gelegt hatte: «Für welches Blatt schreiben Sie denn? Die Illustrierte?»

«Nein. Für meine eigene Agentur.»

«Ihren Namen hab ich noch nie gehört. Aber Sie sind aus Hamburg?»

«Ich treibe mich nicht in Ihren Kreisen herum. Ich bin zu alt für diesen Kindergarten von Metropolis.»

«Was wollen Sie dann hier?»

«Sie kennen lernen. Heißen Sie wirklich so?»

«Perosino, ja.» Er lächelte dünn: «Aber kein Graf.»

«Vorname?»

«Guido.»

«Italiener?»

«Richtig. Was interessiert Sie denn so brennend an meiner Person?»

«Ihre Verbindung zu Carmen Wüpperfürth.» Er sah zur Decke, dann zuckte er mit den Schultern: «Kenn ich nicht.»

«Sie haben neulich zu einer Party aufgespielt.»

«Sie meinen, ich habe meine mobile Diskothek zur Verfügung gestellt.»

«So wird's wohl gewesen sein.»

«Mach ich andauernd.»

«Auf der Elbinsel. War es eine schöne Feier?»

«Was weiß ich? Ich hab gearbeitet, nicht gefeiert.»

«Für Carmen Wüpperfürth war es die letzte Party.»

«Ist das… die Tote?» Ich nickte. Er ruckte mit seinem Chefsessel etwas näher an die Tischplatte: «Und was wollen Sie mir jetzt andichten?» Er stützte sich mit beiden Händen auf der Tischplatte ab, als wolle er dadurch Kraft gewinnen, und lächelte mich gequält an.

«War die Polizei schon hier?»

«Was soll diese Unterstellung?»

«Wie gut kennen Sie denn den Veranstalter der Party? Gehen Sie ein und aus in Politikerkreisen?»

«Sie wollen mich provozieren, stimmt's?»

«Nein. Die jungen Leute hier im Haus, womit turnen die sich an, Ecstasy? Koks?»

«Soll ich Sie rausschmeißen lassen?»

«Was wird Ihnen das wohl bringen?»

«Ihr Journalisten seid doch alle Arschlöcher!»

«Kann sein. Aber fangen wir noch mal von vorne an: Sind Sie mit Kai-Uwe Katzur befreundet?»

«Wir unterhalten ein Geschäftsverhältnis.»

«Nanu, seit wann arbeitet dieses Bürgersöhnchen denn?»

«Sie sind ein verdammter *agent provocateur*!»

«Und Sie benehmen sich schrecklich theatralisch. Ich bin

auf der Suche nach Katzur. Haben Sie ihn versteckt? Er wird von der Polizei des Mordes verdächtigt.»

«Das sind doch alles nur Sprüche. In der Zeitung stand nichts davon.»

«Sie glauben wohl nur an etwas, wenn es in der Zeitung gestanden hat?»

«Ich kenne Katzur nur flüchtig.»

«Immerhin haben Sie ihn in seiner Pension besucht.»

«Da haben wir über die Inselparty gesprochen.»

«Wann haben Sie ihn das letzte Mal gesehen?»

«Dort auf der Insel.»

«Wann genau?»

«Im Morgengrauen. Er war ziemlich betrunken …»

«Und weiter?»

«Er hat seine Freundin gesucht.»

«Carmen. Vielleicht war sie schon tot, vielleicht hatte er sie schon umgebracht.»

«Er konnte ja kaum noch gerade stehen.»

«War er voll Blut, hatte er seine Hose an?»

«Sie gehen mir auf die Nerven. Was soll das?»

«Carmen ist vergewaltigt worden und erstochen. Hatte er ein Messer in der Hand?» «Sie sind doch paranoid! Carmen hat alles mit ihm freiwillig gemacht. Der konnte sie nehmen, wann er wollte, die war ihm doch total hörig.»

«Sieh mal an, so genau kennen Sie die beiden also.»

«Hauen Sie ab!» Er griff nach seinem Funktelefon.

«Gleich. Um wieviel Uhr war das, als Sie ihn gesehen haben?»

«Halb fünf, wir hatten gerade begonnen, unsere Anlage im Boot zu verstauen.»

«Waren noch viele Leute da?»

«Natürlich nicht, sonst hätten wir ja weitergemacht.»

«Meinen Sie, die Party war ein Erfolg?»

«Was mich betrifft schon, es hat sich gelohnt. Es gab irgendwann einen Tumult, und einige Frauen sind abgezogen, weil sich ein paar Typen danebenbenommen haben. Danach ging's dann langsam zu Ende.»

«Haben Sie jemand Verdächtigen bemerkt?»

«Jack the Ripper, wie? Nein.»

«Wie ist Katzur von der Insel weggekommen?»

«Weiß ich nicht.»

Es klopfte an der Tür. Perosino blickte irritiert hinüber, als sie sich öffnete und ein zierliches Mädchen von vielleicht 22 Jahren hereintrat. Sie stolperte auf der Schwelle und stützte sich mit einer fahrigen Bewegung am Türrahmen ab. Sie war sehr blass und sehr hübsch und trug einen asymmetrischen Kurzhaarschnitt. Außerdem ein knappes, rotes Plastikkleid mit langen Ärmeln und gelbe Kunststoffsandalen. Sie sah gar nicht richtig zu uns hin.

«He!» rief Perosino. «Komm später wieder!»

Sie blickte ihn erstaunt an: «Was... ?»

Dann sah sie mich: «Ach so ...» Und blieb unschlüssig stehen, die Lippen leicht geöffnet.

Perosino wedelte mit der Hand, als wolle er sie verscheuchen: «Kannst du nicht mal einen Moment verschwinden?»

«Ich muss mich hinlegen.» Sie steuerte das schwarze Kunstledersofa an, das am anderen Ende des Raumes stand, und ließ sich darauf fallen.

«Hast du nicht gehört!» schrie Perosino. Aber sie antwortete nicht, sondern seufzte und legte den rechten Arm über die Augen, als wolle sie sie vor zuviel Sonne schützen.

Perosino schob seinen Sessel zurück und wollte aufstehen.

«Der sind wohl die Fruchtcocktails nicht bekommen», sagte ich.

Er sah mich entgeistert an und blieb sitzen. Dann griff er nach seinem Telefon, tippte einige Nummern und murmelte etwas hinein. Ich sollte abgeschoben werden.

Ich stand auf und sah mir den herumdümpelnden Kugelfisch an. Als ich gegen die Scheibe klopfte, zischte er davon.

«Lassen Sie das», fauchte Perosino.

«Die Kerle kann man essen.»

«Man kann auch dran sterben.» Ich ging hinüber zu dem Mädchen. Sie stöhnte ganz leise.

«Ihnen geht's wohl nicht so gut?»

«Lassen Sie Aloa in Ruhe!»

«Hast du zuviel getrunken, Aloa?»

Sie blinzelte mich über ihren Ellbogen hinweg an: «Ich trink nie... ja, doch, wahrscheinlich...»

«He!» rief Perosino.

Die Tür wurde aufgerissen, und der Barkeeper stiefelte herein.

«Schaff den Kerl da raus», sagte Perosino. «Nimm ihm seinen Notizblock ab und reiß die Seiten raus. Er hat die ganze Zeit mitgeschrieben.»

Der Gorilla packte mich an der Schulter und riss mich herum. Ich verlor beinahe das Gleichgewicht.

«Her mit dem Block!»

«Darf ich sie selber rausreißen?» Ich führte ihm vor, wie man sehr ordentlich Blätter aus einem Notizblock herausreißt. Sie flogen auf den Boden. «Aber im Kopf hab ich doch alles drin», sagte ich zu Persino.

«Soll ich ihm eine scheuern?» fragte der Gorilla.

«Nein, der ist doch von der Presse. Begleite ihn nach draußen.»

Der Kraftprotz nahm mich am Arm und schob mich zur Tür hinaus. Er stieß mich die Treppe hinunter und dann durch die zuckenden Tänzer hindurch zum Ausgang. Die jungen Leute hatten gerade ein neues Stadium der Ekstase erreicht: Kapuzen über dem Kopf, mit erhobenen Händen und geschlossenen Augen drehten sie sich auf der Stelle um die eigene Achse.

Ich bekam einen unsanften Stoß in den Rücken und taumelte auf die Straße. Wäre ich nicht gegen einen breiten Rücken geprallt, der gerade an der richtigen Stelle stand, wäre ich zu Boden gestürzt.

Der breite Rücken gehörte meinem Kumpel Kreissberg, der sich gerade mit einem dunkelhaarigen, jungen Kerl unterhielt, der aussah, als sei er Stammgast im TP 3000: Kapuzenjacke, Trillerpfeife usw.

«Tolonen! Wenn du nicht schon so blass um die Nase wärst, würde ich dir einen Tritt in den Arsch geben. Wieso verfolgst du mich die ganze Zeit?»

«Kreissberg, du bist paranoid.»

«Was hast du da drin gemacht?»

«Getanzt.»

«Du spinnst! Mit wem?» Er wusste tatsächlich nicht, ob er mir glauben sollte.

Mein Rücken tat weh, ich beugte mich nach vorne: «Mit einem Mädchen. Sie heißt Aloa. Kennst du sie?»

«Ich war noch gar nicht drin.»

Als ich mich wieder aufrichtete, fing ich einen Blick des Jungen auf, der neben Kreissberg stand. Seine Augen blitzten gefährlich. Aber nur einen Moment. Dann wandte er sich ab und trabte auf seinen Turnschuhsohlen davon. Die Hände behielt er dabei in den Taschen der Trainingsjacke. Sah irgendwie komisch aus.

«Wer war das?»

Kreissberg gab sich desinteressiert: «Irgendso ein junger Spunt.»

«Willst du zu Perosino?»

«Hast du mit ihm gesprochen?»

«Er ist ziemlich nervös. Wenn du jetzt reingehst, erwischst

du ihn vielleicht auf dem falschen Fuß.»
«Du gehst mir auf die Nerven, Tolonen.»
«Was denn?»
«Merkst du nicht, dass du mir andauernd im Weg herumstehst?»
«Geh doch vorbei!»
«Mach ich auch.»
Er ging an mir vorbei. Ein Junge, der genauso aussah wie der andere, bis auf die blonden Haare, trat Kreissberg in den Weg: «Wo ist er denn hin?»
«Wer denn?»
«Narc, der stand doch gerade noch hier rum.»
«Abgehauen», sagte Kreissberg.
Der Junge blickte suchend in alle Richtungen. Kreissberg ging weg, ohne sich zu verabschieden.
«Wie hieß der junge Typ?» fragte ich den Dunkelhaarigen.
«Narc.»
«Wie schreibt man das?»
«N-A-R-C, wie denn sonst?»
«Hat er auch einen Nachnamen?»
«Nee, natürlich nicht.»
Damit ließ er mich stehen. Ich ging in die gleiche Richtung wie Kreissberg. In einigem Abstand sah ich ihn die Große Freiheit hinuntergehen. Auf der Reeperbahn nahm sich jeder von uns ein Taxi. An einer Ampel standen die beiden Wagen kurz nebeneinander. Aber Kreissberg sah nicht zu mir herüber.

8

In der Donnerstagsausgabe des *Hamburger Abendblatts* meldeten sich zahlreiche Prominente zu Wort. Schauspieler, Unterhaltungsmusikanten, Fernsehmoderatoren und andere «Kulturschaffende» glauben ja immer, sie müssten sich zu aktuellen politischen Fragen äußern. Früher taten sie das meist im «fortschrittlichen» Sinn, doch die Zeiten schienen sich geändert zu haben. Ich saß an meinem Schreibtisch im Büro, Füße auf der Tischplatte, und bekam einen steifen Hals vom Kopfschütteln. Ich hatte mich schon gewundert, als anlässlich des Todes von Marlene Dietrich irgendwelche nazibeschmutzten Schauspieler und Entertainer den noblen Weltstar als «Vaterlandsverräterin» verunglimpften, bloß weil sie es gewagt hatte, im Namen der Freiheit eine amerikanische Uniform zu tragen. Jetzt las ich Stellungnahmen der gleichen Show-Größen zur politischen Entwicklung und stellte fest, dass nicht wenige Prominente Verständnis oder gar Sympathie für die «Protestwähler» und die «neue politische Opposition» äußerten. Das Klima in Deutschland wandelte sich, man war wieder stolz darauf, eine dumme, politische Meinung zu haben. Vielleicht wäre es an der Zeit, eine großangelegte Reportage zu diesem Thema zu machen. Was war schon irgend so ein Mord auf einer Insel im Vergleich zum Wiedererstarken des Revanchismus? (Gelegentlich packt mich der Ehrgeiz, und ich spiele allen Ernstes mit dem Gedanken, eine weltbewegende Reportage an eine der großen Illustrierten zu verkaufen. Warum tue ich es dann nie? Vielleicht bin ich zu faul, vielleicht liegt es aber auch an meiner Abneigung diesen Blättern gegenüber. Wenn man einmal aus dem Kreis der etablierten Journaille rausgeflogen ist, und zwar hochkant, will man nicht unbedingt wieder angekrochen kommen und um Almosen bitten.)

Ich hatte gar keine rechte Lust mehr, im Mordfall Carmen Wüpperfürth weiterzuforschen. Auch die anderen Presseorgane schienen sich nicht mehr sonderlich dafür zu interessieren. Andererseits war da diese Nachricht auf dem Anrufbeantworter gewesen. Nicht für mich, sondern für Kreissberg. Aber der war ja nicht da.

Ich hatte das Gerät abgehört, gleich nachdem ich ins Büro gekommen war. Die Nachricht kam von dem Jungen, mit dem Kreissberg sich vor dem TP 3000 unterhalten hatte. Er hatte es zweimal versucht. Das erste Mal klang es so: «Ja, hallo… Herr Kreissberg… hier ist Narc… Sie wissen schon… der… ach Scheiße!» Es klickte. Ende. Im Hintergrund war sehr laute Musik zu hören, und der Junge musste in den Hörer brüllen, weil er sonst selbst nicht hören konnte, was er sagte. Wahrscheinlich hatte er Angst gehabt, jemand könnte ihm dabei zuhören.

Beim zweiten Mal klappte es besser: «Noch mal Narc… wieso ist das ein Büro? Ich will nur mit Ihnen sprechen, privat wäre mir lieber… Sie sind doch auf der Suche nach Kai-Uwe Katzur… ich hab da so eine Ahnung, wo er sein könnte… kann mich natürlich auch irren… aber ich glaub, ich weiß, wo er sich versteckt hält… es gibt hier eine Menge Leute, die glauben, dass er seine Freundin umgebracht hat… es gibt auch ein paar andere Leute, die glauben, dass es für sie unangenehm werden könnte, wenn die Bullen ihn einkassieren und er anfängt zu reden. Ach Scheiße, wahrscheinlich ist das Band gleich zu Ende. Also, wenn Sie was von mir wollen, kommen Sie heute oder morgen Abend in die *Cool Bar*… die ist gleich beim TP um die Ecke… kennen Sie ja vielleicht… Es wäre ganz gut, wenn Sie das niemandem erzählen, wir treffen uns da ganz zufällig… solche Typen wie Perosino müssen nichts davon wissen. Wär ganz gut, wenn Sie ein bisschen Kohle dabei hätten, ich bin nämlich ziemlich blank. Klar? Okay. Ich hoffe nur, dieses Scheißgerät hat das alles aufgenommen. Ach so, heute ist Donnerstag. Alles klar? Ab 22:00 Uhr bin ich dort. Okay, das war's.» Damit hängte er ein. Die Nachricht klang so, als ob er sich selbst dazu überredet hätte. Vielleicht interessierte ihn nur das Geld. Vielleicht auch was anderes. Konnte sogar sein, dass er Katzur reinlegen wollte. Wie gut kannte er ihn?

Ich hörte mir die Nachricht mehrmals an. Hatte nichts Besseres zu tun. Kreissberg war nicht da, also betrachtete ich die Botschaft als an mich gerichtet. Gegen einen nächtlichen Abstecher in die *Cool Bar* hatte ich nichts einzuwenden.

Später stand ich am Fenster und sehnte mich nach Regen. Es war immer noch sauwarm. Die Hitze lähmte mich, ich hatte überhaupt keine Lust, das Büro vor Anbruch der Dunkelheit zu verlassen. Eine Trägheit, vor der ich mich selber ekelte, hatte mich erfasst. Vielleicht lag es auch einfach nur an der Pizza, die ich mir hatte bringen lassen. Zuviel Peperoni. Ich knickte die Pappschachtel mit den schmierigen Essensresten zusammen und schmiss sie in den Papierkorb.

Um neun Uhr abends war ich immer noch da. Durch die geöffneten Fenster wehte die warme Luft, die sich nicht abkühlen wollte. Ich hatte den Kassettenrecorder angestellt, lag auf dem Sofa und hörte seit zwei Stunden auf die Trompete von Miles Davis. Das ist beinahe so angenehm wie eine Dauerberieselung mit eisgekühltem Sauerstoff. Die einzige Rettung an drückend schwülen Sommertagen.

Ich hörte, wie die Bürotür aufgeschlossen wurde. Dann die schweren Schritte von Kreissberg im Vorraum. Er trat durch die Zimmertür und grüßte mürrisch: «Hallo.»

Ich richtete mich auf: «'n Abend, Kreissberg. Ich war schon drauf und dran, Menzel anzurufen.»

«Wozu?»
«Um eine Vermisstenanzeige aufzugeben.»
«Wer fehlt denn?»
«Weil du dich hier nicht mehr blicken lässt.»
«So.»

Der Versuch, einen kumpelhaften Witz zu machen, war wieder mal danebengegangen. Kreissberg setzte sich hinter seinen Schreibtisch und fing an, ohne aufzusehen seine Papiere zusammenzulegen.

«Bist du in Hollywood gewesen?»
«Wieso?»
«Wegen DeNiro.»
«Was ist mit dem?»
«Hast du ihn wirklich interviewt?»
«Klar, er war doch in der Stadt.»
«Und was machen wir nun mit dem Text?»
«Du kannst ihn morgen in der Illustrierten lesen.»
«Willst du mich auf den Arm nehmen?»
«Warum sollte ich?»

Er zog seine Schubladen auf und stapelte den Inhalt auf den Tisch. Sogar den leeren Flachmann, in dem sich mal Rum befunden hatte, legte er dazu. Dann kramte er einige Plastiktüten hervor und begann, den ganzen Krempel hineinzupacken.

«Du hast allen Ernstes eine Geschichte an die Illustrierte verkauft?»

«Verkauft wurde sie von Interpublic.»

«Du hast einen Handel mit dieser Schmierenagentur gemacht? Bist du noch zu retten? Was ist mit unserer Abmachung? Wir arbeiten zusammen. Wieso hatte ich da kein Mitspracherecht? Wir sind ein Team. Genaugenommen bist du mein Angestellter. Du darfst gar keine Geschichte ohne meine Einwilligung irgendwohin verkaufen.»

«Ich dachte mir schon, dass du es auf die ekelhafte Tour versuchen würdest», murmelte er.

«Was ist los? Soll ich das Büro zumachen? Willst du kündigen?»

«Ja, genau, das ist es. Ich packe meinen Kram und haue ab.»

«Zurück zu den Klatschnachrichten und zur Regenbogenpresse…»

«Sehr richtig. Immerhin haben die Leute von Interpublic es mir ermöglicht, ein Interview mit DeNiro zu führen. Was man von dir nicht gerade behaupten kann.»

«Wir sind doch ein Team. Hier ist Eigeninitiative gefragt.»

«Sieh mal an, auf einmal.»

«Das war doch von Anfang an klar.»

«Eben hast du noch den Chef rausgekehrt.»

«Okay, hau ab, meinetwegen.»

«Danke. Sollte mal jemand anrufen und mich sprechen wollen, bist du dann so nett und gibst meine neue Telefonnummer weiter?»

«Ja.»

Er hielt eine Visitenkarte in die Höhe. Er hatte tatsächlich schon Visitenkarten als «leitender Redakteur» der Agentur Interpublic/Globalnews. Er war wieder dahin zurückgekehrt, wo ich ihn rausgeholt hatte, in die Niederungen des Klatschjournalismus. Wer weiß, was er für ein Interview mit DeNiro geführt hatte, dachte ich, den Kisch-Preis wird er dafür wohl kaum bekommen.

«Apropos Telefon», sagte Kreissberg, der inzwischen bei der vierten Plastiktüte angelangt war, und sah sich nach dem Anrufbeantworter um: «Gab es irgendwelche Nachrichten für mich?»

«Nein.»

Er drückte auf «Rewind» und dann auf «Play». Ich biss mir

auf die Lippen. Die Stimme von Narc ertönte leicht verzerrt. Kreissberg drehte den Ton etwas leiser: «Ja, hallo… Herr Kreissberg… hier ist Narc …» sagte die Stimme.

Nach vorn gebeugt, damit er den Text gut verstehen konnte, hörte Kreissberg die Nachricht auf dem Anrufbeantworter ab. Als sich das Band abschaltete, drückte er auf «Eject» und nahm die Kassette heraus. Er steckte sie in seine Hosentasche und drehte sich zu mir um.

«Du bist ein echtes Arschloch, Tolonen», sagte er.

«Du warst nicht da, also hab ich‘s abgehört. Es ist schließlich auch mein Anrufbeantworter.»

Er winkte ab: «Erspar mir deine Sprüche.» Offenbar wollte er es dabei bewenden lassen, aber dann sah er mich mit verkniffenem Gesicht an: «Mir reicht‘s jetzt, weißt du das? Du hast mich die ganze Zeit als deinen Privatclown gehalten! Als bescheuertes Maskottchen, vor dessen Dämlichkeit sich deine eigene Schlappheit als Produktivität abheben kann.» Seine Stimme wurde lauter: «Immer schön verhätscheln, den Trottel, damit er sich nicht davonmacht - das war deine Devise -, und bloß nicht zugeben, wie bescheuert die Idee war, ein eigenes Büro aufzumachen.»

Auf seinem Schreibtisch waren noch immer Papiere übrig, die nicht mehr in die Tüten passten. Er griff nach einem Karton, der in der Ecke lag, und schmiss alles hinein. Dann nahm er sich die Tüten, mit jeder Hand zwei, und wollte sich auf den Weg machen.

«Hör mal, vielleicht können wir uns mal darüber unterhalten», sagte ich hilflos.

Er schüttelte den Kopf. Jetzt stand er dicht vor mir. Ich hörte, wie er vor Ärger schnaufte. Er sah mir direkt ins Gesicht.

«Wo willst du denn jetzt hin? Wir haben doch noch diesen Termin, der Typ in der Cool Bar …»

Er ließ die Tüten fallen: «Wir? Wieso denn wir?» brüllte er plötzlich. Ich war wie vom Donner gerührt. Mit der linken Hand grapschte er nach meinem Hemd.

«Kreissberg, wir sind doch -»

«- allein», sagte er.

Ich sah weder, wie er ausholte, noch wie seine rechte Faust heransauste. Ich merkte nur, dass eine große, unbarmherzige Wucht gegen meine Schläfe krachte. Dann nichts mehr.

9

Ich erwachte mit Kopfschmerzen und einer angeschwollenen linken Schläfe. Mein erster Blick galt der Uhr: Viertel nach eins. Mühsam stand ich auf und taumelte an meinen Schreibtisch. Ich setzte mich auf den Stuhl und stand sofort wieder auf. Ich schlurfte zum Waschbecken und hielt meinen Kopf eine Minute lang unter kaltes Wasser. Dann trocknete ich mich notdürftig ab und rief ein Taxi. Der Fahrer sah mich komisch an, sagte aber nichts. Ich gab ihm die Adresse der *Cool Bar.* Der Fall Wüpperfürth/Katzur interessierte mich plötzlich wieder brennend.

Die *Cool Bar* lag in einer Seitenstraße der Großen Freiheit. Eine kleine Treppe führte zur Eingangstür hinauf. Zwar musste man klingeln, aber der langhaarige Türsteher ließ jeden rein, solange der Laden nicht gerammelt voll war. Es war eine ehemalige Rotlicht-Bar, die nun zu einem Treff für Soulfans und jugendliche Nachtschwärmer umfunktioniert worden war. Kam man durch die Tür, ging es nach links in den winzigen Barraum, wo vor einem Tresen anstatt ordinären Barhockern drehbare Plüschsessel standen, Relikte aus der schwülen Vergangenheit dieses Etablissements, genauso wie die beiden Séparées gegenüber des Tresens, die man mit Hilfe schwerer, roter Vorhänge vom Barraum abtrennen konnte. Früher, als auf den Plüschsesseln noch leichtgeschürzte Animierdamen saßen, war das sicherlich häufig vorgekommen: Der Herr zahlte für die Damen in Strapsen und die Sektflasche im Kübel und zog sich für ein Stündchen zurück. Jetzt saßen hier Studenten und jugendliche Soulfans herum, tranken Sekt mit Tequila oder Flaschenbier und alberten herum. Am Wochenende taten die Vorortsekretärinnen manchmal so, als könnte sie die Atmosphäre zu erotischen Fehltritten verleiten. Mehr als Kichern und Schlafzimmerblicke brachten sie jedoch nicht zustande. Die Zeiten des schwülen Sex und der schmutzigen Erotik sind vorbei. Auch das Extra-Séparée rechts vom Eingang, wo ein großes Bett herumstand, wurde nur noch zum Reden benutzt. Die Menschen heutzutage reden gern über eigene Probleme und Ansichten, das macht ihnen am meisten Spaß, alles andere kennen sie aus dem Fernsehen.

Die Nacht von Donnerstag auf Freitag ist jedoch nicht die Nacht der Provinzler, sondern gehört den Insidern. Ein paar intellektuell dreinblickende Musikexperten und schwarzgekleidete Schönheiten bevölkerten die *Cool Bar.* Aus den Lautsprechern dröhnte ein Soulklassiker: «Don‘t Call Me Nigger, Whitey» von Sly And The Family Stone.

Ich stellte mich an den Tresen und erntete ein freundliches Lächeln des Barmanns, der aussah wie ein Student der Betriebswirtschaft, der kurz davor steht, auf Kunstgeschichte umzusatteln. Die schwarzgekleidete Schönheit neben mir roch nach «Loulou». Ihr Begleiter, ein hornbebrillter Jazzfan wie aus alten Zeiten, erklärte ihr gerade die Stilmerkmale des Hardbop und machte zappelige Handbewegungen, um den Pianostil von Horace Silver zu illustrieren.

Nachdem meine Augen sich an das Licht der schummrigen roten Lampen gewöhnt hatten (hier war es noch dunkler als draußen in der Nacht), erkannte ich, dass ich zu spät gekommen war. Kreissberg war nicht mehr da, und auch den Jungen, der sich Narc nannte, konnte ich nirgends entdecken.

Trotzdem bestellte ich ein Bier und ein Glas mit Eiswürfeln dazu, um die pochende Beule an meiner Schläfe zu kühlen. Der Barkeeper grinste mich verständnisvoll an und sah so aus, als würde er gerne von meiner Prügelei erfahren. Er hielt mich für eine wichtige Persönlichkeit der journalistischen Szene und tat mir gegenüber deshalb immer sehr vertrauensselig. Journalisten genießen seit Mitte der achtziger Jahre eine Art Kultstatus bei manchen Leuten. Man glaubt, wir seien einflussreich und allwissend. Das Gegenteil ist der Fall. Zwar gab es noch nie so viele Zeitschriften und Leute, die darin schreiben, aber es gab auch noch nie so viele gleiche Titelblätter und Titelgeschichten. Jeder schreibt von jedem ab, alle kaufen die Blätter, aber keiner liest. Heutzutage reicht es aus, sich die Bilder anzusehen.

«Sie sind wohl ziemlich hart rangenommen worden?» fragte der Barkeeper, als er die Flasche mit dem blassen, mexikanischen Gesöff, das Bier darstellen sollte, vor mich hinstellte. Ich nahm einen Eiswürfel aus dem gleichzeitig servierten Wasserglas und rieb damit über meine heiße Schläfe.

«Ach was», sagte ich, «nur eine kleine Schlägerei unter Kumpeln. Sie haben nicht zufällig so einen großen, bulligen Typen hier gesehen? Etwa in meinem Alter. Wollte sich mit einem Techno-Typen treffen, der immer im TP 3000 rumlungert.»

«So ein schwergewichtiger Typ, der immer zu laut redet?»

«Das wird er wohl gewesen sein. Der Junge nennt sich Narc.»

«Ja, klar. Die waren hier. Ist schon eine Weile her.»

«Sind sie zusammen fortgegangen?»

«Ich glaube schon.»

«Wohin haben sie wohl nicht gesagt?»

Der Barkeeper zuckte mit den Schultern. Dann fing er an, seine Sektgläser zu polieren. Jetzt erst bemerkte ich das Mädchen. Sie saß in der hintersten Ecke an der Bar und hatte sich eine rote Schirmmütze tief ins Gesicht gezogen. Sie war allein und sah nicht sehr gesprächig aus. Aloa. Ich ging zu ihr hinüber. Den rechten Ellbogen auf dem Tresen und den Kopf mit der Hand abstützend, starrte sie in ihr Glas mit Campari Orange und schien mich nicht zu bemerken.

«Hallo», sagte ich.

«Troll dich, du Arsch!» entgegnete sie, ohne aufzusehen.

Otis Redding sang jetzt «I Can't Turn You Loose». In meiner linken Hand zerschmolz der Eiswürfel. Ich ließ ihn zu Boden fallen.

«Aber wir kennen uns doch.» Keine Antwort, kein Blick.

«Wir haben uns im Büro von Perosino gesehen. Aloa, stimmt's? Mein Name ist Tolonen.»

«Lassen Sie mich in Ruhe!»

«Ich wollte mich eigentlich mit Narc treffen, aber der ist wohl schon wieder weg?»

«Weiß ich nicht.»

Ich tastete meine Beule an der Schläfe ab. «Ist ein ganz schöner Scheißtag heute. Zuerst schlägt mich mein Kumpel k.o., und dann verpasse ich hier meine Verabredung.»

Sie drehte mir langsam ihren Kopf zu. Sie hatte eine hübsche Nase. Aus ihren rotgeweinten Augen rollten Tränen über ihre Wangen.

«Sie sind eine richtige Quasselstrippe, was?»

«Entschuldigung.»

«Was wollen Sie denn von mir?»

Sie hatte gar nicht geweint. Das waren andere Tränen. «Ist Ihnen schlecht?»

«Ich hab gefragt, was Sie von mir wollen.» Sie griff trotzig nach ihrem Campari-Glas. Um es trinken zu können, musste sie zuerst ihre Schirmmütze hochklappen. Sie tat dies mit der Geste eines tapferen Schulmädchens, das gerade ein schreckliches Erlebnis hinter sich hat. Dann wischte sie sich die Tränen vom Gesicht.

Ich nahm einen Schluck aus meiner Bierflasche.

«Das ist ein komischer Name, den Sie haben: Aloa. Woher kommt der?»

«Sie sind eine richtige Nervensäge», sagte sie.

«Ja, wahrscheinlich. Aber zum einen bin ich Journalist, und zum anderen interessiere ich mich für einen Mordfall.»

«Tausende werden jeden Tag ermordet. Was soll's!»

«Sind Sie auf der Insel gewesen?»

«Sylt? Mallorca?» Sie lächelte ein bisschen.

«Die Elbinsel. Sie sind doch mit Perosino befreundet. Vielleicht hat er Sie ja mit auf die Party genommen.»

«Ich war krank.»

«Ach so.»

«Tun Sie doch nicht so entschuldigend. War vielleicht ganz gut so, dass ich krank gewesen bin. Sonst wär ich jetzt vielleicht eine Leiche.»

«Meinen Sie denn, es war ein Unfall?»

«Quatsch!» Sie machte eine fahrige Handbewegung und stieß ihren Campari um. Sofort kam der joviale Wirt herbeigeeilt, in der Hand ein Wischtuch. «Alles in Ordnung mit euch beiden?» fragte er.

«Möchten Sie noch einen Drink?», fragte ich Aloa.

«Ich lass mich nicht aushalten.»

«Es war doch meine Schuld.»

Sie sah mich zum zweiten Mal an und lächelte dünn: «Sie sind vielleicht ein Spaßvogel. Sind Sie sicher, dass Sie mich nicht rumkriegen wollen?»

«Ich will mich nur unterhalten.»

«Also gut», sie nickte dem Wirt zu. «Ich nehm noch ein Glas.» Dann griff sie nach der roten Plastikhandtasche, die auf ihrem Schoß gelegen hatte und aussah wie ein Modell «Swinging London» aus den sechziger Jahren, und rutschte von ihrem Sessel. «Wir setzen uns mal da rüber», sagte sie. «Ich komme gleich.»

Ich setzte mich in die Nische, die einst als Séparée diente, und sah ihr nach, wie sie zur Toilette verschwand. Sie trug wieder dieses enge, rote Kleid, aber schwarze Segeltuchschuhe an den Füßen.

«Wird Ihnen in diesem Ding da nicht heiß?» fragte ich, als sie sich zu mir setzte. Es hatte eine ganze Weile gedauert, bis sie zurückkam.

«Was? Das Kleid? Wieso?»

«Ist das Kunststoff ?»

«Quatsch, für was halten Sie mich eigentlich? Leder!»

Der Wirt brachte den Campari Orange und für mich eine weitere Flasche Mexiko-Bier. Während er alles vor uns hinstellte, konnte ich sie kurz beobachten. Sie hatte sich offenbar erholt. Zwar war sie noch blass im Gesicht, wirkte aber doch ein bisschen gestärkt. Die Höflichkeit verbot es mir zu fragen, welche Art von Rauschmittel sie zu sich genommen hatte.

«Sind Sie oft im TP 3000?» fragte ich.

«Öfter schon, ja.»

Ray Charles stimmte jetzt «Tell The Truth» an. Der Wirt kannte den Text auswendig und sang mit. Die Bar hatte sich inzwischen bis auf drei weitere Gäste geleert.

«Sind Sie mit Perosino liiert?»

Das fand sie lustig: «Liiert, ha! Wo haben Sie denn dieses Wort aufgelesen?»

«Ich versuche nur, mich vorsichtig auszudrücken.»

«Das kann man wohl sagen.»

«Und?»

«Was?»

«Sind Sie mit ihm befreundet?»

«Das war aber eine kurze Periode der Vorsicht.»

«Privat bin ich vorsichtig, beruflich eher weniger.»

«Befreundet ja, liiert nein, das war einmal. Ich arbeite manchmal für ihn. Irgend jemand muss ja die Buchführung erledigen. Bei meinem angeborenen Ordnungssinn die ideale Beschäftigung.»

«Was machen Sie denn sonst?»

«Was denn noch? -Nichts.»

«Ich dachte, Sie studieren vielleicht.»

«Was soll ich denn studieren? Sind Sie mal an der Uni gewesen, in der letzten Zeit, meine ich? Da vergeht Ihnen das Studieren. Ich hab's aufgegeben.»

«Und die Zukunft?»

«Wird abgeschafft. Und heute haben wir damit angefangen. Der Scheißkerl hat mich rausgeworfen.»

«Perosino?»

«Wirft mir vor, ich hätte Geld unterschlagen! Als ob ich es bin, die die Abrechnungen macht. Ich schreib doch bloß Zahlen auf. Aber an mir bleibt mal wieder alles hängen. So ein Idiot!»

«Bezahlt er Sie denn gut?»

«Ach was, solche Typen bezahlen niemanden anständig. Der hortet das Geld. Nur für sein dämliches Aquarium und für seine albernen Klamotten gibt er was aus. Wenn's ums Durchstylen seiner Person geht, ist ihm nichts zu teuer. Der würde es am liebsten haben, dass ihn alle Leute auf der Straße ehrfürchtig grüßen. Oder noch besser: Wenn alle auf der Reeperbahn niederknien würden, wenn er vorbeikommt.»

«Läuft er etwa in diesem Kostüm draußen rum?»

«Mit dem Umhang traut er sich nicht, sonst schon.»

«Ich meinte ja den Umhang.»

«Vielleicht an Fasching.»

«Er ist ziemlich bekannt in der Stadt. Man findet sein Foto öfters in der Presse.»

«Irgendwelche Nachwuchsfotografinnen, die ihm zu Diensten sein müssen», schnaubte sie verächtlich.

«Ist das wahr?»

«Nein. Die einzige, die ihm zu Diensten ist, das bin ich ...» Sie zog sich die Kappe wieder ins Gesicht.

«Und Ihre Eltern? Wo kommen Sie eigentlich her?»

«So Typen wie Sie fangen früher oder später immer damit an. Meine sogenannte Familie vegetiert in einer Villa in Blankenese vor sich hin. Meine Stiefmutter ist vor lauter Sorgen ganz vertrocknet, und mein Vater wird immer dicker, je mehr Geld er verdient. Seit mein Bruder verunglückt ist, halte ich es dort nicht mehr aus. Gepflegter Rasen, gepflegter Frühstückstisch, Bügelfalten und gestärkte Hemden, knitterfreie Bettwäsche, knicksende Dienstmädchen, Marmorküche mit allen Schikanen, seriöse Möbel, die einen anstarren, als sei man ein Marsmensch - das ganze blöde Haus wird von Sachen beherrscht -, das ist vielleicht ein Scheißgefühl, wenn die Einrichtung wichtiger ist als die Menschen, die dort wohnen. Und dann meine Mutter, die plötzlich am helllichten Tag dasteht und anfängt, wie ein Schlosshund zu heulen. Ich hab das nicht ausgehalten. Mitten in der Nacht bin ich eines Tages abgehauen.»

«Und nicht mehr zurückgekommen? Haben Sie Ihr Zuhause nie vermisst?»

«Einmal bin ich noch mal reingeschlichen, um was zu holen.»

«Was war das wohl?»

Sie öffnete ihre Handtasche: «Hier, der einzige, auf den man sich verlassen kann.» Sie holte einen kleinen Teddybär hervor. «Er konnte mal sprechen, aber das hat er inzwischen verlernt, aus lauter Ärger über mich.»

«Sind Sie sehr unzufrieden mit sich?»

«Na klar», sagte sie betont sachlich und sah mich dabei an. «Sehen Sie mich doch an: Ich bin am Ende, bevor ich überhaupt angefangen habe.»

«Wieso?»

«Ich bin eine Versagerin.»

«Das kann man ja ändern.»

Sie steckte den Teddy unwirsch in ihre Tasche zurück. «Na ja, wenn's nur das wäre.»

Wir schwiegen einige Minuten und nippten an unseren Getränken. Jetzt war James Brown an der Reihe: «I Guess I Have To Cry».

«Ich würde gern mal mit diesem jungen Typen reden, der sich Narc nennt», sagte ich dann.

«Ach Gott», sagte sie. «Mit dem armen Jungen. Der ist ja noch schlechter dran als ich.»

«Wieso?»

«Er ist in mich verliebt.»

«Wundert mich nicht.»

«Spielen Sie bloß nicht den Charmeur, das steht Ihnen überhaupt nicht.»

«Ich sage nur, dass es mich nicht wundert, dass er in Sie verliebt ist.»

«Reine Projektion. Der weiß doch gar nicht, was er da fühlt.»

«Sie sind ganz schön arrogant.»

«Und wenn schon. Warum wollen Sie denn mit ihm reden?»

«Ich interessiere mich immer noch für den Mordfall Carmen Wüpperfürth. Es wäre ein ziemlicher Knaller, wenn ich ein Interview mit dem Mörder machen könnte.»

«Mit Kai-Uwe? Ist er es denn gewesen?»

«Vielleicht. Jedenfalls ist er untergetaucht.»

«Kann ich mir gar nicht vorstellen, der Kerl ist so feige.»

«Mörder sind immer feige.»

«Oh, es gibt bestimmt auch mutige Mörder, meinen Sie nicht? Aber Kai-Uwe ist doch ein Schlappschwanz, der kann kein Blut sehen. Wenn sich in seiner Anwesenheit jemand einen Schuss gesetzt hat, dann ist er weiß geworden und zusammengeklappt. Andererseits, wenn er unter Koks stand...»

«Kam das vor?»
«Das mit dem Koks?»
«Hat er Rauschgiftsüchtige um sich gehabt?»
«Wer hat das nicht?»
«Sie wissen schon, was ich meine.»
«Er hat doch gedealt. Aber nur mit weichen Drogen. Ecstasy und all das.»
«Daher auch sein Kontakt mit Perosino.»
«Ich halte jetzt lieber den Mund. Ich bin schon wieder so geschwätzig. Das kommt immer von diesem - Alkohol.»
Sie schwieg und dachte einen Moment nach. Dann sagte sie bitter: «Man müsste in dieser ganzen verkommenen Szene mal aufräumen.»
«Sie gehören doch dazu.»
«Jetzt, nachdem der Mord passiert ist, weiß ich das nicht mehr so genau. Vielleicht sollte ich mit allen Schluss machen... Was glaubt eigentlich die Polizei, wer Carmen getötet hat? Und warum?»
«Ich weiß nicht, ob die überhaupt irgendwelche konkreten Hinweise haben.»
Sie trank den Rest ihres Campari in einem Zug aus und winkte dem Wirt: «Noch einen Wodka für mich, aber einen großen.» Sie sah mich an: «Sie auch?»
Ich nickte.
«Zwei Wodka! - Und danach gehen wir woandershin.»
«Meinetwegen.»
«Sie müssen mich beschützen. Vielleicht stehe ich als nächste auf der Abschussliste.»
«Warum denn?»
«Weil ich diese ganzen Kerle auch kenne, Katzur, Perosino und Robak, diese Arschgeige.»
«Wer ist denn das?»
«Der Dritte im Bunde, ein Polacke», sagte sie abfällig.

Schon standen die beiden Wodkagläser vor uns. Ich tat es ihr nach und leerte meins in einem Zug.

«Welche Rolle spielt der denn nun wieder?»

«Das ist der Grapscher. Wenn Sie was von dem wollen, müssen Sie nur die Titten hinhalten.»

«Haben Sie das mal gemacht?»

«Beinahe.» Sie stand ruckartig auf. «Ach Scheiße, los, wir gehen jetzt.»

«Ich lade Sie ein.»

«Im *Tempelhof* dürfen Sie uns eine Flasche Sekt spendieren», sagte sie keck.

«In Ordnung.»

Später musste ich sie bis vor ihre Haustür bringen. Aus eigener Kraft hätte sie es wohl nicht mehr geschafft, nachdem sie die Sektflasche fast ganz allein ausgetrunken hatte. Sie wohnte bei einer Freundin in einem schäbigen Mietshaus. Immerhin hatte ich die Adresse von diesem Robak noch von ihr bekommen. Und einen Kuss. Worauf ich mir jedoch nichts einzubilden brauchte. Ihren Teddybären hatte sie während unseres Aufenthaltes in der dunklen Plüschhöhle des *Tempelhofs* sicherlich hundertmal abgeknutscht.

10

In der Glastür, die zu der düsteren Hotellobby im ersten Stock eines Backsteingebäudes an der Reeperbahn führte, befand sich genau in Kopfhöhe ein kreisrundes Loch. Sternförmige Risse gingen davon aus und durchzogen das Glas. Jemand hatte versucht, ihre Gefährlichkeit mit Hilfe von darübergeklebtem Tesaband einzudämmen. Ich drückte gegen den schwarzen, nierenförmigen Türknauf und schob die Tür auf. Gleichzeitig zog ich meine Sonnenbrille ab, die ich in dem grellen Licht der heißen Mittagssonne bitter nötig gehabt hatte.

Ein kleiner Korridor, schwach erleuchtet und gelblichbraun verfärbt, führte auf ein abgenutztes Rezeptionspult zu, hinter dem ich den schmalen, fast kahlen Schädel eines alten Mannes entdeckte. Zwischen seinen dünnen Lippen hing eine Filterlose, vor ihm auf dem Pult lag eine aufgeschlagene Frauenzeitschrift. Offenbar studierte er die neueste Mode. Statt meinen Gruß zu erwidern, hüstelte er und sagte: «Wir sind ausgebucht.»

Dann bekam er einen furchtbaren Hustenanfall. Die Zigarette fiel ihm aus dem Mund auf den Boden, und er zog ein großes, fleckiges Taschentuch hervor, in das er hineinkeuchte. Kaum hatte er es wieder in seiner Hosentasche verstaut, zündete er sich schon wieder einen neuen Glimmstengel an.

«Die tun Ihnen gar nicht gut, diese Dinger», sagte ich.

«Sie reden wie mein Arzt.»

«Wie viele rauchen Sie denn am Tag?»

«Knapp über zwei Päckchen.»

«Filterlos.»

«Wenn schon, denn schon. Vorher hab ich doppelt soviel geraucht. Durch die Einschränkung konnte ich meine Lebenserwartung um ein halbes Jahr steigern.»

«Und wann ist es soweit?»

«Ich wär schon vor zwei Monaten dran gewesen.»

«Da hat sich Ihr Arzt wohl gewundert?»

«Ach was, für den bin ich gestorben.» Er hielt mir das Zigarettenpäckchen hin: «Wollen Sie eine? Jede, die Sie mir wegnehmen, verlängert mein Leben um einen halben Tag.»

«Geben Sie her.»

Er gab mir eine Zigarette und Feuer, und dann grinste er: «Camel ohne Filter, der Weg lohnt sich.»

«Ich will jemanden besuchen. Einen Polen namens Robak.»

«Robaczek», korrigierte er, «so heißt der Knabe.»

«Ist er da?»

«Zimmer 17 und vier.»

«Bitte?»

«174, erster Stock. Da ist die Treppe.» Dann grinste er: «Seien Sie diskret.»

Ich stieg über eine wackelige, gewundene Treppe in das darüberliegende Stockwerk. Der Gang war ebenso düster und hässlich wie die Lobby. Dunkelgelbe Tapeten mit großen Mustern, über den furnierten Türen leuchteten schwache Lämpchen. Ich klopfte an die Tür mit der Nummer 174, glaubte eine Antwort zu hören und legte die Hand auf die Klinke. Erst als ich schon zwei Schritte ins Zimmer getreten war, merkte ich, dass es sich bei der vermeintlichen Antwort um ein lautes Stöhnen gehandelt hatte. Robak lag auf dem Bett mit nichts als blauen Socken bekleidet, und über ihm kniete eine blonde Ledermaid der sanften Sorte.

«Tut mir leid, dass ich störe», sagte ich. Robak stöhnte, aber diesmal unwirsch. «Hau ab!» zischte die Frau.

Ich deutete auf ihren Kunden: «Ich muss aber mit ihm reden.»

«Okay, verdammt, in einer Minute bin ich weg.»

Sie stand auf und zog sich die wenigen Kleidungsstücke in Windeseile über. «Das Geld kannst du dir von ihm zurückgeben lassen.» Sie deutete auf mich. Und schon war sie draußen.

«Was wollen Sie Arschloch von mir?» fragte Robak mit schwerem Akzent. Er wischte sich mit der Hand über den Bauch.

«Dass Sie sich anziehen.»

Er stand auf und zog sich schwerfällig Hemd und Hose an. Ein schmächtiger Kerl mit braunen Haaren, die ihm halb über die Ohren reichten. Blaue Cordhose mit leichtem Schlag und ein enges, weißes T-Shirt. Durch die vergilbten Vorhänge, die nur teilweise von blauen Vorhängen verdeckt wurden, strahlte die pralle Mittagssonne herein.

«Sind Sie ein Bulle?»

«Nein.»

«Sondern?»

Blassgrüne Blümchentapete. Ich bemerkte eine pseudo-impressionistische Hafenansicht über dem Bett.

«Hübsch haben Sie's hier.»

«Ja, ja.»

Er wusch sich die Hände und das Gesicht und musterte mich nervös im Spiegel über dem Waschbecken, während er sich abtrocknete. Ich setzte mich auf den einzigen vorhandenen Stuhl. Er drehte sich um und blieb unschlüssig stehen.

«Setzen Sie sich ruhig aufs Bett.»

Er setzte sich hin: «Wer sind Sie?»

«Tolonen, ich bin Journalist.»

«Ach Gott», murmelte er.

«Sie haben wohl schon mit dem Rauschgiftdezernat gerechnet? Freuen Sie sich nicht zu früh, ich habe gute Verbindungen zur Polizei.» Das war wohl so die Art, wie man Ausländer einschüchterte, die sich illegal im Land befanden.

«Warum kommen Sie zu mir?» fragte er schwerfällig.

«Es geht um einen Freund von Ihnen.»

«Wer?»

«Er hatte ein bisschen Pech neulich, als er seine Party veranstaltet hat.»

«Was für eine Party?»

«Auf einer Elbinsel. Vielleicht sind Sie auch dort gewesen.»

«Ist es in Deutschland vielleicht verboten zu feiern?»

«Im Vogelschutzgebiet schon, aber vor allem ist es verboten, irgendwo im Gestrüpp Leichen liegen zu lassen.»

Er kniff die Augen zusammen und sah mich misstrauisch an: «Was für Leichen denn?»

«Nur eine. Eine Frau. Sie wurde gefunden, eine Woche, nachdem die Party dort auf der Insel stattgefunden hatte.»

«Ich war auf der Party, ich habe keine Leiche gesehen.» Er lächelte schmierig. «Wenn sie erst eine Woche später tot war, ist es doch egal.»

«Sie lag eine Woche dort rum. Tun Sie doch nicht so, als ob Sie das nicht alles wüssten.»

Er machte eine Handbewegung zur Brust hin und beteuerte: «Ich bin doch nur ein Asylant.»

«Die Tour können Sie sich schenken. Die Tote war die Freundin von Kai-Uwe Katzur. Den kennen Sie doch?»

«Katzur?»

«Er wird Sie wohl zu der Party eingeladen haben.»

Er stellte sich blöd: «Ah, ja, stimmt. Hat er sie umgebracht?»

«Die Polizei sucht ihn jedenfalls.»

«Belohnung?»

«Nicht dass ich wüsste. Schade, was?»

«Ich weiß nicht, wo er ist.»

«Vielleicht haben Sie das Mädchen umgebracht.»

Jetzt tat er verblüfft: «Ich ? Niemals.»

«Immerhin waren Sie dort auf der Insel. Seltsam, dass die Polizei noch nicht hier war. Ausländern gegenüber sind die ja nicht sehr zimperlich in letzter Zeit.»

«Hören Sie, ich war nur ganz kurz dort.»

«Wann?»

«Früh am Abend. Das Mädchen hat noch gelebt, als ich gegangen bin. Ich hab sie gesehen.»

«Warum sind Sie denn so früh wieder weg?»

«Es gab Streit mit jemandem.»

«Um ein anderes Mädchen.»

«Ach Quatsch!» Das klang wie ein Eingeständnis.

«Lassen Sie mich raten: Sie heißt Aloa.»

Er blickte mich plötzlich scharf an.

«Und der, mit dem Sie Streit hatten, heißt Perosino.»

«Haben Sie mit ihm gesprochen?»

«Ja.»

«Er ist ein dreckiger Scheißlügner!»

«Glaub ich nicht.»

«Er hatte das Mädchen geschlagen!»

«Tatsächlich», sagte ich ungläubig.

«Er ist ihr die ganze Zeit hinterhergelaufen. Er wollte sie küssen.»

«Na und, sie ist doch seine Freundin.»

«Ist sie nicht. Sie hat sich gewehrt. Er hat ihr das Kleid zerrissen.»

«Und da haben Sie den Helden gespielt, weil Sie sie für sich haben wollen, stimmt's? Sie ist ja sehr hübsch, die Kleine, und sehr jung.» Ich redete so daher, aber mir war ziemlich unwohl dabei. Ich dachte an Aloa, selten hatte ich jemanden so traurig erlebt.

Er grinste schäbig: «Ja, jung ist sie.»

«Es war wohl ein echter Kampf unter Machos, wie?»

«Unter Männern.»

«Und was hat das Mädchen dazu gesagt?»

«Sie ist weggelaufen. Hat sich versteckt, keiner hat sie gefunden.»

«Also sind Sie ohne sie von der Insel verschwunden? Warum?»

«Ich musste gehen.»

«Perosino hat Sie wohl fertig gemacht?»

«Er hatte ein Messer dabei.»

«Ist er gut mit dem Messer?»

«Werfen kann er nicht, aber gut stechen.»

«Und? Hat er zugestochen?»

«Er war verrückt. Das ist immer so, dann ist er weiß im Gesicht und spinnt total. Man kann nur weglaufen. Ich bin nicht feige.»

«Hat er schon mal jemanden aufgeschlitzt?»

«Er hat einem Türken das Ohr halb abgeschnitten. Das hab ich selbst gesehen.»

Er fuhr herum und blickte zur Tür. Es hatte geklopft. Zaghaft, jetzt etwas fester. Dann ertönte eine Stimme: «Robak, hast du Zeit für mich?»

Mir wurde ziemlich flau im Magen. Es war eine Mädchenstimme. Aloa?

«Hau ab!» rief Robak. «Ich hab keine Zeit.»

«Robak, ich muss dich sprechen!» Eine piepsige Stimme. Das konnte sie nicht sein. Fäuste trommelten verhalten gegen die Tür.

«Hau ab!»

Die Tür ging auf.

Es war nicht Aloa. Die hier war noch jünger. Schrecklich dünn, mit verschwitzten, blonden Haaren, die ihr über die Schultern fielen, abgeschnittenen Jeans und einer ärmellosen Bluse. Sie blieb in der offenen Tür stehen, die mageren Arme hingen schlaff herunter. Über ihrer linken Schulter hing an einem dünnen Riemen eine kleine Handtasche aus brüchigem Kunstleder. Ihr Blick wanderte hektisch von Robak zu mir und zurück. Sie hatte nicht damit gerechnet, dass Besuch bei ihm war.

Robak machte eine abweisende Handbewegung: «Später. Komm später wieder.»

«Kannst du nicht mal eben mit rauskommen?» fragte sie in beinahe flehendem Tonfall. «Nur mal ganz kurz... ich... hab keine Zeit, weißt du.»

«Ich hab auch keine Zeit. Verschwinde!»

Mit weit aufgerissenen Augen starrte sie ihn bittend an. Ihr bleiches Gesicht zeigte sonst keine Gefühlsregung, die ganze Zeit nicht, es war eine wächserne Maske, als wären die Nerven abgestorben.

Ich wollte schon aufstehen und sagen: «Dann gib ihr doch das verdammte Zeug!», aber ich blieb auf meinem Stuhl kleben und sah dem Elend dieser Süchtigen zu, die jetzt, als sie die Tür langsam wieder zuzog, eine Art Schüttelfrost durchzitterte.

«Ich warte unten auf dich», sagte sie dabei leise.

Robak seufzte erleichtert, als die Tür endlich zu war.

«Wo waren wir stehen geblieben?» fragte er dann scheinheilig.

«Das war wohl eine von denen, die Sie gelegentlich missbrauchen, was?»

«Wie bitte?»

«Wie viele junge Mädchen sind denn von Ihnen abhängig? Die lassen wahrscheinlich alles mit sich machen, wie?» Ich deutete auf sein Bett. «Treiben Sie's hier mit denen? Vor oder nach der Spritze? Am besten betäuben, was? Dann hat man freie Bahn.»

Ich hatte ziemlich laut gesprochen, beinahe geschrieen. Er sah mich schockiert an: «Sie sind ja verrückt! Mit denen treib ich's nicht. Ich bin doch nicht lebensmüde.»

«Höchstens mal ein bisschen abtätscheln, an die Titten fassen und zwischen die Beine, wenn sie wehrlos sind, was?» Ich dachte an Aloa. Dir sollte ich die Fresse polieren, Polacke, dachte ich.

«Leck mich am Arsch», sagte er.

Das hätte er nicht tun sollen. Ich weiß auch nicht, wie ich das überhaupt schaffte, aber ich stand blitzschnell auf, drehte mich halb um, griff den Stuhl an der Lehne, und noch ehe ich weiter darüber nachgedacht hatte, schwang ich ihn in hohem Bogen über meinem Kopf und ließ ihn auf ihn herabsausen. Da ich mich gleichzeitig wieder halb zurückdrehte und er sich aus einem Reflex heraus duckte, erwischte ich ihn nur am Rücken. Trotzdem wurde er vom Bett gefegt und landete auf dem Fußboden. Ich hob den Stuhl wieder über meinen Kopf, trat ihm mit dem linken Fuß in die Seite und blieb drohend stehen.

«Hör zu, du Arschloch von einem Dealer, ich frag dich jetzt nicht zweimal. Wenn du mir nicht augenblicklich verrätst, wo sich dein Kumpel Katzur versteckt hält, kriegst du den Stuhl in die Fresse, und anschließend ruf ich die Bullen, und dann ist es aus mit deinem Scheißasyl, klar?»

Angst flackerte in seinen Augen, als er da so lag und zu mir hochblickte. Vielleicht war es ja nur die Angst wegen des Wortes Polizei. Trotzdem fühlte ich mich ziemlich gut, als ich ihn so ansah. Ich hatte noch nie jemanden dermaßen in die Mangel genommen. Die Zeiten waren härter geworden.

«Scheiße, hör auf», sagte Robak. Er rappelte sich hoch und nannte mir eine Adresse in einer verlassenen Gegend an der Elbe. In einer halbverfallenen Baracke sollte sich Katzur angeblich versteckt halten.

«Schreib's mir auf! Dort auf einen Zettel!» Ich deutete zum Tisch. Er schrieb.

«So ein verdammter Mist», murmelte er. Dann drehte er sich um, und ich packte den Stuhl, den ich immer noch in der Hand hielt, fester an: «Es war schon einer hier», sagte er.

«Was soll das heißen?»

«Auch so ein Verrückter, gestern. Der wollte auch die Adresse haben.»

«Wer war das?»

«Ich weiß nicht. Ein junger Typ in schwarzen Klamotten. Er hatte eine Mütze auf, es war dunkel, ich konnte ihn fast gar nicht erkennen.»

«Und? Hast du ihm die Adresse gegeben?»

«Klar, er hatte eine Pistole dabei.»

«Her mit dem Zettel!»

Er gab ihn mir. Ich schmiss ihm den Stuhl entgegen. Er fing ihn auf, und ich verschwand durch die Tür.

Unten fragte ich den nikotinsüchtigen Portier nach der Süchtigen.

«Die wollte doch hier warten, wo ist sie denn hin?»

«Wie eine Schmeißfliege», sagte der Alte mit einem verächtlichen Gesichtsausdruck, «hat sie sich da hingehockt.» Er deutete auf einen abgesessenen Cordsessel. «Ich hab sie rausgeschmissen. Wir brauchen hier kein Gesindel.»

«Arschloch», sagte ich.

«He!» rief er mir hinterher, als ich die durchschossene Tür aufzog. Ich wünschte ihm einen baldigen Tod.

Nicht weit entfernt, etwa fünfzig Meter die Reeperbahn runter, hatte sich in der Nachmittagshitze eine Menschenmenge versammelt. Polizeiautos mit eingeschaltetem Blaulicht blockierten die Straße in Richtung Altona. Einige Beamte versuchten, die Menschen zurückzudrängen, die die Fassade eines mehrstöckigen Motels hinaufstarrten. Seit einiger Zeit diente dieses Motel als Übersiedler- und Asylantenwohnheim. Sicherlich keine besonders angenehme Unterkunft. In der Einfahrt zum Innenhof standen einige Polen, Rumänen, Russlanddeutsche und Bosnier herum und diskutierten mit der Polizei. Die Haupttätigkeit der Beamten war das Schulterzucken. Ich fragte einen Beamten, der wie die anderen zu den Fenstern hochglotzte, was denn eigentlich los sei.

«Nur ein bisschen Trubel, eine Demonstration. Da sind ein paar Hitzköpfe am Werk.» Er schien nicht weiter beunruhigt.

Ich sah nach oben und entdeckte nun im dritten Stock ein paar junge Kerle in Lederjacken, die sich daranmachten, ein Transparent zu befestigen. Darauf stand: «Dieser Wohnraum ist von Deutschen besetzt. Ausländer raus!» Und in kleinen Buchstaben in der rechten Ecke: «Deutschnationale Jugend/ D.P.O.»

Die Menschenmenge bestand zu einem großen Teil aus Sympathisanten, die nun anfingen, das Deutschlandlied zu grölen. Die Bullen schoben die Heimbewohner in den Innenhof. Die Menge versuchte nachzurücken, um mit hineinzuströmen. Die Polizisten stellten sich in den Durchgang und hoben ihre Schlagstöcke. Dabei sahen sie nicht sehr kampfeslustig aus. Einige lächelten sogar. Die Jungnazis wollten sich gar nicht an ihnen vergreifen, sie wussten, dass die auf ihrer Seite waren. Ich drängelte mich vorsichtig aus dem Menschenauflauf hinaus. Bis vor kurzem hätte man in so einer Situation sicherlich bald einen Kampftrupp der Autonomen von der Hafenstraße kommen sehen. Aber diese Häuser hatten die Sozialliberalen ja vor der Wahl räumen lassen. Als zwei dieser besoffenen Deutschen mich als einen potentiellen Widersacher ins Auge fassten und auf mich zutorkelten, flüchtete ich in die S-Bahn. Ich hätte ihnen ja erzählen können, dass ich auch eben gerade einen Ausländer verprügelt hatte…

11

Einen Tag später saß ich auf der anderen Straßenseite beim Türken am Fenster und wartete darauf, dass die Putzfrau endlich ihre im Wochenrhythmus auftretenden Allmachtsphantasien in unserem Büro ausgelebt hatte. Der Tag, an dem Frau Jerez erschien, war zur Hälfte für jede Art des Geldverdienens verloren. Zuerst musste man ihr einen Kaffee kochen, stark und immer nur die beste Bohne. Wenn sie dann endlich ihr Wirkungsfeld wieder verlassen hatte, begann die Suche nach diversen Kleinigkeiten wie Farbbändern, Disketten und Büroklammern, für die sie immer wieder neue Aufbewahrungsorte fand. Kritische Anmerkungen ihrer Arbeitgeber ignorierte sie, indem sie sich abwechselnd schwerhörig stellte oder vorgab, des Deutschen nicht mächtig zu sein.

Ich stocherte in meinem überwürzten Döner Kebab mit Reis und Salat und trank ein Glas türkischen Rotwein, der schmeckte wie ein deutscher Rotwein, der schmeckt wie ein italienischer Rotwein. Nicht schlecht, aber charakterlos. Zwischendurch starrte ich nach draußen und merkte, dass ich darauf wartete, dass Kreissberg, gebeugt von Scham und Reue, seinen Weg ins Büro T+K zurückfand. Doch gegenüber, neben der hässlichen Eingangstür aus Aluminium und geriffeltem Glas, saß nur ein Penner, der zum Stammpersonal des Steindamms gehörte. Trotz der brennenden Hitze trug er zwei Hosen und drei Pullover übereinander. Sein wulstiges Gesicht mit den grauen Bartstoppeln hatte sich krebsrot verfärbt. Er hielt eine Zweiliterflasche Lambrusco im Arm und protestierte.

Kreissberg hatte ihm ab und zu, vor allem im Winter, eine Flasche spendiert und dabei die Erfahrung machen müssen, dass der Penner - er hieß übrigens Klaus - ein Mann mit Prinzipien war: Er trank grundsätzlich nur Lambrusco, alle anderen Weinsorten lehnte er ab. Als wir ihm eines Tages mit einer Anderthalbliterflasche Bergerac kamen, hob er ablehnend beide Arme. Er blieb lieber abstinent, als die Sorte zu wechseln. Es gibt wenige Menschen heutzutage, die in den kleinen, wichtigen Dingen des Alltags soviel Standhaftigkeit beweisen.

Jetzt saß Klaus mit kämpferischer Miene neben einem selbstgemalten Plakat. Es konnte nicht mehr lange dauern, bis die Schwarzen Sheriffs kamen. Gegen die nämlich protestierte er. Und er hatte dabei, zum ersten Mal in seinem Leben, die Polizei auf seiner Seite, der die private Konkurrenz verhasst war. Die Sheriffs sollten für Ordnung und Sauberkeit sorgen: Sie jagten die Dealer und die Süchtigen, die von der Polizei akribisch observiert wurden, an einen Ort, wo es den Beamten schwerer fiel, sie im Auge zu behalten. Den Geschäftsleuten des Viertels, die den Wachdienst engagiert hatten, war das recht. Den Dealern auch, denn die Süchtigen liefen ihnen natürlich überallhin nach. Die Polizei, die so großen Spaß am Observieren hatte, lief sich die Hacken auf Kosten der Steuerzahler ab.

Der eigentliche Leidtragende dieses Arrangements war Klaus. Denn im Gegensatz zu den netten Polizisten waren die Schwarzen Sheriffs der Meinung, er würde ebenfalls Ordnung und Sauberkeit stören. Da sie niemand darüber aufzuklären wagte, dass sie falsch lagen, musste Klaus eine Bürgerinitiative zur Verteidigung der Obdachlosigkeit gründen. Er war das einzige Mitglied dieser Bürgerinitiative. Als Kreissberg und ich in den Verein eintreten wollten, teilte Klaus uns mit, dass wir nur aufgenommen würden, wenn wir zuvor unsere Wohnungen kündigten. Da wir keine Lust hatten, total asozial zu werden, begnügten wir uns damit, regelmäßig Beiträge in die Kampfkasse der Organisation zu zahlen. Klaus kaufte von dem Geld weiße Pappe und Plakatstifte und malte jeden Tag ein neues Protestschild. Er kenne sich aus mit solchen Dingen, sagte er, denn er sei früher einmal Zeitschriftenverleger gewesen. Wir glaubten ihm natürlich nicht.

Der heutige Slogan lautete: «Die Schwarzen Sheriffs: Vermummte Attentäter! Es lebe die Polizei! Wo seid ihr?» Ein in der Nähe lebender, alter polnischer Anarchist hatte ihm einmal angeboten, Plakate und Flugblätter für ihn zu drucken. Doch Klaus hatte das dankend abgelehnt. Er wollte selbst kreativ bleiben. Der Anarchist hatte dieses Beharren auf einem extremen Individualismus ehrfurchtsvoll zur Kenntnis genommen und akzeptiert. Auf die Frage, wie lange er denn noch gegen die «Schwarzen» durchhalten wolle, hatte Klaus einmal geantwortet: «O Mann! Ich protestiere hier ohne Ende, das könnt ihr mir glauben!»

Jetzt kamen die Sheriffs und trugen ihn fort. Jeden Tag setzten sie ihn vor den nördlichen Eingang des Hauptbahnhofs, und jeden darauffolgenden Tag kam er wieder zurück. Sie hätten ihn gerne mal so richtig verprügelt, aber die Polizei wachte darüber, dass diesem Streiter für die Menschenrechte kein Haar gekrümmt wurde. So nett können die Bullen manchmal sein.

Einer der «Schwarzen» sammelte sämtliche von Klaus verstreuten Utensilien ein und trug sie hinterher. Vor dem Hauptbahnhof würde sich Klaus nun wieder in einer Nische bei den Schließfächern niederlassen und ein neues Schild aufstellen: «Ich bin ein Heimatvertriebener.» Mit diesem Slogan verdiente er gar nicht schlecht.

Endlich, ich hatte schon gezahlt und wartete ungeduldig, sah ich, wie Frau Jerez das Haus verließ. Ich setzte meine Sonnenbrille auf, winkte dem Türken hinterm Tresen einen Abschiedsgruß zu und ging nach draußen. Es war warm wie in einem Backofen, und es roch nach Ozonüberschuss in der Luft. Ich überquerte den Steindamm und betrat das übelriechende Treppenhaus. Oben angekommen, kontrollierte ich den Anrufbeantworter (nichts drauf) und kochte mir einen Kaffee. Nachdem ich wieder ein bisschen Unordnung gemacht hatte, setzte ich mich mit einem Becher voll Kaffee an den Schreibtisch und dachte nach. Ich war ein bisschen nervös, weil ich mir vorgenommen hatte, Kai-Uwe Katzur aufzusuchen. Es wurde längst Zeit, aber ich zögerte. Ich kannte diesen Kerl ja nicht. Wenn er tatsächlich der Mörder von Carmen war, konnte er gefährlich werden. Gerne hätte ich noch jemanden mitgenommen. Aber es war niemand da.

Das Telefon klingelte.

Menzel.

«Hallihallo», rief er fröhlich, «wie stehen die Dinge im Reich der freien Meinungsäußerung?»

«Mäßig.»

«Keine heißen Enthüllungsgeschichten? Was macht der Fall Wüpperfürth?»

«Es geht voran.»

«Es geht voran? Liebe Freunde! So ein lasches Bekenntnis aus dem Mund eines Sensationsreporters?»

«Wir bleiben am Ball», sagte ich müde.

«Wie geht's dem Kompagnon? Hab ja lange nichts mehr von ihm gehört.»

«Hat sich endgültig abgemeldet.»

«Na so was. Dabei hätte ich eine heiße Geschichte für ihn.»

«Erzählen Sie's mir.»

«Randale im Hafen, üble Sache, Großeinsatz, Straßenschlacht.»

«Was ist denn nun schon wieder los?»

«Die D.P.O.-Jugend schlägt wieder zu. Die stehen mit Molotowcocktails in der Hand unten an der Elbe vor den schwimmenden Asylantenheimen.»

«Ach du Scheiße! Und die Bullen finden das womöglich noch toll.»

«Es geht hoch her, die wollen die Schiffe anzünden. Wasserwerfer sind unterwegs. Unsere Truppen werden zusammengezogen... Und da dachte ich, das wär vielleicht was für euch. Ein paar Interviews mit Rädelsführern, brandheiße Hintergrundgeschichte ...»

«Um welche von den Schiffen geht es denn?»

Er beschrieb den Standort und nannte die Straßennamen. Nachdem er aufgelegt hatte, sah ich im Stadtplan nach. Der Ort der Randale war nicht weit entfernt von der Stelle, wo ich die Baracke vermutete, in der Kai-Uwe Katzur sich versteckte. Der musste jetzt ganz schön ins Schwitzen kommen. Ich stand auf. Das war genau der richtige Moment, ihm auf die Pelle zu rücken.

Ich packte Tonbandgerät und Kassetten in meine Tasche, stellte den Anrufbeantworter an und ging in den Vorraum.

Es klopfte. Zaghaft.

Ich riss die Tür auf und blickte in das verschreckte, blasse Gesicht von Aloa. Da stand sie in Bluejeans und gelber Bluse, in der einen Hand eine Sonnenbrille, in der anderen die rote Handtasche.

Sie lächelte schüchtern: «Hallo.»

«Hallo, was ist denn ...»

«Du stehst im Telefonbuch.» Verdutzt zog ich die Tür auf, um sie hereinzulassen.

«War nicht schwer zu finden. Duzen wir uns eigentlich?»

«Noch nicht ...»

«Na gut. Wollen Sie gerade weg?»

«Ja. Nein. Nicht unbedingt.»

«Ich bin geflüchtet.»

«Vor wem?»

«Wenn ich das so genau wüsste.»

«Setz dich erst mal hin.» Ich schloss die Tür und deutete auf unsere Besuchersitzecke.

«Ich brauch was zu trinken.»

Ich brachte ihr ein Glas Wasser und setzte mich: «Ist was passiert?»

Sie trank einen großen Schluck, ihre Hände zitterten leicht. «Ein Typ hat mich auf der Straße abgefangen, als ich gestern einkaufen gegangen bin.»

«Wo?»

«In der Straße, wo ich wohne, ist ein Supermarkt. Ich hab zuerst gedacht, das ist halt einer von diesen nervigen Typen, die ab und zu um einen rumstreichen. Im Supermarkt kommt das ja manchmal vor. Da hab ich ihn auch zuerst bemerkt. Er hat mich beobachtet. Aber weil ich meine Tigerleggins anhatte, dachte ich nur, dass das so ein geiler, alter Bock ist.»

«Wie alt?»

«Was weiß ich, 40, 50, ich kann das nicht schätzen.»

«Naja, also ich bin 43, falls dir das was hilft.»

Sie lächelte ein bisschen und sah mich an: «Tja, also älter war er wohl schon.»

«Wie sah er denn aus?»

«Nicht gerade groß, so ein kleinerer Dicker. Haare relativ kurz, dicke Brillengläser, Vollbart.»

«Kleidung?»

«Er trug einen schwarzen Anzug, aber nichts Feines oder so. Sah eher so aus, als würde er immer damit rumlaufen. Und ein weißes Hemd, aufgeknöpft - ich hab seine ekligen Haare auf der Brust gesehen, teilweise grau waren die, furchtbar. Und was komisch war, bei dieser Hitze: Er hatte ein gelbes Tuch um den Hals, aber das war eben ziemlich verrutscht. Kennst du so einen Typen?»

«Nein. Keine Ahnung, wer das sein könnte. Was hat er gemacht?»

«Erst hat er mich nur angeglotzt - zu blöd, aber deswegen habe ich mich dann umgezogen -, und dann, als ich draußen war, hat er mich angesprochen: Entschuldigen Sie, Fräulein. So hat der sich ausgedrückt.»

«Und?»

«Ich hab ihn angefaucht, falls er eine Nutte sucht, soll er in die Herbertstraße gehen. Er hat gegrinst und gesagt: Sie missverstehen mich, mein liebes Fräulein, ich will Ihnen nur ein paar Fragen stellen. Hau ab, Alter, hab ich gesagt und bin weitergegangen. Aber er ist neben mir her. Der hatte sogar den Nerv, mich am Arm zu ziehen. Und immer mit dieser schmierigen Freundlichkeit. Mir war richtig schlecht.» Sie trank das Glas leer. «Dann hat er das Foto rausgeholt. Wahrscheinlich war das ein Bulle.»

«Bullen benehmen sich ein bisschen anders.»

«Du kennst dich wohl aus?»

«Wer war auf dem Foto drauf?»

«Kai-Uwe. Es war so ein halbes Bild, abgeschnitten, meine ich. Ich kannte das Foto, auf der anderen Hälfte war Carmen drauf. Möchte nur mal wissen, wo der das Bild her hat. Er wollte wissen, wann ich Kai-Uwe zuletzt gesehen habe, ob ich weiß, wo er jetzt ist, ob ich Leute kenne, die wissen, wo er ist, oder überhaupt Leute, die ihn kennen. - Kann ich noch ein bisschen Wasser haben?»

Ich füllte das Glas erneut mit Leitungswasser. «Danke.»

«Was hast du ihm gesagt?»

«Gar nichts, ich bin einfach weitergegangen.»

«Gut.»

«Ja, Scheiße, mein Lieber. Da ist er nämlich brutal geworden. Hätte ich ihm überhaupt nicht zugetraut. Er hat mich in eine Toreinfahrt gedrängt und hektisch rumgeflüstert: Mit mir machst du keinen Scheiß, kleine Nutte. Deine Show ziehst du woanders ab, nicht mit mir, verstehst du. - So ein Zeug, und dann hat er mir meine Tasche aus der Hand gerissen, also die hier», sie deutete auf die rote Tasche in ihrem Schoß, «hat sie aufgemacht und drin rumgewühlt. Und immer dieses Flüstern: Na komm schon, wo ist das Zeug, was nimmst du denn, ich weiß doch Bescheid. Wie wär's, gehen wir zu den Bullen zusammen... Und gestunken hat er nach Schweiß und kranken Zähnen. Ich bin beinahe umgefallen. Es war der totale Horror. Und der wühlte in meiner Tasche rum! Die Einkaufstüte lag schon längst auf dem Boden. Ich hatte eine Höllenangst, der konnte ja wer weiß woher kommen. Und die Bullen... mein Gott, bloß das nicht.»

Wieder trank sie einen großen Schluck.

«Was hast du ihm gesagt?»

«Nichts. Ich hab ihm die Tasche aus der Hand gerissen - ich glaub, mein Lippenstift ist dabei verloren gegangen und wahrscheinlich noch mehr - und bin an ihm vorbei auf die Straße und weg. Er ist hinter mir her, aber er war nicht schnell genug. Ich hatte zum Glück meine Turnschuhe an.» Sie hob ihren rechten Fuß leicht an und zeigte mir ihre zierlichen, schwarzen Turnschuhe.

«Und dann bist du gleich hierher? Wo hast du dich denn umgezogen?»

«Ich bin erst noch nach Hause, auf Umwegen natürlich, und ganz vorsichtig. Aber der Horrortrip war noch nicht vorbei. Im Treppenhaus hab ich die Hauswirtin getroffen. Und die erzählte mir dann auf ihre wichtigtuerische Tour, dass ‹ein Herr vom Amt› dagewesen sei. Sie hat ihn beschrieben. Es war dieser Dicke. Sie sagte dann, sie hätte ihm keine Auskünfte über mich gegeben, aber der Typ in der Wohnung neben uns, der hat wohl länger mit ihm geredet - das ist sowieso ein verdammtes Arschloch, der hinter allen herschnüffelt, Frührentner. Er muss wohl einiges erzählt haben. Der Dicke hat dann die Hauswirtin nach einigen Personen gefragt. Der Typ von nebenan hat ihm sogar den Namen von Robak genannt, mit dem hatte er nämlich mal Streit.»

Sie lehnte sich erschöpft zurück, die rote Handtasche gegen den Bauch gepresst.

«Unangenehme Geschichte», sagte ich.

«Was soll ich denn jetzt machen? Ich trau mich nicht mehr nach Hause. Um jede Straßenecke seh ich diesen dicken Fiesling kommen.»

«Ein Mörder ist er jedenfalls nicht.»

«Aber vielleicht ein verdammter Spitzel. Auf jeden Fall ein brutaler Kerl. Und ich will weder zu den Bullen geschleppt werden, noch mich von diesem stinkenden Widerling ein zweites Mal anfassen lassen.»

«Warum tauchst du nicht bei einem Freund unter?»

«Ich hab keine Freunde.»

«Deswegen bist du zu mir gekommen.»

«Kann ich hier bleiben?» Sie schlug die Beine übereinander, als hätte ich schon ja gesagt, und lächelte ängstlich.

«Hier im Büro? Ich wollte gerade weggehen.»

«Ach, wohnst du gar nicht hier?»

«Nein. Drüben in der Langen Reihe.»

Sie biss sich auf den Daumennagel: «Oje, und da wartet wahrscheinlich deine Frau auf dich.»

«Niemand wartet da... aber ich wollte gar nicht hin.»

«Ich komme mit dir mit.»

«Nein, unmöglich.»

«Dann warte ich hier.» Ich sah sie an. Sie war zwanzig Jahre jünger als ich und ziemlich aus dem Gleis geraten. Aber ich mochte sie, hätte ja meine Tochter sein können. Oder auch nicht. Wenn sie nicht so blass wäre und nicht so ausgezehrt wirken würde, dann könnte man mehr als Mitleid und Sympathie empfinden...

«Ach was», hörte ich mich sagen. «Wir gehen jetzt erst mal zu mir. Hast du Hunger?»

«Ein bisschen vielleicht.»

«Wir können unterwegs was einkaufen.» Wir standen beide gleichzeitig auf.

Dann gingen wir zum türkischen Lebensmittelhändler und kauften all das ein, was man für Spaghetti Bolognese à la Tolonen benötigt. Außerdem Salat und zwei Flaschen Rotwein (keinen türkischen, sondern einen 83er Barolo).

Sie war keine Meisterköchin, aber sie bemühte sich sehr, sich nützlich zu machen. Für den Nachtisch zauberte ich eine Mascarponecrème, und sie fing plötzlich an, von ihrer leiblichen Mutter zu erzählen, eine ledige Buchhändlerin, die in Frankfurt lebt und die sie schon lange nicht mehr gesehen hat, weil sie sich nicht traut, hinzufahren.

«Manchmal schreibe ich ihr ein paar verlogene Zeilen über das Studium und so. Sie muss soviel arbeiten in ihrem kleinen Laden, dass sie keine Zeit findet, mal herzukommen. Und so holt mich hier keiner raus.» Sie senkte den Kopf.

«Wie lange nimmst du das Zeug schon?»

«Was für 'n Zeug?»

«Heroin, nehme ich an.»

Sie sah nicht auf. «Nicht solange.»

«Wie oft musst du dir einen Schuss setzen?»

Jetzt sah sie mich wütend an: «Was redest du für einen Quatsch, du hast doch keine Ahnung. Ich schnupf das Zeug doch bloß ab und zu.»

«Regelmäßig, stimmt's?»

«Ab und zu hab ich gesagt.»

«Das macht genauso abhängig, und irgendwann musst du doch auf die Nadel umsteigen.»

«Das mach ich nie.»

«Du bist nicht mehr weit davon entfernt. Vorhin auf der Toilette hast du dir eine Nase gezogen.»

«Hast du durchs Schlüsselloch geguckt?»

«Nein, ich hab's dir angesehen.» Sie schwieg.

Dann sah sie mich traurig an: «Merkt man es wirklich schon so deutlich?»

Ich nickte.

Sie stützte den Kopf auf die Hände. Mir wurde flau im Magen. Wenn ich etwas nicht wollte, dann sie hier weinen sehen.

Es klingelte.

«Verdammt», sagte ich. «Ob das mein Kumpel Kreissberg ist? Ich erwarte eigentlich niemanden.»

«Mach nicht auf», sagte sie.

Ich ging durch den Korridor zur Tür, öffnete sie und starrte in das verschwitzte Gesicht von Perosino. Er war in Zivil. Zwar schwarz gekleidet, aber wie jeder andere auch, ohne Umhang und ähnlichen Firlefanz.

Abgesehen von der Pistole in seiner Hand. Ein niedliches kleines Ding. Eine von den kleinen Taschenpistolen, die zwar nicht unbedingt töten, aber sehr schmerzhaft verwunden können.

«Sie ist hier, stimmt's ?» sagte er.

«Wer soll hier sein?»

«Lass mich rein und red keinen Blech. Los!» Er schob die Pistole gegen meinen Bauch.

Ich war kurz davor, zu riskieren, ihm das Ding aus der Hand zu reißen. Aber sie stand schon hinter mir.

«Was machst du denn hier?» fragte sie. «Ich hol dich ab. Los, komm!»

«Wir essen gerade», sagte ich. Er sah kurz über meine Schulter zu ihr hin, dann zischte er: «Ich mach ein Loch in seinen Bauch, wenn du nicht auf der Stelle mitkommst, Aloa.»

«Ich komme ja.»

«Du bleibst hier», sagte ich. Aber sie war schon auf dem Weg zurück in die Küche.

«Ein paar Schritte zurück!» kommandierte Perosino. Ich gehorchte.

Aloa streifte mich im Vorbeigehen.

«Was hast du ihm erzählt?» fragte er.

«Ich hab ihm nichts erzählt, ich komme mit, also lass deine Pistole ...»

Er zog sie an sich vorbei ins Treppenhaus.

«Keine dummen Scherze», sagte er zu mir.

«Ist ja schon gut», sagte ich, während er die Tür zuzog.

Sie hatte sich diesem Mistkerl kein bisschen widersetzt. Ich ging zurück in die Küche und räumte den Tisch ab. Dann kontrollierte ich das Aufnahmegerät und kramte meine Taschenlampe hervor.

12

Ein großes Gebiet an der Elbe bei Altona war von der Polizei abgeriegelt worden. Beamte in Kampfanzügen, mit Helmen und Schutzschilden, standen herum, andere hatten Straßensperren errichtet und leiteten den Verkehr um. Ich kam zu Fuß vom Bahnhof Altona. Sie mussten mich durchlassen, als ich meinen Presseausweis vorzeigte. Sie kontrollierten meinen Recorder und die Taschenlampe, tasteten mich nach Waffen ab und gaben mir «den guten Rat», mir das Schauspiel aus der Ferne anzusehen. Ich ging durch die nächtliche Dunkelheit die verlassene Kaistraße zur Elbe hinunter. Es war Freitag Abend und sommerlich warm. Normalerweise spazierten um diese Zeit zahllose Menschen am Elbufer umher, besuchten eines der Cafés oder Restaurants. Andere machten es sich um Lagerfeuer am Elbstrand bequem, mit Blick auf das gigantische, erleuchtete Industriegebiet des Hafens am anderen Ufer. Komischerweise empfanden die meisten Leute den Lärm des industrialisierten Containerumschlags, das grelle Licht, die riesigen, verrosteten Docks und den Anblick der gigantischen Tank- oder Containerschiffe als romantisch.

Auf der Großen Elbstraße und am Neumühler Kai sah ich vereinzelte Fußgänger, einige davon zweifellos Berufskollegen. Andere waren verschreckte Fußgänger, die irgendwie durch die Polizeisperren geschlüpft waren und zu spät bemerkt hatten, dass hier etwas vor sich ging. Die mehrstöckigen Hotelschiffe, die als Asylantenunterkünfte dienten - es waren inzwischen sechs Stück geworden -, wurden von grellen Scheinwerfern angestrahlt. Auch die Menschenmenge, die sich davor versammelt hatte, wurde beleuchtet. Vom Wasser her zuckten Suchscheinwerfer der Wasserschutzpolizei über das Ufer, Blaulichter von Einsatzwagen flackerten nervös. Dem gespenstischen Schauspiel sahen einige Bewohner der Häuser hinter dem Deich aus ihren Fenstern oder von Balkonen zu.

Die Jungfaschisten waren umstellt, aber schienen trotzdem bester Laune zu sein. Es mussten ungefähr tausend sein, wahrscheinlich aus allen Teilen der Republik angereist. Die Polizei hatte sie eingekreist und stand schützend vor den hell erleuchteten Schiffen. Auf den verschiedenen Ebenen der schwimmenden Hotels war kein einziger Mensch zu sehen. Die bedrohten Ausländer hatten sich im Inneren verschanzt.

Zwei Beamte in Kampfanzügen kamen auf mich zu und leuchteten mir mit ihren grellen Lampen ins Gesicht. Wieder musste ich meinen Ausweis zeigen.

«Hauen Sie lieber ab», sagte der eine, «wir haben alles unter Kontrolle.»

«Ich finde nicht, dass es so aussieht.»

«Die werden entwaffnet, und dann können sie abziehen», sagte sein Kollege.

«Keine Festnahmen?»

«Das beste ist, wenn die so schnell wie möglich hier verschwinden.»

«Das ist auch eine Einstellung», sagte ich.

Sie zuckten mit den Schultern und gingen weiter.

Das Schauspiel vor den schwimmenden Asylantenheimen interessierte mich nicht. Ich ging nach links Richtung Fischereihafen. Je weiter ich ging, um so ruhiger wurde es. Manchmal fuhr ein Polizeifahrzeug an mir vorbei, aber ich wurde kein weiteres Mal kontrolliert. Die Straße war gepflastert und führte an einigen heruntergekommenen Flachbauten vorbei, in denen früher mit Fisch gehandelt wurde. Das war ja inzwischen vorbei. An normalen Abenden standen hier und da ein paar leichtbekleidete Frauen herum, es war die Gegend des

Straßenstrichs. Heute fiel dieses Vergnügungsprogramm aus.

Rechts ein paar halb abgerissene Hafenbauten, am Straßenrand ein Lastzug, der hier übernachtete, links einige kleinere, an den Hügel gebaute Häuser, die einen ärmlichen, teilweise sogar verfallenen Eindruck machten. Zwischen zwei von ihnen ging ich hindurch. Ein schmaler, unebener Weg, keine Laterne in der Nähe. Dann zwei niedrige Bretterzäune entlang, und jetzt sah ich den Schuppen, der sich schwarz gegen den dunkelblauen Himmel abhob. Ich blieb stehen. Was nun? In der einen Hand hielt ich die Lampe, in der anderen das Etui mit dem Kassettenrecorder. Der Schuppen war nicht groß, einstöckig mit einem Bretterdach und an eine Garage angebaut, von der ein Feldweg zur Straße führte. Durch die zwei kleinen Fenster drang kein Licht. Möglicherweise war Katzur schon über alle Berge, überlegte ich. Beunruhigt vom Polizeitrubel, konnte er das Weite gesucht haben. Das Risiko angesichts der Polizeisperren wäre ich allerdings nicht eingegangen.

Ich schaltete meine Lampe an und ließ den Lichtkegel über die Baracke gleiten. Die Fenster waren von innen verhängt. Ich ging langsam auf die Tür zu.

«He, hallo!» rief ich dann. «Kai-Uwe Katzur, mein Name ist Tolonen. Ich bin von der Presse, ich bin allein.»

Keine Antwort, ich näherte mich der Tür. Den Lichtkegel ließ ich über die Wand gleiten. In den Fenstern keine Bewegung. Auch die Tür bewegte sich nicht.

«Katzur! Ich möchte mit Ihnen sprechen. Ein Interview, wenn Sie wollen.»

Jetzt stand ich vor der Tür. Ich klopfte an. Es gab eine Klinke. Ich drückte sie herunter. In diesem Moment bohrte sich etwas in meinen Rücken.

«Bleiben Sie ganz ruhig stehen», flüsterte eine Stimme. «Lassen Sie die Lampe fallen, das andere Ding da auch!»

«Das ist ein Recorder, der geht kaputt.»

«Legen Sie‘s auf den Boden. Nicht umdrehen.»

Ich ging in die Hocke und legte die Sachen auf den Boden. «Hände hoch jetzt!»

Er tastete mich ab.

«Die Bullen haben mich schon zweimal kontrolliert», sagte ich.

«Seien Sie ruhig. Sind Sie von einer Zeitung?»

«Ich arbeite frei. Ich würde gern ein Interview mit Ihnen machen.»

«Klinke runterdrücken und Tür auf!»

Nachdem ich die Tür aufgezogen hatte, musste ich mich noch einmal bücken und meine Utensilien wieder aufsammeln.

«Gehen Sie rein. Immer geradeaus bis zur Wand.»

Ich betrat die dunkle Baracke und konnte kaum die Umrisse der wenigen herumstehenden Möbelstücke erkennen.

«An die Wand stellen und umdrehen!»

Dann machte er das Licht an, eine grelle Glühbirne, die nackt von der Decke hing.

«Guten Abend», sagte ich. Das war so ein Versuch, locker zu wirken.

«Setzen Sie sich da auf den Hocker.»

Von dort aus konnte ich den ganzen Raum überblicken. Nicht mal ganze zwanzig Quadratmeter, niedrig, unregelmäßig verputzte Wände. Außer dem Hocker, auf dem ich saß, gab es einen niedrigen Holztisch, dessen Furnier teilweise abgesplittert war, und einen Stuhl daneben. Ein Feldbett mit einem Armeeschlafsack darauf, daneben zwei teure Lederreisetaschen. Ein Waschbecken, in dem ein paar Teller und Tassen und eine Pfanne ohne Stiel standen, darunter ein Campingkocher. Es gab noch eine zweite niedrige Tür. Durch die war er wahrscheinlich nach draußen gegangen, als er mich kommen gehört hatte.

Kai-Uwe Katzur stand jetzt neben dem Tisch und zündete mit einem Feuerzeug zwei Kerzen an, die mit Wachs darauf festgeklebt worden waren. Er war etwas größer als ich, ziemlich dünn, mit langen Armen und großen Händen. Längliches Gesicht mit einer scharfen Nase, dunkle, wirre Haare, die sicherlich normalerweise sehr ordentlich gescheitelt waren. Er trug einen verbeulten, schmutzigen Anzug, zweireihiges Jackett, grau mit dicken, schwarzen Streifen, darunter ein schwarzes T-Shirt und an den Füßen dreckige Tennisschuhe. Das alles passte nicht zueinander, und hätte der Anzug nicht einen sehr eleganten Schnitt gehabt, man hätte ihn mit seinem unrasierten Gesicht für einen jugendlichen Penner halten können.

«Haben Sie irgendeinen Ausweis dabei?» fragte er. Seine Augen lagen tief in ihren Höhlen und verstärkten den ausgemergelten Gesichtsausdruck. Seine Bewegungen waren fahrig, er tat alles sehr schnell, mit langen, regungslosen Ruhepausen dazwischen.

«Presseausweis? Sicher. Darf ich?» Ich griff in die Innentasche meiner Windjacke und holte ihn hervor.

«Werfen Sie ihn rüber.»

Ich warf meinen Ausweis auf den Tisch.

Er studierte ihn und blickte dabei immer wieder misstrauisch zu mir hin. «Tolonen? Was wollen Sie von mir? Woher wissen Sie, dass ich hier bin?»

«Ich hab mich auf Ihre Fährte gesetzt. Hab eine Menge Leute befragt, die Sie kennen. Perosino, Robak und alle, die dazugehören. Nun möchte ich ein Interview mit Ihnen machen. Sie können es benutzen, um Ihre Unschuld zu beweisen.»

«Wieso Unschuld?»

«Sie werden wegen des Mordes an Ihrer Freundin Carmen gesucht, das wissen Sie doch, deswegen sind Sie doch hier.»

Er sah an mir vorbei gegen die Wand und murmelte: «Sicher.» Und dann, nach einem weiteren kurzen Blick auf den Ausweis: «Bleiben Sie da sitzen.» Er ging rückwärts zur Tür und griff nach dem altmodischen Lichtschalter. Nachdem er das Licht ausgedreht hatte, setzte er sich auf den Stuhl am Tisch. Die ganze Zeit hatte er eine kleine, schwarze Pistole in der Hand gehalten. Jetzt legte er sie auf den Tisch, aber so, dass er schneller an sie herankommen konnte als ich an ihn.

Draußen, in einiger Entfernung, hörte man ein Martinshorn. Die Kerzen brannten ruhig, nur gelegentlich flackerten sie leicht und rußten ein wenig, wenn durch eine Fensterritze ein Lufthauch wehte.

«Sie wären beinahe zu spät gekommen», sagte Katzur. «Ich wollte schon abhauen, als dieser Lärm da draußen losging. Dann hab ich gemerkt, dass es nicht wegen mir war.» Seine Stimme klang heiser, offenbar hatte er sich erkältet, trotz des hochsommerlichen Klimas.

«Die Faschisten wollen die Asylantenheime abbrennen.»

«Von mir aus können sie die ganze Stadt abfackeln. Wäre mir nur recht.»

Ich fummelte an meinem Kassettenrecorder herum: «Darf ich den bei Ihnen da drüben auf den Tisch stellen?»

«Geben Sie her. Aber nicht so hastig.»

Er nahm den Recorder in Empfang und stellte ihn auf den Tisch. «Gut so?»

Ich nickte. Mit dem eingebauten Stereomikrophon würde er alles aufnehmen, was wir sagten.

«Was interessiert Sie denn so sehr an meinem Fall?» fragte Katzur. «Abgesehen davon, dass Sie glauben, dass ich ein Mörder bin.»

«Ihr Vater ist Innensenator.»

«Nach dieser Wahl wohl gewesen.»

«Er will sogar Bürgermeister werden.»

«Der Alte wollte immer hoch hinaus. Aber er wird es nicht schaffen.»

«Warum nicht?»

«Wegen mir. Er ist doch jetzt schon am Ende. Der Skandal ist doch perfekt.» Er warf mir einen fragenden Blick zu: «Ist er doch, oder?»

«Keine Ahnung. Ich weiß ja nicht, was Sie getan haben, und was er noch alles vorhat.»

«Der hat noch eine Menge vor, dieser Scheißkerl. Wahrscheinlich wird er es doch schaffen.»

«Wie denn nun?»

«Der hat schon alle Hebel in Bewegung gesetzt …»

In dem schummrigen Kerzenlicht sah man es kaum, aber ich hatte den Eindruck, dass nicht nur seine Hände und Arme, sondern auch seine Beine leicht zitterten.

«… vielleicht hat er sogar diesen Trubel da draußen inszeniert.»

«Wegen der Faschisten», sagte ich. «Die haben die Asylantenheime überfallen.»

«Wer hat sie wohl da hingeschickt, hm?»

«Weiß Ihr Vater etwa, wo Sie sich befinden?»

«Er hat einige Leute auf mich angesetzt. Wenn er wüsste, wo ich bin, wäre ich ein toter Mann.»

«Was?»

«Sie glauben, ich bin übergeschnappt, paranoid, Schraube locker? Stimmt's? Sie trauen mir nichts zu, ja?» Er lachte unbeholfen. «Das kenn ich schon. Viele haben das gedacht. Deswegen hatten die alle immer Angst vor mir. Lustig nicht? Weil sie glaubten, dass ich Angst hätte, hatten sie Angst vor mir.»

«Finde ich durchaus einsichtig, wenn ich die Pistole da sehe.»

«Soll ich sie wegstecken, ja?»

«Wär mir sehr lieb.»

Er lachte heiser: «Sie glauben, ich bin total blöd. Nein, die bleibt da liegen.» Er bewegte seine Hand zur Pistole hin, zögerte, zog sie wieder zurück. «Sie bleibt da liegen. Sie können mir viel erzählen, von wegen Journalist und Interview und so weiter… aber vielleicht sind Sie ja doch nur ein Handlanger, vom Geheimdienst.»

«Natürlich nicht.»

«Um so besser für Sie. Könnte immerhin sein. Sie haben mich hier gefunden. Also sind Sie ganz schön clever. Jedenfalls cleverer, als Sie aussehen.»

«Danke für das Kompliment.»

«Eitel, was? Ha, eitel sind sie alle», murmelte er mehr zu sich. Dann sah er mich wieder an. Im Schein der Kerzen sahen seine tiefen Augenhöhlen beängstigend aus.

«Warum sollte Ihr Vater Sie denn ermorden lassen?»

«In der Politik sind Sie nicht so bewandert, wie?»

«Es geht so.»

«Das sind Junkies, diese Politiker, Machtjunkies. Und wissen Sie, was das ist, ein Junkie?»

«Rauschgiftabhängiger -»

«Lügner, Betrüger, Verräter, gemeine, dreckige, hinterlistige Verschwörer. Die Macht, das ist ein Rausch, den können Sie mit irgendwelchen verdammten Mitteln nicht kriegen. Wenn Sie den Kick mal erlebt haben, werden Sie das Ihr ganzes Leben nicht mehr los.»

«Sie reden, als hätten Sie das selbst mal erlebt.»

«Ich hab meinen Vater erlebt. Kennen Sie ihn, haben Sie mal mit ihm geredet?»

«Bis jetzt noch nicht.»

«Sehen Sie ihm in die Augen. Da steckt Mord dahinter. In großen Buchstaben steht es da geschrieben, wenn man tief genug blicken kann.»

«Klingt ein bisschen abenteuerlich.»

«Entweder er tötet die Leute, oder er saugt sie aus. So geht das. Alle werden zu Zombies... Deswegen musste ich da weg. Meiner Mutter hat er schon das Leben ausgesaugt. Ich sollte nach seiner Pfeife tanzen, immer auf Kommando, jederzeit abrufbereit ...»

«Das ist ja beinahe normal, dass Sie Ihrem Vater gegenüber solche Gefühle hegen.»

«Drill und ständige Kontrolle. Das Kindermädchen musste Berichte über meine Entwicklung schreiben, dafür bekam sie ein Extrahonorar. Der Klavierlehrer wurde vierteljährlich zum Rapport bestellt. Es gab ein Schuldossier über mich, ein richtiges Archiv. Als ich älter war, schickte er mir einen Chauffeur hinterher. Ob in der Disco, bei Freunden oder in einem Lokal - immer war einer hinter mir her. - Sie glauben mir nicht? Schütteln Sie nicht so blöd den Kopf. Meine Freundinnen waren handverlesen, aber das hab ich erst später gemerkt.»

Er griff plötzlich nach der Pistole: «Lachen Sie nicht!»

«Ich lache doch gar nicht.»

«Sie haben das Gesicht verzogen!»

Er zielte kurz in meine Richtung. Ich bemühte mich, locker zu bleiben. «Sie sind doch längst von zu Hause fort. Also was soll das alles noch? Sie sind doch volljährig.»

Er legte die Pistole in den Schoß. Ich hatte den Eindruck, dass auf seiner Stirn Schweißperlen glänzten. Ich merkte jetzt auch, dass er komisch roch, verschwitzt, ungewaschen, als hätte er seine Kleider seit seinem Verschwinden nicht gewechselt. Seine Hand glitt in die rechte Tasche seines Jacketts. Er holte ein silbriges Fläschchen hervor. Wie ein geübter Schnupftabakschniefer zog er sich das Kokain aus einer Kuhle auf dem Handrücken in die Nase.

«Entschuldigung, was habe ich gerade gesagt?»

«Ihr Vater... aber Sie sind doch seit einiger Zeit von zu Hause fort.»

«So ein Innensenator hat doch einen Haufen Geheimagenten zur Verfügung.»

«Na ja, so viele werden's in dem kleinen Stadtsenat hier nicht sein, und zur privaten Verfügung schon gar nicht.»

«Sie haben ja keine Ahnung. Ich bin mit der Politik aufgewachsen. Seine Agenten sind immer noch hinter mir her. Und jetzt sollen Sie mich umbringen, damit ich ihm nicht im Wege stehe. Zuerst musste Carmen dran glauben. Das war ganz schön gut durchdacht von dem Alten. Der dachte, dann dreh ich total durch, und er kann mich einweisen lassen. Sanatorium, ja, sein Bruder hat eins da oben bei Flensburg, ein Schlösschen. Da kann man lebendig begraben werden. Einmal bin ich da zu Beobachtung gewesen, mit sechzehn. Bloß weil ich ein bisschen Haschisch geraucht hatte. - Aber er hat Pech gehabt, ich bin immer noch cleverer als er und seine Hilfstruppe. Jetzt will er natürlich mir den Mord in die Schuhe schieben. Wahrscheinlich wird dann ein Selbstmord inszeniert... ist ja nicht schwer, wenn einem die Polizei gehört.»

«Sie haben Carmen nicht getötet?»

«Aber ich war dabei, als dieser Maskierte aus dem Gebüsch kam.»

«Auf der Insel?»

«Ja.» Seine Arme und Beine zitterten jetzt sehr deutlich. Seine rechte Hand legte sich auf die Pistole. Ich ließ sie nicht aus den Augen.

Er blickte zu Boden: «Sie hat ihn zuerst gesehen. Sie hat ja nach oben gesehen. Und geschrieen. Ich bin zur Seite gefallen. Er stand dann schon über ihr. Sie wollte aufstehen. Wegrennen. Drehte sich um, aber er hat sie am Arm festgehalten und zu sich gezogen. Ich war in den Busch gefallen, weil er mich beiseite getreten hat. Hab alles gesehen. Er hat sie in den Rücken gestochen, dann in die Brust und überall …»

«Haben Sie ihr nicht helfen können?»

«Bin ja auf ihn los. Er hat mir mit irgendwas auf den Kopf geschlagen. Ich wurde ohnmächtig. Ich bin neben ihr aufgewacht. Es war schon hell. Ich weiß auch nicht mehr, was ich gemacht habe. Irgendwann war ich dann im Boot, angezogen, und hab gerudert.»

«Haben Sie den Mörder erkannt?»

«Er hatte ein schwarzes Tuch vor dem Gesicht. Er war nur schwarz, sonst nichts.» Jetzt hielt er die Pistole in der Hand, aber er zielte nirgendwohin. Plötzlich knallte er sie auf den Tisch und schrie ganz laut: «SCHEISSE!»

Ich fuhr zusammen.

«Ich halt das nicht aus!»

Seine Füße traten in die Luft, er stand heftig auf und warf dabei den Stuhl um. Dann blickte er mich aus schmerzverzerrtem Gesicht an und schnaufte. Tränen liefen ihm über das Gesicht.

«Hauen Sie endlich ab, verdammt!» sagte er und griff wieder nach der Pistole.

«Lassen Sie doch das Ding da liegen», sagte ich.

Er ließ die Waffe wieder auf den Tisch fallen, dicht neben dem Kassettenrecorder, und schüttelte den Kopf. Ich wollte aufstehen, aber er fuhr herum: «He! Sie stehen erst auf, wenn ich es sage.»

«Okay.»

«Sie werden jetzt wahrscheinlich gleich zu den Bullen rennen, richtig?» fragte er, wieder ganz ruhig.

«Nein. Sie sollten selber zu ihnen hingehen.»

Er schüttelte den Kopf: «Morgen bin ich weg. Dann findet mich überhaupt niemand mehr.»

«Wie soll das denn gehen? Nach Ihnen wird doch gefahndet.»

«Ich habe ein Segelboot. Ich kann gut segeln. Und wenn ich erstmal in Sicherheit bin, werde ich Briefe schreiben. Dann muss der Alte bluten. Dann kann er sich meinetwegen aufhängen. Der hat zuviel Dreck am Stecken.» Er grinste blöde: «Wegen mir. Ha! Daran geht der kaputt.»

«Passt mir gut, wenn Sie abhauen. Je weiter Sie weg sind, um so mehr werden sich die Illustrierten um einen Abdruck dieses Interviews reißen. Vor allem, wenn die Briefe erstmal gekommen sind.»

«Sie sind ein Schweinehund, wie?» fragte er.

«Vielleicht.»

«Ist das ein Deal?»

«Klar.» Wieder nahm er die Pistole in die Hand. Dann ging er zu seinem Feldbett hinüber und setzte sich hin. «Nehmen Sie Ihr Tonband, und hauen Sie ab.» Ich nahm das Gerät. Plötzlich hielt er sich die Pistole an die Schläfe. «Hier», sagte er. «Da geht die Kugel am besten rein. Wenn Sie mich verpfeifen. Das können Sie denen dann gleich miterzählen. Aber ich bin sowieso in ein paar Minuten hier weg, mach doch, was du willst, du Arsch! Hau ab!» Er deutete mit dem Pistolenlauf auf mich, dann auf die Tür. Ich ging.

Erst als ich ein ganzes Stück weit weg war, merkte ich, dass ich meine Taschenlampe in der Baracke vergessen hatte.

13

Die Belagerung war noch immer in vollem Gang. Anstatt mich direkt auf den Weg zum Altonaer Bahnhof zu machen, wo ich ein Taxi bekommen würde, ging ich noch mal den Weg zurück, den ich gekommen war. Journalistische Neugier. Außerdem war ich noch nicht müde. Warum nicht mal den Sonnenaufgang in Elbnähe in Gesellschaft von Scheinwerfern, Blaulichtern und Fascho-Fackeln erleben? Die Fackeln sah ich nämlich jetzt, als ich wieder in die Nähe der schwimmenden Asylantenheime kam. Die Jungnazis hatten es sich bequem gemacht. Vielleicht spielten sie Skat, das hätte mich nicht gewundert. Die Fackeln beleuchteten die Plakate, die sie werbewirksam vor den Schiffen aufgestellt hatten. Darauf und auf Transparenten waren Sprüche wie «Schwimmt nach Hause, Asylbetrüger!» oder «Nigger heim nach Afrika!» oder (natürlich) «Deutschland den Deutschen!» zu lesen. Die Bullen hatten sich lässig um sie herum gruppiert. Hier und da sprachen sie miteinander. Man schien sich gut zu verstehen. Es wurde auch gesungen, das Deutschlandlied, das Horst-Wessel-Lied, «O du schöner Westerwald». Gelegentlich sprangen einige Eifrige auf und begannen, Steine gegen die Schiffe zu werfen. Und dann grölten sie: «Leinen los, Leinen los!», aber die Polizisten, die zwischen der Horde und den Schiffen Posten bezogen hatten, hinderten sie daran, mit dieser Forderung Ernst zu machen. An der Reling eines der Schiffe hing übrigens schon eine Deutschlandfahne.

Ich trat zu einer Gruppe uniformierter Beamter, die mich misstrauisch beäugten.

«Presse?» fragte einer von ihnen.

Ich nickte: «Wie lange soll denn das noch gehen?»

Der Beamte wedelte lässig mit der Hand: «Die werden allmählich müde.»

«Klingt aber nicht so.»

«Irgendwann kriegen die Hunger und Durst, und dann machen sie die Fliege.»

«Die grillen doch da unten, oder was ist das für ein Feuer? Und Bierfässer seh ich da auch. Wie kommen die denn da hin?»

«Damit sind sie wohl durch die Absperrung geschlüpft.»

«Mit den Fässern im Arm durchgeschlüpft?»

«Naja …»

«Und was ist mit den Leuten auf den Schiffen? Vielleicht wollen die ja am Morgen rausgehen?»

«Wohin denn?» Die Bullen grinsten frech. «Arbeiten müssen die ja nicht.»

«So, so.» Ich verabschiedete mich von diesen Sympathisanten. Nach einigen Schritten rief einer: «He, Moment noch mal!» Ich drehte mich um: «Was denn?»

«Was haben Sie denn da für ein Gerät?»

«Wo?»

«Da in der Hand.»

«Ein Kassettenrecorder. Musik…»

«Zeigen Sie mal her! Haben Sie das Gespräch hier eben aufgenommen?»

Ich hielt den Recorder in die Höhe: «Aber nein, da ist doch gar kein Mikrophon dran.»

«Na, okay. Hauen Sie ab.»

Ich ging die Kaistraße nach oben, und erst da bemerkte ich den Mann. Ich hatte ihn schon vorher kurz im Blickfeld gehabt, aber nicht weiter auf ihn geachtet, weil die Polizisten mich angesprochen hatten. Nun fiel mir auf, dass er mir offenbar folgte. Ein kleiner, dicker Kerl mit Vollbart und Brille, wie ich im Schein einer Straßenlaterne erkennen konnte, als ich mich umdrehte. Er tat so, als würde ich ihn nicht interessieren. Ich ging schneller, sodass auch er seine Schritte beschleunigen musste, dann wieder langsamer, sodass er ungewollt aufholte und ich ihn besser beobachten konnte. Blödes Spiel. Ich entschloss mich, einen Umweg zu machen. Wäre doch interessant, rauszukriegen, was der sich von mir erhoffte.

Ich führte ihn die Holländische Reihe entlang und ließ ihn näher kommen. Die Straße war verlassen. Ein Nachtbus rauschte vorbei, sonst war es ruhig. Die alten Häuser sahen aus, als wären sie aus Angst vor der Nacht zusammengerückt. Ich suchte eine günstige Stelle, um ihn zu überraschen. An der Ecke zur Rothestraße blieb ich einfach stehen und wartete.

Als er um die Ecke bog, sprach ich ihn an: «Recht kühl heute Morgen, was?»

Er war weder überrascht noch erschrocken. Stattdessen sah er mir frech ins Gesicht. Er trug eine runde Hornbrille mit dicken Gläsern. Schwarzer Anzug, weißes, am Hals aufgeknöpftes Hemd, gelbes Halstuch. Aloa hatte mir von ihm erzählt.

Leider hatte ich ihn unterschätzt.

«Kommen Sie mit», sagte er. «Wir gehen ein Stückchen zusammen.»

Ein Warum erübrigte sich, er hielt eine Pistole in der Hand. Die erste echte 38er, die ich in meinem Leben sah.

«Wir gehen da rüber», kommandierte er und schubste mich zur anderen Straßenseite und dann die Richtung Elbchaussee.

«Können wir uns nicht hier unterhalten?» fragte ich. «Wer sind Sie überhaupt?»

«Schnauze, wir suchen uns ein ruhiges Plätzchen.»

«Was haben Sie denn mit mir vor?»

«Schnauze!»

Eine Bank im Park mit Blick auf die Elbe sagte ihm zu. Es wurde jetzt ziemlich schnell hell. Auf dem Wasser schob sich ein dicker Tanker flussabwärts. Wir saßen so weit voneinander entfernt, wie es ging. Es war kühl. Mich fröstelte. Ihn nicht. Er hielt seine 38er in der rechten Hand, den Lauf auf meinen Magen gerichtet. Flaues Gefühl.

«Haben Sie einen Ausweis dabei?» fragte er.

«Wenn Sie wissen wollen, wie ich heiße, das hätten wir auch an der Straßenecke erledigen können.»

Ich gab ihm meinen Journalistenausweis.

« Ach so», sagte er. « Deshalb also.»

«Deshalb also was?»

«Sie sind doch hinter Katzur her.»

«Ich hab mir die Veranstaltung der Hitlerjugend angesehen, sonst nichts.»

«Und? Hat es Ihnen gefallen?»

«Nicht sehr. Wenn ich der Einsatzleiter der Polizei gewesen wäre, hätte ich diese Burschen ins Wasser werfen lassen.»

«Es waren zu viele.»

«Ja, vielleicht. Wo die nur alle herkommen?»

«Das sind junge Leute, die lassen ihren Gefühlen freien Lauf.»

«Es hätte nicht viel gefehlt, und die hätten die Wohnschiffe in Brand gesetzt.»

«Dafür gibt es ja die Polizei, dass so etwas nicht eskaliert.»

«Aha. Und Sie, was haben Sie da unten am Hafen getrieben?»

«Ich habe mit Interesse verfolgt, wie Sie Kai-Uwe Katzur aufgesucht haben. Woher wissen Sie von seinem Aufenthaltsort?»

«Ich bin eben ein guter Rechercheur.»

«Wer hat es Ihnen verraten?»

«Ich hab ein paar Leute befragt. War gar nicht schwer.»

«Wen?»

«Warum sollte ich Ihnen das sagen?» Er bewegte den Lauf der Pistole auf und ab.

«Ich hab einige Leute befragt und bin schließlich bei einem falschen Grafen namens Perosino und einem echten Polen namens Robak gelandet. Genügt Ihnen diese Auskunft? Kann ich dann gehen?»

«Bleiben Sie sitzen! Was haben die beiden Ihnen erzählt?»

«Nicht genug. Jedenfalls reicht es immer noch nicht für eine richtig sensationelle Reportage.»

Irgend etwas schien ihn zu ärgern. «Wir werden die beiden aus dem Verkehr ziehen», zischte er.

«Machen Sie sich nicht unglücklich.»

«Der Polacke kriegt einen Fußtritt über die Grenze nach Osten. Und diesem Disco-Heini hetzen wir die Steuerfahndung auf den Hals.»

«Sie scheinen ja gute Verbindungen zu haben.

Er sah mich großkotzig an: «Darauf können Sie Gift nehmen.»

«Ihren Namen hätte ich dann doch ganz gerne mal gewusst. Übrigens ist mir kalt.»

Er fummelte mit der linken Hand in seiner Jackentasche herum. Dann reichte er mir eine Visitenkarte: «Herbert A. P. Sapia» stand darauf.

«Das ist doch nicht etwa Ihr Name?» Er nickte.

«Tatsächlich, und die traditionsreiche Detektei Hollex ist Ihr Brötchengeber - die ist doch bestimmt traditionsreich, bei dem Namen?»

«Ich bin einer der Inhaber.»

«Sieh mal an. Der Chef selbst im Außendienst ...»

«Wir sind recht finanzkräftig.»

«Hätte ich jetzt nicht für möglich gehalten, ich meine, wo Sie doch sich selbst noch die Gummisohlen auf dem Straßenpflaster ablatschen müssen.»

«Ihre Informationen über Kai-Uwe Katzur, das würde uns interessieren.»

«Und dafür würden Sie einen ganzen Batzen springen lassen?»

«Auf jeden Fall.»

«Da möchte ich aber doch zu gern wissen, in wessen Diensten Sie stehen.»

«Kann ich nicht sagen.»

«Ich arbeite nicht für anonyme Auftraggeber. Könnte ja immerhin sein, dass Sie zu den Neuen Braunen gehören. Ich hab zwar wenige Prinzipien, aber mit Faschisten möchte ich nichts zu tun haben. Also müssen Sie mir schon ein bisschen entgegenkommen.»

«Irrtum», sagte er. «Sie müssen mir entgegenkommen. Den Revolver hier hab ich nicht zum Spaß dabei.»

«Und ich dachte wirklich, dass Sie den nur zu Dekorationszwecken herumtragen. Ist er geladen?»

Höhnisches Grinsen seinerseits. Schien sich großartig zu fühlen mit dieser Kugelspritze in den Patschhändchen.

«Ich will die Tonbandaufnahme!» forderte er.

Ich machte eine lässig abwehrende Handbewegung (was mir nicht gerade leicht fiel): «Ach kommen Sie, ich muss doch schließlich auch von irgendwas leben.»

«Ich will die Aufnahme haben, die Sie mit Katzur gemacht haben!»

«Gehen Sie doch hin, und fragen Sie ihn selbst.»

«Her damit!» Er hob seine Waffe und beugte sich nach vorn.

«Nein. Sie schießen ja doch nicht.»

«Doch.» Ich schüttelte den Kopf: «Nicht vor all den Leuten. Sehen Sie mal, wer da oben kommt.» Ich deutete Richtung Elbchaussee. Er drehte sich um. Kurz. Aber lang genug, dass ich reagieren konnte. Ich hatte mich so hingesetzt, dass ich, wenn ich mich an der Lehne festhielt, genug Spielraum für mein linkes Bein hatte, um einen Befreiungsversuch zu wagen. Ich knallte ihm, als er sich nach vorne beugte, meine nagelneuen, rotbraunen italienischen Sommerschuhe ins Gesicht. Für meine Verhältnisse eine reife, akrobatische Leistung. Er fiel von der Bank, und ich stürzte mich auf ihn, um ihm die Waffe aus der Hand zu reißen. Dann warf ich sie in hohem Bogen davon (eine etwas theatralische Geste, ich hätte sie vielleicht ganz gut gebrauchen können). Bevor er reagieren konnte, hatte ich seine Brieftasche aus seiner Brusttasche gezogen. Er setzte sich langsam auf und fuhr sich mit der Hand über den Hinterkopf. Er war ziemlich unsanft auf den trockenharten Boden aufgeknallt. Seine Nase blutete. Ich hatte ihn sehr günstig getroffen. Jetzt tat er mir ein bisschen leid. Er holte ein Taschentuch hervor.

«Halten Sie sich einfach die Nase zu, dann hört es schon irgendwann auf.»

Er hörte nicht auf mich, sondern schnäuzte sich. Ich klappte die Brieftasche auf und breitete den Inhalt auf der Bank aus. Eine Kreditkarte, eine Euroscheckkarte, ein paar Schecks, einige Visitenkarten, die meisten von ihm, einige Notizzettel mit langweiligen Kritzeleien, ein Detektivausweis von der Detektei Hollex und ein zusammengefaltetes Papier, auf dem eine Nummer stand und hinter der Nummer der Buchstabe K. Diesen Zettel steckte ich ein, alles andere ließ ich auf der Bank liegen.

«Einen schönen Tag noch», wünschte ich ihm dann.

Ich ging durch die Grünanlage zur Elbchaussee zurück. Aus einiger Entfernung blickte ich noch einmal zurück. Herbert A. P. Sapia saß noch immer neben der Bank auf dem Boden, den Kopf in den Nacken gelegt. Soll man auch nicht machen.

So hört es nie auf zu bluten.

Am Altonaer Bahnhof kaufte ich mir eine Morgenpost. Darin druckten diese eifrigen Journalisten schon eine Verlautbarung des Innensenators ab, in der dieser «den moderaten Polizeieinsatz» anlässlich der faschistischen Provokation verteidigte.

Überschrift: «Lob der Truppe!»

Ich fuhr mit der ersten S-Bahn zum Hauptbahnhof und ging nach Hause. Vorher packte ich den Kassettenrecorder mit der bespielten Kassette in ein Schließfach. Den Schlüssel verbuddelte ich in einem Beet neben der Rasenfläche im Innenhof, der zu meiner Wohnung führte. Ich schlief gerade mal drei Stunden, dann zog es mich zum Telefon. Ich wählte die Nummer, die Sapia auf seinem Zettel notiert hatte. Es meldete sich eine junge Dame, die ich kannte: die Haushälterin der Katzurs. Das hatte ich mir schon gedacht.

14

Die Meldung von der Ermordung Kai-Uwe Katzurs brachten sie in den Mittagsnachrichten. Ungefähr eine Stunde später stand die Mordkommission vor meiner Tür. Der drahtige Kommissar in den Gesundheitslatschen führte die Truppe an. Seine Lesebrille hatte er diesmal nicht auf, aber in der Hand eine altmodische Aktenmappe.

«Hübsch haben Sie's hier», sagte er, nachdem er sich mit seinen Gehilfen durch die Wohnungstür gedrängt hatte. «Netter Hinterhof, mit Rasen und allem. Mitten in der Stadt, der Traum des Junggesellen, was?»

«Wieso, sind Sie einer?»

«Sie doch wohl, oder?»

«Das dürfte Ihrem kriminalistischen Auge kaum entgangen sein.»

Seine Gehilfen schnüffelten in der Küche, im Bad, im Schlafzimmer herum. Den Chef bat ich in den Salon.

«Ihre Affinität zu Leichen macht mir Sorgen», sagte er, nachdem wir uns in die Sessel gesetzt hatten.

«Mir auch, wenn ich ehrlich bin.»

«Was hatten Sie gestern Abend da unten am Hafen zu suchen?»

«Ich war auf der Suche nach einem Sensationsbericht, wie immer. Und wenn Neofaschisten, unterstützt von der Polizei, versuchen, unschuldige Ausländer umzubringen, dann interessiert es einen rasenden Reporter wie mich natürlich.»

«Sie sind mir ein bisschen zu rasend, ehrlich gesagt. Erst kreuzen Sie auf der Elbinsel auf, als einziger gutinformierter Vertreter Ihrer Zunft, und dann sind Sie zufällig in der Nähe, wenn der Mörder von Carmen Wüpperfürth seinerseits umgebracht wird. Vielleicht sind Ihre Beziehungen zu Opfer und Täter doch nicht nur rein beruflicher Natur?»

«Carmen kannte ich nicht, aber ich habe ein wenig nachgeforscht. Und auf diese Weise bin ich auf Kai-Uwe Katzur gestoßen.»

«Sieh mal an. Und dass Sie verpflichtet sind, die Polizei zu informieren, ist Ihnen in der ganzen Aufregung entfallen?»

Er sah mich an wie ein Steuerprüfer, der einen Fehler in der Jahresabrechnung gefunden hat. Dann zog er seine Lesebrille aus der Brusttasche seines weißen Hemdes, setzte sie auf und begann die Titel der Zeitschriften zu lesen, die auf dem Couchtisch lagen. Zwischendurch dann immer wieder der Blick über den Brillenrand zu mir.

«Sie haben ihn doch gefunden», sagte ich.

«Sie geben also zu, dass Sie ihn gestern Abend im Hafen aufgesucht haben?»

«Sagen wir mal so, ich bin dort auf ihn gestoßen. Mehr oder weniger ein Zufall.»

«Und dann haben Sie ihn erstochen.»

«Er ist erstochen worden?»

«Sie sind doch dort gewesen. Sehen Sie mal hier.» Er hob die Aktenmappe, die er neben sich auf den Boden gestellt hatte, auf seinen Schoß und holte eine Taschenlampe hervor. «Ihre Lampe, stimmt's?»

«Wahrscheinlich.»

«Die Beamten, die Sie kontrolliert haben, haben sich gemerkt, dass Sie eine Taschenlampe bei sich trugen.»

«Da kann man mal sehen, wie kompetent unsere Polizei ist.»

«Wir werden immer wieder unterschätzt.»

«Apropos», sagte ich, «was machen eigentlich Ihre Kollegen da? Müssen die so lärmen?»

«Die durchsuchen Ihre Wohnung. Mir scheint, ich habe vergessen, Ihnen den Durchsuchungsbefehl zu zeigen. Warum haben Sie mich nicht daran erinnert?»

«Routine. Das ist nicht das erste Mal, dass Ihre Leute mir hier alles auf den Kopf stellen.»

«Ein Mann mit Erfahrung.» Er schnalzte anerkennend mit der Zunge.

«Was suchen Sie denn?»

«Ein Messer beispielsweise, so ein langes mit einer 18 Zentimeter langen Klinge.»

«Ich benutze eins zum Zwiebelschneiden, mit solchen Zacken.»

«Keine Zacken. Eine glatte Klinge. Die ging zwischen den Rippen durch wie durch Butter. Saubere Arbeit.»

«Wenn ich es gewesen wäre, wäre es bestimmt dilettantischer ausgeführt worden.»

«Und dann wäre da noch das Tonbandgerät, das Sie bei sich trugen.»

« Sieh mal an, auch das wurde registriert.»

«Effektive Polizeiarbeit. Wenn Sie mir die Kassette geben, müssen wir nicht Ihre gesamte Sammlung da drüben mitnehmen.» Er deutete auf die Kassettenstapel mit alten Jazzaufnahmen, die sich in der Schrankwand neben meiner Stereoanlage stapelten.

«Der Recorder mit der Aufnahme wurde mir gestohlen.»

«Ach, sieh mal an.»

«Ja. Ich bin überfallen worden.»

«Obwohl überall Polizeibeamte herumliefen?»

«Polizeipräsenz ist auch nicht alles. Außerdem war es nicht unten an der Elbe, sondern in Altona. Ich war auf dem Heimweg. Ein dicker Kerl mit einem Revolver. Der hat sich an meine Fersen geheftet, nachdem ich Katzur verlassen hatte. Offenbar hat er ihn überwacht.»

«Und wer war dieser ominöse Dicke?»

«Keine Ahnung, ich kenne nicht jeden Fettwanst in der Stadt mit Namen.»

«Wie schade, das wirkt so unglaubwürdig.»

«Na, Sie machen mir Spaß. Es wäre ja immerhin möglich, dass dieser Dicke auch den jungen Katzur auf dem Gewissen hat.»

«Erstochen mit einem Revolver?»

«Verarschen kann ich mich selbst. Der Mann wusste vom Aufenthaltsort Kai-Uwe Katzurs und hat ihn nicht der Polizei mitgeteilt. Dann hat er mich überfallen und mit einer Pistole bedroht -»

«- und Ihnen den Kassettenrecorder abgenommen.»

«Genau. Und das reicht Ihnen nicht, um ihn als Mordverdächtigen in Betracht zu ziehen?»

«Wie sah er denn aus?»

«Kleiner als ich, korpulent, rundes Gesicht, rote Hornbrille, gepflegter Vollbart, schwarzer Anzug, weißes Hemd, gelbes Seidentuch um den Hals. Unsympathische Erscheinung. Stank ziemlich penetrant nach Schweiß.»

Der Kommissar kritzelte meine Angaben in sein Notizbuch, das er aus der Aktenmappe gefischt hatte.

«Die Polizisten haben bisher noch nicht von so einer Person berichtet.»

«Fragen Sie sie mal.»

«Und er hat Sie mit einer Waffe bedroht?»

«So eine 38er.»

«Wie Sie sie aus dem Fernsehen kennen.»

«Genau.»

Jetzt tauchten seine beiden Hilfssheriffs in der Tür auf und zuckten simultan mit den Schultern.

«Nichts», sagte der eine.

«Tja… Sie enttäuschen mich, Herr Tolonen. Wären Sie so

freundlich, mich in die Küche zu begleiten, dann haben meine Kollegen etwas mehr Spielraum.»

«Wenn's sein muss.» Wir standen auf. «Packt alle Kassetten ein», rief der Kommissar seinen Kollegen vom Korridor aus zu. «Das müssen Sie mir quittieren», sagte ich, als wir in der Küche herumstanden.

«Gern», sagte er. «Aber Sie müssen zugeben, dass Sie es uns nicht einfach machen.»

«Wollen Sie einen Kaffee?»

«Danke. Ich glaube, wir sind gleich fertig.» Meine Jazzkassetten packten sie lieblos in eine Plastiktüte.

«Wollen Sie die alle durchhören?» fragte ich, als sie schon an der Wohnungstür standen.

«Müssen wir wohl.»

«Das kann ja Tage dauern.»

«Da sehen Sie, wie schwer Sie es uns machen.» Der Kommissar setzte seine Lesebrille ab und steckte sie wieder in seine Brusttasche. Dann stiefelten die drei Idioten die Treppen hinunter. Das gezackte Küchenmesser und einige andere Haushaltsutensilien hatten sie ebenfalls mitgenommen.

Auf dem Weg ins Büro achtete ich auf mögliche Verfolger. Anstelle der Bullen hätte ich mich nicht mehr aus den Augen gelassen. Ich machte also einen ausgedehnten Spaziergang durch St. Georg. Und weil gerade Wochenende war, bestieg ich einen Alsterdampfer am Bootsanleger vor dem *Atlantic Hotel*, achtete auf alle Leute, die außer mir einstiegen oder draußen auf dem Steg herumlungerten. Nur Touristen. Niemand schien sich für mich zu interessieren. Auf der anderen Seite der Alster, am Anleger Rabenstraße, stieg ich wieder aus, bummelte ziellos durch den Alsterpark und sah mich ständig um. Es hätte jemand mit dem Auto um die Alster herumfahren können, mich am Anleger zu erwarten. Wieder niemand zu sehen.

Also bestieg ich das nächste Schiff und fuhr zum Jungfernstieg.

Dort drängelte ich mich durch die dem Wochenend-Konsum Verfallenen, und dann ging's über die überlaufene Mönckebergstraße zum Hauptbahnhof.

Klaus der Penner zwinkerte mir zu, als ich neben ihm stehen blieb. Nachdem er wie gewöhnlich von den Schwarzen Sheriffs von seinem Stammplatz auf dem Steindamm vertrieben worden war, saß er nun am nördlichen Eingang des Hauptbahnhofs auf den Treppen, die zu den Schließfächern führten. Jetzt, am Nachmittag, hatte sein wulstiges Gesicht eine violette Färbung angenommen, und er hielt seine obligatorische Flasche Lambrusco in den Armen. Vor sich auf den Boden, neben einen Plastikbecher für die Spenden, hatte er ein Schild gestellt, auf dem stand: «Bin z.Zt. heimatvertrieben».

Ich setzte mich neben Klaus auf die Treppenstufen und musterte die Leute, die hier hektisch herumliefen. Vielleicht war mir ja doch jemand gefolgt.

«Na, gibt's was Neues?» fragte Klaus.

«Ich glaub nicht», sagte ich.

«Wär ja auch das erste Mal gewesen.»

«Stimmt.»

Behutsam schraubte er den Verschluss seiner Zweiliterflasche auf. Dann griff er nach dem Plastikbecher zu seinen Füßen und kippte die Münzen neben sich aus. Der Becher war halbvoll gewesen. Er füllte ihn bis oben hin mit Wein und hielt ihn mir hin.

«Hier.»

Ich wehrte ab: «Nein, vielen Dank. Ist noch zu früh.»

Er brummte «Na, denn nich» und trank den Wein in einem Zug aus. Er stellte ihn zurück auf den Boden, schmiss wieder einige der Münzen hinein und schob ihn zurück an seinen Platz. Die restlichen Münzen verstaute er in seiner Hosentasche.

Dabei stöhnte er. «Verdammtes Kleingeld.»

Ich stand auf und stieg über ihn hinweg. Der Kassettenrecorder samt Kassette war noch an seinem Platz. Ich nahm ihn aus dem Schließfach.

«Wo hast du den denn stibitzt?» blinzelte Klaus mich an.

«Das ist mein eigener.»

«Klar, Mann. Kleines Zwischenlager hier, was?» Er grinste verschwörerisch.

«Ich muss los.»

«Jo, tschüssi, mach's gut.»

Wieso hatten die Spaßvögel von der Mordkommission eigentlich nicht mein Büro durchsucht? Von wegen Effektivität der Polizeiarbeit. Entweder die glaubten, besonders schlau zu sein, oder sie arbeiteten mit der typischen Präzision des deutschen Beamtenapparates.

Im Büro angekommen, machte ich mir einen Kaffee und begann, mein Gespräch mit Kai-Uwe Katzur in den wichtigsten Auszügen abzutippen. Am interessantesten war natürlich seine Beschreibung des angeblichen Mörders von Carmen. Vielleicht hatte ihn ja der schwarzgekleidete Messerstecher von der Elbinsel ein weiteres Mal aufgesucht. Das machte Sinn. Aber wer war dieser Unbekannte? Und warum hatte er bei der ersten Gelegenheit darauf verzichtet, Katzur ebenfalls zu töten?

Die Geschichte vom «Schwarzen Messerstecher», so rechnete ich mir aus, müsste eigentlich lukrativ zu verwerten sein. Dummerweise war jetzt gerade Wochenende. Das gab den Kollegen Zeit, sich bei der Presseabteilung der Polizei über den Fall zu informieren. In den Montagsausgaben würde dann einiges drüber gemeldet werden.

Trotzdem rief ich einen Redakteur bei der *Morgenpost* an und stieß auf ganz andere Schwierigkeiten. Man sei interessiert, hieß es, aber es müsse von vornherein klar sein, dass «wir als sozialliberales Blatt in dieser schwierigen Zeit und angesichts der politischen Zustände in der Stadt dem sozialliberalen Innensenator nicht schaden dürfen». Das hieß also nichts anderes als Zensur. «Der Mordfall Katzur und alle Zusammenhänge müssen behutsam angefasst werden. Es gibt zu viele Spekulationen», sagte der Redakteur, «und allzuviel Unwägbares sehe ich da auch bei Ihnen.» Glücklicherweise, dachte ich, als ich den Hörer auf den Apparat knallte, dann hatte ich ihm jedenfalls nicht zuviel verraten. Beim Abendblatt blitzte ich auf ähnliche Weise ab: «Wir dürfen kein Öl ins Feuer gießen, die politische Funktionstüchtigkeit unseres Gemeinwesens muss in dieser schwierigen Situation gesichert werden. Die Etablierten müssen zusammenhalten.» Mein Einwurf, das die das ohnehin immer tun würden, fand kein Verständnis.

Und dann drehten sie den Spieß um. Eine Reporterin von der Bild am Sonntag klingelte an und wollte mich ausquetschen. (Den Namen ihres Scheißblatts kürzte sie die ganze Zeit mit «BamS» ab, was sich wirklich bescheuert anhörte: «Guten Tag, ich bin von der BamS.») Sie wusste bereits erstaunlich viel und faselte lauter Dummheiten von dem «traurigen Schicksal des entwurzelten Politikersohns» und dem «spannenden Zusammentreffen zwischen einem Profi-Journalisten und dem möglichen Mörder». Ich versuchte ihr klarzumachen, dass der Dicke mit seinem Revolver Katzur nicht erstochen haben konnte, aber davon wollte sie nichts wissen. Sie geriet in totale Verzückung bei dem Gedanken, mit jemandem zu sprechen, der einen leibhaftigen Mörder gesehen hatte. Absurderweise forderte sie ein «Exklusiv-Interview». Als ich ihr das verweigerte, wurde sie pampig und jammerte launisch: «Also, wenn ich die Gelegenheit hätte, so günstig in der Öffentlichkeit ‹gefeatured› zu werden, würde ich mich nicht zieren.» Ich fragte sie, ob es überhaupt irgend etwas gab, bei dem sie sich zieren würde, und brach das Gespräch ab.

Die Quittung bekam ich am nächsten Tag. In der «BamS» wurde ich auf einer ganzen Seite «gefeatured». Weiß der Teufel, wo sie die beschissenen Fotos von mir aufgetrieben hatten. Auf einem davon war ich mit meiner Verflossenen zu sehen, «der eigenwilligen Schauspielerin Hanna Marenka, mit der der Sensationsjournalist eine gefährliche Liebschaft unterhielt». Die Überschrift des Artikels lautete «Journalist sah Mörder ins Antlitz». Der dicke Sapia wurde da als perverser Meuchelmörder ausgegeben, alle Fakten verdreht und der Polizei allerhand phantasievolles Tun im Hafen unterstellt, «wo der hanseatische Jack the Ripper sein Unwesen treibt». Es war grauenhaft, zeigte mir aber gleichzeitig, dass die Bullen sich nicht zu schade waren, allerlei vage Informationen in bezug auf mich und meine Verbindung zu Katzur zu verbreiten.

Der dickste Hammer jedoch war ein ganz anderer Artikel in der Welt am Sonntag: Die Agentur Interpublic/Globalnews hatte es tatsächlich geschafft, einen Artikel meines Kollegen Kreissberg dort unterzubringen. Es war eine einzige Beweihräucherung des Innensenators, seines «noblen Charakters», seiner «politischen Weitsicht», seines «sprichwörtlichen Stehvermögens», seiner «kompetenten Nüchternheit» usw. Hochgradiger Schwachsinn. Was war bloß in Kreissberg gefahren? (Wahrscheinlich war die Chefin über den Artikel gegangen und hatte den ohnehin schon mäßigen Text im Sinne ihrer Agentur tüchtig verschandelt.) Ein interessantes Detail hatte Kreissberg allerdings doch entdeckt und in seiner typischen stilisierten Wurstigkeit in den Artikel eingearbeitet: Erich Hammerstein, der Vorsitzende der D.P.O., war einst ein Studienkollege des Innensenators gewesen. Gemeinsam hatten die beiden Jura studiert und offenbar auch des Öfteren

Reisen unternommen. Die Familien Katzur und Hammerstein, beide reich geworden durch Kolonialwarenhandel, waren früher befreundet gewesen. Doch die Jugendfreunde hatten sich aus den Augen verloren, als die Hammersteins in den vierziger Jahren Konkurs anmelden mussten. Nach dem Krieg trafen sie an der Universität wieder aufeinander. Auch Hammerstein soll damals mit liberalen Ideen sympathisiert haben. Seiner Anwaltskanzlei war später jedoch kein sehr großer Erfolg beschieden. Gleichzeitig mit dem andauernden Misserfolg schien er politisch nach rechts abgedriftet zu sein. Der Innensenator hatte Kreissberg erklärt, dass er aus diesem Grund von seinem einstigen dicken Freund nun «menschlich schwer enttäuscht» sei und ihm nur raten könne, «diesem traurigen Haufen inkompetenter Stammtischpolitiker den Rücken zu kehren».

Ich war stocksauer auf Kreissberg.

Aber so einfach würde er mir nicht davonkommen. Ich griff zum Telefon. Heute, am Sonntag, war er komischerweise nicht zu Hause. Ich rief in der Agentur an, aber dort hatten sie über das Wochenende ganz dichtgemacht. So blieb ich mit meinem Ärger allein. Und wieder überfiel mich diese Lustlosigkeit, die ich in der letzten Zeit öfter spürte, wenn ich darüber nachdachte, wie es mit meiner journalistischen Karriere weitergehen sollte.

15

Ich begab mich in die Höhle des Löwen. Kreissberg war nirgendwo sonst zu erreichen, weder bei sich zu Hause noch in unserem Büro oder in seiner griechischen Stammkneipe. In der Agentur hieß es, er sei «außer Haus», aber es konnte auch sein, dass er sich mir gegenüber verleugnen ließ. Um ihn zur Rede zu stellen, musste ich die Firma aufsuchen, der ich eigentlich für immer den Rücken gekehrt hatte.

Als ich den Schriftzug «Interpublic/Globalnews» an der Wand des Hauses leuchten sah, in dessen sechstem Stockwerk die Agentur residierte, merkte ich, dass ich ein ziemlich schiefes Grinsen aufgesetzt hatte. Zwischen den beiden Fensterfronten schimmerte wie eh und je das Firmenzeichen: der Globus, auf dem bezeichnenderweise Amerika, Australien und der pazifische Raum fehlten. Mich schauderte bei dem Gedanken, eines Tages wieder in dieses pseudo-modernistische Großraumbüro zurückkehren zu müssen - so wie Kreissberg. Und noch mehr schauderte mir vor der hexenhaften Erscheinung der Chefin, deren Büroeingang keine Türklinke besaß, sondern sich nur mit einem Summer öffnen ließ - für besonders privilegierte Mitarbeiter.

Interpublic/Globalnews lebte von dem Verbreiten von Klatschnachrichten und Sensationsmeldungen. Ich war dort vor Jahren gelandet, nachdem meine vielversprechende journalistische Karriere plötzlich auf Grund gelaufen war. Kreissberg hatte es nie weitergebracht als bis hierher. Und ich hege inzwischen den Verdacht, dass es ihm in dieser Yellow-Press-Klitsche in Wahrheit immer sehr gut gefallen hat. Wenn man sich irgendwo als Veteran behaupten kann, genießt man natürlich ein gewisses Ansehen, selbst als Alkoholiker.

Ich fuhr mit dem Aufzug in den sechsten Stock. Hinter dem Empfangspult saß noch immer Petra, die dauergewellte Telefonistin mit der mürrischen Unterlippe.

«Ach, der Herr Tolonen», empfing sie mich. «Sie sind ja lange nicht hier gewesen. Wo brennt's denn? Ist die eigene Firma pleite gegangen?» Sie sagte das nicht aus Spaß. Man sah ihr an, dass sie danach lechzte, mich am Boden zu sehen.

«Der Firma geht's gut. Ich wollte nur mal so reinschauen.»

«Wollen Sie den Personalbogen gleich ausfüllen?»

«Nein, nein, danke - was?»

«Tun Sie doch nicht so. Wir haben schon Wetten abgeschlossen, wann Sie hier aufkreuzen. Nummer eins hat sich ja schon zurückgemeldet.»

«Ich verstehe kein Wort.»

«Er ziert sich noch, unser Freischaffender, hach!» Die mürrische Unterlippe hatte sich zu höhnischer Glätte gestrafft.

Dann kam einer von den jungen, aufstrebenden Karrieristen hereingestürzt, ein leicht übergewichtiger Bengel in buntem Designerhemd. Hätte er seinen früher lautstark annoncierten Karriere-Zeitplan eingehalten, müsste er eigentlich schon längst Chefredakteur bei der *Illustrierten* geworden sein. Anscheinend war doch etwas dazwischengekommen.

«Sieh mal an, Tolonen», sagte er, und ich hatte das Gefühl, dass es weniger hochnäsig klang als früher. «Du willst wohl das verlorene Schaf zurückholen?»

«Was denn? Will er den Kollegen Kreissberg abwerben?» fragte Petra. «Ich dachte, er wollte wieder eintreten in unseren Verein.»

«Nanu», sagte der Kollege, und ich bemerkte die tiefen Ringe unter seinen Augen und dass er tatsächlich nicht mehr nur leicht übergewichtig war. «Ist denn die Attraktivität des freien Unternehmertums so plötzlich geschwunden?»

«Ich will mit Kreissberg reden, das ist alles.»

«Er ziert sich noch», sagte Petra augenzwinkernd.

«Also, ich hab jetzt keine Zeit», sagte der nicht mehr so junge Kollege.

Er schob die Glastür auf und stürmte ins Großraumbüro. Ich sah, wie er sich an den Schreibtisch setzte, der früher meiner gewesen war.

Petra blätterte nachlässig in einem Notizblock: «Kreissberg ist nicht da.»

«Hat er gesagt, wo er ist, wann er zurückkommt?»

«Ich weiß von nichts.»

«Vielleicht liegt was auf seinem Schreibtisch für mich. Ich geh mal nachsehen.»

«Das würde ich nicht tun -»

Ich schob die Tür auf. Im gleichen Moment wurde mir klar, dass ich es mir mit Kreissberg endgültig verscherzen würde, wenn ich jetzt auch noch anfing, seine Arbeitsunterlagen zu durchsuchen. Aber ich war wütend und hätte mir außerdem nur zu gern die Aufnahme seines Interviews mit dem Senator angehört, oder wenigstens die Rohfassung gelesen. In den Zeitungen stehen ja immer nur redigierte Bruchteile des Gesagten.

Als ich an ihm vorbeiging, sah der junge Kollege nur kurz auf. Er sah traurig aus. Vielleicht war ihm gerade das ganze Elend seines beruflichen Daseins bewusst geworden. Vielleicht sah er sich in zehn Jahren an meiner Stelle hier reinkommen, ausgebrannt, demoralisiert, verschuldet…

Ich setzte mich auf Kreissbergs Stuhl, kramte in den durcheinanderliegenden Papieren und öffnete die Schubladen. Kreissberg hatte wieder mit dem Malen angefangen. Das war früher sein großes Hobby gewesen: mit dicken Filzschreibern auf Schreibtischplatten herumzumalen. Ich erkannte eine Menge Weinflaschen, Bierflaschen, Schnapsflaschen und die entsprechenden Gläser. Ich wühlte ziellos herum.

Ich merkte nichts, bis sie vor mir stand. Die Hexe, die mich noch immer manchmal in meinen Träumen heimsuchte: rote Haare, lange, spitze Nase und ein Mund, der den Charme einer Kneifzange besaß. Sie trug ein dunkelviolettes Designerkostüm, und wie immer prangte am linken Jackenärmel das Emblem eines bekannten Hamburger Designers.

Sie grüßte nicht, sie fragte gleich: «Haben Sie einen Durchsuchungsbefehl?»

Das war keine scherzhafte Bemerkung, sie meinte es ernst.

Ich sah sie kurz an und tat desinteressiert: «Noch bin ich nicht bei der Polizei.»

«Machen Sie auf der Stelle, dass Sie rauskommen!»

«Einen Moment noch -»

«Die Polizei wird gleich hier sein.»

«Bitte?»

Als ich aufblickte, sah ich, wie sie Petra zuwinkte. Die griff nach dem Telefonhörer.

«Hausfriedensbruch, Diebstahl.»

«Hören Sie mal zu: Ich will bloß mit meinem Freund Kreissberg sprechen.»

«Gehen Sie von dem Schreibtisch da weg!»

«Wann war er das letzte Mal hier?»

«Heute jedenfalls noch nicht.»

«Ich mache mir Sorgen um ihn.»

«Machen Sie sich lieber Sorgen um sich selbst.»

«Ich möchte -»

Petra schob die Glastür auf und schrie: «Die Streife kommt gleich!»

«Verdammt, was soll denn das?» sagte ich.

Der junge, desillusionierte Kollege wandte mir seine traurigen, blutunterlaufenen Augen zu: «Wenn ich du wäre, würde ich mal schnell die Fliege machen.»

«Ich werde doch wohl noch mal hier vorbeikommen dürfen.»

«Nein! Hausverbot!» keifte die Hexe.

Aus purem Trotz versuchte ich, ein Stück Papier zusammenzufalten und einzustecken. Da stürzte sie um den Schreibtisch herum auf mich zu, grapschte mit ihren dünnen, knochigen Händen nach mir, erwischte mein Hemd und riss es mit einem Ruck kaputt. Sie hatte soviel Kraft investiert, dass ich beinahe vom Stuhl fiel. Ich spürte einen hässlichen Schmerz an meiner Schulter. Ihre scharfen Fingernägel hatten mir die Haut aufgeritzt.

«Raus hier!» fauchte sie. «Auf der Stelle!»

Ich stand auf.

«Du blutest», sagte der junge Kollege. Er war ein bisschen weiß im Gesicht geworden.

Ich nickte ihm zu und schob mich an ihrem bebenden Körper vorbei.

«Also dann… tschüss.»

Er winkte mir unsicher zu, versuchte zu grinsen, schaffte aber nur ein Zucken des Mundwinkels. Petra hielt mir die Glastür auf.

Ich trat hinaus ins Treppenhaus und drückte auf den Knopf des Aufzugs. Im Gegensatz zu Kreissberg, so dachte ich auf dem Weg nach unten, gab es für mich keinen Weg zurück. Als ich aus dem Gebäude trat, sah ich, wie ein Streifenwagen im Parkverbot anhielt. Zwei Beamte stiegen aus, setzten sich vorschriftsmäßig die Schirmmützen auf den Kopf und marschierten zügig hinein.

Auf dem Weg nach St. Pauli verfluchte ich die rothaarige Hexe, meinen ehemaligen Freund Kreissberg und mich gleich dazu. Das Büro würde ich wohl am besten zumachen. Was sollte ich allein mit einem Büro? Die wenigen Aufträge, die ich gelegentlich bekam, konnte ich auch von zu Hause aus erledigen.

Die Scheibe in der Eingangstür des Hotels war noch immer nicht ausgewechselt worden, der alte Mann mit dem kahlen Schädel saß noch immer hinter dem Rezeptionspult.

«Na, wie geht's der Lunge?» fragte ich zur Begrüßung.

Er schlug sich mit der Faust leicht gegen die Brust - «Scheint noch zu funktionieren.» Und schob mir das Camel-Päckchen hin: «Zigarette?»

«Danke.» Ich nahm mir eine. «Was machen Sie, wenn das Rauchen an öffentlichen Orten verboten wird?»

«Das wird mein Tod sein.» Er gab mir Feuer: «Haben Sie sich wieder beruhigt?»

«Wieso?»

«Sie haben mich Arschloch genannt.»

«Na und?»

Er hüstelte: «Bloß weil ich diese Rauschgiftschlampe rausgeschmissen habe?»

«Ja, klar.»

«Sie sind wohl so eine Art Samariter?»

«Kann schon sein. Ist Robak auf seinem Zimmer?»

«Der Polacke? Nee, der ist unterwegs.»

«Wissen Sie, was er so treibt den ganzen Tag?»

«Mit Mädels treibt er's. Die kreuzen doch immer hier auf, diese kaputten Stricherinnen.»

«Und das stört Sie nicht?»

«Erstens ist das nicht mein Hotel, und zweitens bin ich alt und krank.»

«Wahrscheinlich verdienen Sie auch sauschlecht.»

In seinen müden Augen blitzte es gierig auf: «Jede Wette.»

«Und Robak hat Ihnen ein paar Extrascheinchen zugesteckt, damit Sie keinen Unbefugten in sein Zimmer lassen …»

«Kann schon sein …»

«Aber heute hat er es blöderweise vergessen.»
«Vielleicht …»
Ich legte einen Zwanziger auf das Pult: «Hier, soll ich Ihnen von ihm geben.»
Er griff hinter sich und nahm den Schlüssel vom Haken und legte ihn vor mich hin. Dann nahm er den Schein und faltete ihn zusammen, bevor er ihn mühsam in seine Hosentasche steckte.
«Bis gleich», sagte ich und ging nach oben.
In Robaks Zimmer war es stickig. Die vergilbten Vorhänge waren beiseite gezogen worden, und die Sonne knallte durch die geschlossenen Fenster. Auf dem Boden lagen Kleidungsstücke herum, das Bett war nicht gemacht worden. Alte Zeitungen lagen herum, vor allem auf dem Tisch vor dem Fenster. Ich wühlte herum, fand aber nichts Interessantes. Es gab ein Nachtschränkchen neben dem Bett, auf dem ein Telefon stand. Ich zog die Schublade auf und fand ein paar zusammengefaltete Zettel. Darauf standen Namen und Telefonnummern. Unter anderen zwei Nummern von Perosino, die eine zweifellos von TP 3000, die andere wahrscheinlich seine Privatnummer. Ich schrieb diese beiden und einige andere, die mir wichtig erschienen, auf einen Zettel und steckte ihn ein. Nachdem ich ergebnislos den Schrank durchwühlt hatte, holte ich den großen Koffer herunter, der obendrauf lag.
Ich hatte auf irgendwelche verräterischen Utensilien oder gar ein Päckchen mit weißem Pulver gehofft. Aber welcher Dealer lässt schon seine Ware im Hotelzimmer herumliegen? Im Koffer lag nur eine vergilbte polnische Zeitung und ein, offenbar ungarisches, Pornomagazin. Außerdem ein paar kaputte Socken, eine ausgeleierte Unterhose und ein Schlagring. Ich packte den Koffer wieder auf den Schrank, sah mich noch mal im Zimmer um und ging dann wieder nach unten.

Der Alte sah mich auffordernd an: «Und? Was gefunden?»

«Sie sollten mal die Vorhänge zuziehen, die Sonne knallt rein, es ist eine Bullenhitze da oben.»

«Hätten Sie doch machen können.»

«Dann hätten Sie mir aber den Zwanziger wieder zurückgeben müssen.»

Er stöhnte.

Draußen suchte ich mir eine Telefonzelle und wählte die Nummer, von der ich annahm, dass es Perosinos Privatnummer war. Ich wollte ihm so lange zusetzen, bis er mir weitere Einzelheiten über Kai-Uwe Katzur erzählte. Schließlich musste irgendeiner einen triftigen Grund gehabt haben, den Sohn des Senators abzumurksen. Und nun versuchte man, es dem Mörder von Carmen Wüpperfürth in die Schuhe zu schieben. Vielleicht steckte Perosino dahinter. Das Opfer selbst war allerdings der Meinung gewesen, sein Vater habe etwas gegen ihn angezettelt. Es gab verschiedene Möglichkeiten.

Eine Frauenstimme meldete sich, die ich nicht gleich erkannte.

«Ja?»

«Ich möchte Perosino sprechen.»

«Wer ist denn da?»

« Tolonen. Bist du es, Aloa?»

«Ja, was ist denn los?»

«Was machst du denn bei Perosino?»

«Was soll ich schon machen? Er ist gerade nach draußen gegangen. Sonst hätte ich gar nicht abnehmen können.»

«Wieso denn?»

«Er hält mich unter Verschluss. Ich darf nicht raus.»

«Warum?»

«Seit Kai-Uwe tot ist. Er hat wohl Angst, dass jetzt einiges rauskommt.»

«Was soll denn rauskommen?»

«Na ja, die Geschäf… oh, Scheiße.»

«Aloa?»

Unverständliche Stimmen. Die Telefonzelle stand am Straßenrand, der Verkehr rauschte laut vorbei.

«Aloa, sag mir die Adresse!»

Stimmen, dann wieder sie, hektisch: «Hallo, ich bin in -» Krachen im Hörer, dann eine Männerstimme: «Ende.»

Es wurde aufgelegt.

Ich nahm mir das Telefonbuch vor, einen Guido Perosino konnte ich nicht finden. Ich rief die Auskunft an. Dort gaben sie mir die Nummer, die ich schon hatte, weigerten sich aber, die Adresse rauszurücken. Diese Arschgeigen! Blieb nur noch eine Möglichkeit: Menzel in der Vermisstenabteilung, der musste die Adresse im Polizeicomputer für mich suchen. Leider hatte er gerade heute frei genommen.

Sein Kollege tröstete mich: «Versuchen Sie es morgen noch mal.»

«Es ist dringend, ich suche eine Adresse.»

«Einwohnerzentralamt», riet er mir.

Ich rief dort an. Sie machten gerade Feierabend. Scheißkram.

Ich hatte eine echte Pechsträhne.

Auf dem Weg zur S-Bahn kaufte ich mir einige Zeitungen. Neuigkeiten aus der Welt der Politik gefällig? Da schien auch alles Mögliche schief zu gehen: Die Verhandlungen zwischen den Sozialliberalen und den Konservativen waren in eine Sackgasse geraten. Man geiferte sich an und faselte von Grundsatzpositionen. Als ob dieses Opportunistenpack überhaupt jemals irgendwelche Grundsätze gehabt hätte. Der Noch- oder eigentlich Nicht-mehr-Innensenator und Bürgermeisterkandidat Bruno Katzur appellierte an die «Gemeinsamkeit der Demokraten» und rief zum «Schutz des hanseatischen

Gemeinwesens» auf. «Toleranz war immer unsere Tugend», wurde er zitiert, «doch nun gilt es, eine Front aufzubauen, um die Gegenaufklärung zu bekämpfen.» Ob die Wähler verstanden, was er mit Gegenaufklärung meinte? Aber die waren ja ohnehin nicht mehr gefragt (und außerdem an allem schuld, wie der Leitartikel-Kommentator süffisant bemerkte). Bei den Konservativen schien es zu brodeln: Der rechte Flügel weigerte sich plötzlich, mit den Sozialliberalen gemeinsame Sache zu machen. Und da der rechte Flügel sehr stark war, sah es schlecht aus für den Bürgermeisterkandidaten, zumal der linke Flügel seiner eigenen Partei auch gerne mal querschoss gegen so gesetzte Figuren wie den alten Katzur. Außerdem gab es da ja noch die Alternativen, die sich zwar noch immer nicht zu Wort gemeldet hatten (Schmollen war deren Oppositionsprinzip, weil sie nie um Rat gefragt wurden), die aber jeden anderen Kandidaten außer ihrem eigenen die Stimme verweigerten. Harte Zeiten in der Bürgerschaft, Dauersitzungen, Urlaubsaufschub, überlange Debatten - und ein desinteressiertes Wahlvolk, dem es nach einer Umfrage der Morgenpost ziemlich egal war, wer regierte, «solange die da oben nur nicht zuviel Geld verdienen».

Als ich zu Hause die Nachrichten im Radio hörte, wiederholte sich das Ganze. «Die Krise des Stadtstaates ist symptomatisch für die politische Krise der gesamten Republik», wurde geklagt.

Ich lag auf meinem Sofa und las sämtliche Politikteile durch. Irgendwann klingelte das Telefon.

«Ja, Tolonen.»

«He, Mann, hallo!»

«Wer ist denn da?»

«Scheiße, das Kabel ist im Arsch. He, hörst du überhaupt was? Hier ist Klaus.»

«Klaus, was für ein -»

«Mann, du kennst mich doch.»

«Der Penner?»

«Kannst dich ruhig anders ausdrücken. Scheiß Kabel, jetzt ist der Ton weg.»

Es knackte bedrohlich in der Leitung.

«Okay, Nachbar, was gibt's denn so Wichtiges, dass du mich anrufst?»

Wieder knackte es und rauschte kurz.

«He, ich dachte... wir sind doch Kumpels oder... na ja, eine Hand wäscht die andere... ich wollte dir nur einen Tipp geben.»

«Was für einen Tipp denn?» Krachen.

«Bleib mal ruhig! Dieses Kabel hier macht mich wahnsinnig.»

«Ich kann dich gut hören.»

«Okay, pass mal auf: Heute Nacht hab ich bei dir gepennt.»

«Bei mir? Soll das ein Witz sein?»

«Nee, Mann. Im Treppenhaus, unter der Treppe, du weißt schon. Hab ich doch schon öfter gemacht. Vor allem früher, als die Sheriffs da noch nicht rumgetigert sind.»

«Ja, ja, ich weiß.»

«Na ja, die haben mich auch diesmal wieder rausgeschmissen. Aber erst, als es schon hell wurde. Ich bin seit fünf Uhr auf den Beinen!»

«Na bravo.»

«Jedenfalls war ich lange genug da, um diese Typen zu sehen.»

«Was für Typen?»

«Einbrecher, die haben dein Büro aufgebrochen.»

«Scheiße.»

«Ja, hab ich auch gedacht. Deshalb ruf ich an.»

«Warum hast du das nicht schon früher gemacht?»

«Mann, du hast Nerven, ich war sturzbesoffen, und außerdem fehlte mir das nötige Kleingeld.»

«Hast du die Typen erkannt?»

«Schwarze Schatten, nur schwarze Schatten. Ich lag ja unter der Treppe neben dem Aufzug.»

«Woher weißt du dann überhaupt, dass sie eingebrochen sind?»

«Die Sheriffs sind ein bisschen später gekommen. Ich hab versucht, denen das zu verklickern, ich mein, dass ich schwarze Schatten gesehen hab. Die sind dann kurz nach oben. Als sie runterkamen, haben sie mich geschnappt und mich zum Bahnhof geschleppt, die Arschgeigen. Und dabei haben sie geredet, dass die Tür von deinem Büro auf war und so.»

«Mir hat niemand Bescheid gesagt.»

«Weiß ich. Denen war das doch egal, weil du ihnen keinen Auftrag gegeben hast, stimmt's? Außerdem glauben die, wir stecken unter einer Decke.»

«Stimmt ja auch.»

«Ja eben. Und weil du noch nicht aufgekreuzt bist, dachte ich, ich ruf mal an, damit du weißt, was Sache ist.»

«Vielen Dank.»

«Da nich für, du kannst dich ja revanchieren, dann ist das okay.»

«Geht klar.»

«Wir sehen uns dann. Tschüssi.» Es krachte fürchterlich, und er legte auf.

Ich schmiss die Zeitungen beiseite und machte mich auf den Weg ins Büro. Das Schloss war tatsächlich geknackt. Ich ließ einen Schlosser kommen, der ein neues einbaute.

Mich beunruhigte, dass die Einbrecher offenbar überhaupt nichts mitgenommen hatten.

16

Ich rief noch ein paarmal bei Perosino an, in der Hoffnung, Aloa könnte an den Apparat gehen. Aber es hob überhaupt niemand mehr ab. Also machte ich mich am Abend erneut auf den Weg ins TP 3000 - ohne Erfolg, es war Montag, der Tanzpalast hatte geschlossen. Ich starrte ratlos das verschrammte Portal an und ging wieder nach Hause.

Am nächsten Tag stattete ich dem Einwohnerzentralamt im Bieberhaus neben dem Hauptbahnhof einen Besuch ab. Ein Katzensprung von meiner Wohnung aus. Nach Zahlung eines kleinen Unkostenbeitrags war es den gemütlichen Beamten möglich, mir die Adresse von Guido Perosino auszuhändigen.

Er wohnte im Karolinenviertel. Als ich mit dem Lift im Erdgeschoss des Bieberhauses ankam, wähnte ich mich in einem Fernsehbericht über das Elend der Asylanten: Männer, Frauen und Kinder aus aller Herren Länder drängten sich durcheinander. Alle wollten in Deutschland bleiben. Ich an ihrer Stelle würde auf dem Absatz kehrtmachen: Überall ist es besser, wo wir nicht sind. Und wer weiß, wann die ersten Schlägertrupps der D.P.O. hier auftauchen...

Der Name «Karolinenviertel» klingt hübsch. Bis vor kurzem gab es hier viele kleine Läden. Man konnte ausgefallene Bücher, preiswerte Antiquitäten, billigen Schmuck, altmodische Klamotten und alles Mögliche andere kaufen. Nach der Ermordung eines uralten Drogeriebesitzer-Ehepaares und dem Brand in dem einzigen Supermarkt hat eine Gang halbwüchsiger Türken die Macht im Viertel übernommen. Die meisten der pazifistisch eingestellten Ladeninhaber kapitulierten vor den frechen Schutzgeldforderungen der gewalttätigen Grünschnäbel. Jetzt ist das Viertel wie ausgestorben. Nur ein paar Türkenbengel in Kampfanzügen tun so, als würden sie die Straße beaufsichtigen und kommen sich ungeheuer wichtig vor. Sie halten jeden Passanten an, den sie nicht kennen, und fragen nach dem Woher und Wohin. Als sich mir einer in der Marktstraße in den Weg stellte, gab ich ihm ein Fünfmarkstück und durfte passieren.

In der Glashüttenstraße sah ich ein paar zerlumpte Kinder um eine gebrechliche alte Frau tanzen und sie verhöhnen. Als ich näher kam, suchten sie das Weite. Ich half der Alten bis vor ihre Haustür. Ich kannte sie noch von früher, aus der Zeit, als ich selbst hier gewohnt hatte. Einige Häuser weiter stieg ich einige Treppenstufen hinauf und drückte auf den Klingelknopf neben dem Computer-Schriftzug mit Perosinos Namen. Während ich auf die Klingel drückte, dachte ich über die Segnungen der multikulturellen Gesellschaft nach: Wenn ein Gemeinwesen zerfällt, wird jeder zum Faschisten. Um die eigene Haut zu retten, sehnt man sich nach hartem Durchgreifen. Wenn man ein politischer Softie ist (so wie ich wahrscheinlich), mutiert man lediglich zum Sozialfaschisten, aber das ist auch nicht viel besser.

Bei Perosino tat sich nichts. Entweder waren sie ausgeflogen, oder sie hatten sich verschanzt. Ich überlegte, ob ich die Bewohner des Hauses befragen sollte. Als dann aber drei jugendliche Wegelagerer auf der gegenüberliegenden Straßenseite Posten bezogen, um zu kontrollieren, was ich tat, gab ich es auf. Ich nickte ihnen zu und machte mich auf den Weg zur U-Bahn. Sie schlenderten hinter mir her, die Hände in den Militärhosen vergraben. Einer von ihnen trug eine Fahrradkette um den Hals.

Am nächsten Abend um elf Uhr zahlte ich ein zweites Mal den horrenden Eintritt und betrat das TP 3000.

Zehn Minuten später kreuzte die Polizei auf.

Sie kamen nicht wegen mir, sondern wegen der beiden Toten, die auf der Herrentoilette herumlagen. Irgend jemand hatte den Fuß bemerkt, der unter der verschlossenen Tür hervorragte, und den Barkeeper verständigt. Der hatte die Klotür mit einem Vierkantschlüssel geöffnet und zwei junge Burschen entdeckt, die dort auf dem schmutzigen Boden lagen. Ziemlich blau im Gesicht und mit einem hässlichen Totengrinsen. Es sprach sich schnell herum, und bald schon drängte eine Horde Schaulustiger zur Herrentoilette. Als die Nachricht von der Ankunft der Polizei sich verbreitete, verschwanden die Neugierigen schlagartig. Schließlich standen außer mir nur noch der Barkeeper, Perosino und der Kommissar der Mordkommission vor den Pissoirs und blickten uns gegenseitig misstrauisch an.

«Was machen Sie denn hier?» fragte der Kommissar mit verkniffenem Gesicht.

«Ich bin nur zufällig hier!»

«Dann könnten Sie ja auch ganz zufällig wieder verschwinden.»

«Aus dem Zufall ist berufliches Interesse geworden.»

«Und Sie?» Der Kommissar blickte zu Perosino, der gerade seinen Umhang zusammenfaltete.

«Der Besitzer.»

«Guido Perosino?» Der Angesprochene nickte.

«Sie bleiben hier.»

«Der Gerichtsmediziner, der die Leichen untersucht hatte, stieg nun über sie hinweg aus der Toilettenkabine heraus und zuckte mit den Schultern: «Drogen natürlich. Die Frage ist nur, welche. Ich nehme mal an, dass diese roten Dinger hier was damit zu tun haben.» Er hielt die Hand auf und zeigte dem Kommissar vier kleine rote Pillen. Neben ihm an der Toilettenwand stand in krakeligen Buchstaben: «Psychofieber Wowww!»

Der Kommissar sah Perosino an: «Sie waren doch mit Kai-Uwe Katzur bekannt?»

«Entfernt, ja.»

«Deswegen wollte ich noch mit Ihnen reden. Das hier», er machte eine abschätzige Handbewegung in Richtung der Toten, «interessiert mich nicht weiter.»

«Ich habe doch schon mit einem Ihrer Kollegen -», sagte Perosino.

«Wegen dieser Inselparty, sicher. Aber jetzt ist Katzur auch tot, und wir müssen weitere Fragen stellen.»

Der Kommissar drehte sich zu seinen Kollegen vom Drogendezernat um, die in der Tür auftauchten: «Ihr wisst ja, wo's langgeht.» Dann schob er Perosino nach draußen. Ich folgte ihnen.

«Ist das Ihre Berufskleidung?» fragte der Kommissar, während er Perosinos Montur begutachtete.

«Sozusagen», antwortete Perosino. «Gehen wir in mein Büro?»

«Einen Moment noch!» rief ich hinter ihnen her.

Sie drehten sich um und sahen mich beide gleichermaßen verärgert an.

«Wo ist Aloa?»

«Getürmt.»

Sie wandten sich wieder ab und stiegen die Treppen zum Büro hinauf. Der Bulle in Gesundheitslatschen und der Elektro-Graf in glänzenden, schwarzen Stiefeln.

Ich fuhr mit der S-Bahn nach Hause.

Als ich den Innenhof zu meinem Hauseingang durchquerte, sah ich in der Dunkelheit vor der Tür zwei Zigarettenkippen aufglühen. Zwei Schatten saßen auf der Treppe und erwarteten mich. Aloa und Narc.

«Na, endlich», sagte sie. «Wir wollten schon wieder abhauen.»

«Waren wir verabredet?»

«Sie sind auch selten in Ihrem Büro, was?»

«Haben wir uns nicht geduzt, das letzte Mal?»

Die beiden standen auf, damit ich an ihnen vorbeigehen konnte. Ich öffnete die Tür.

Schweigend stiegen wir die Treppen nach oben. Die beiden setzten sich an meinen Küchentisch, während ich die Espressomaschine anwarf und eine Flasche Mineralwasser und Gläser vor sie hinstellte.

Sie sahen aus wie Bruder und Schwester, beide in Jeans und T-Shirt. Aloa holte ein Päckchen Tempo-Taschentücher aus ihrer roten Handtasche und schnäuzte sich mehrmals. Narc saß verstockt daneben. Er sah abwechselnd von Aloa zu mir, aber meistens irrte sein Blick über die Tischplatte.

«Ich bin seit zwei Tagen auf der Suche nach dir», sagte ich.

«Oder nach euch, seid ihr zusammen gewesen?»

«Perosino hat mich unter Verschluss gehalten, in der Wohnung eines Freundes. So ein Dreckloch im Schanzenviertel.»

«Da hätte ich lange suchen können.»

«Narc hat mich gefunden und rausgeholt. Er ist ein richtiger Einbrecher», sagte sie stolz.

«Ich hab mal ein bisschen Schlosser gelernt», murmelte der Junge.

«Er hat Perosino verfolgt und gewartet, bis er mich in der Wohnung allein ließ. Dann hat er die Tür aufgebrochen.»

«Ich hab das Schloss fachgerecht ausgebaut. Es ist nichts kaputtgegangen.»

«Von mir aus hättest du die Tür mit der Axt einschlagen können. Ich kam mir schon vor wie in einem verdammten Horrorfilm. In dieser Wohnung hat es gestunken wie die Pest, die Küche war völlig versaut. Kakerlaken krochen da rum. Die Tapeten kamen schon von den Wänden. Zum Kotzen.

Und so gut wie keine Möbel. Ich musste auf einem kaputten Sofa übernachten.»

«Er hat dich geschlagen, sag's ihm doch.»

«Sei doch ruhig!»

«Stimmt doch. Dieser Scheißkerl hat dich verprügelt.»

«War doch nicht so schlimm.»

«Zeig ihm die blauen Flecken. Über so was kann man doch schreiben.»

«Du bist vielleicht naiv.»

Narc sah mich an: «Sie sind doch Journalist?»

«Das schon.» Ich schenkte jedem von uns eine Tasse Kaffee ein.

«Das ist doch Quatsch», sagte Aloa.

«Warum hat er dich verprügelt?» fragte ich, als ich mich hinsetzte.

«Weil er nicht ganz dicht ist ...»

«Hat er das schon öfter getan?»

«Und wenn schon, das ist doch egal.»

«Willst du, dass dieses Schwein davonkommt?» fragte Narc wütend. «Damit er demnächst wieder von vorne anfängt?»

«Ich lebe ja noch. Außerdem habe ich nicht die Absicht, ihn wiederzusehen.»

«So lange, bis du wieder musst.»

«Ich muss nicht.»

«Da kann ich ja nur lachen.» Narc schüttelte mit dem Kopf.

«Ich weiß, dass ich von ihm abhängig war. Ich hör jetzt auf mit dem Sniefen.»

«Den Spruch hab ich schon mal gehört.»

«Halt doch den Mund!»

«Ja, ja. Die Leute, die dir helfen wollen, behandelst du wie den letzten Dreck.»

«Sei doch nicht gleich eingeschnappt.»

«Warum hat Perosino dich eingesperrt?» schaltete ich mich ein.

«Weil sie alles weiß», sagte Narc.

«Halt doch mal den Mund!» fuhr sie ihn an. «Es geht schließlich um mich.»

Er senkte den Kopf: «Ja, ja, sicher, immer nur du. Möchte mal wissen, warum ich Trottel immer hinter dir her renne. Und sobald du dann aus dem Dreck raus bist, geht die ganze Scheiße wieder von vorne los. Jede Wette, dass du in einer Woche wieder bei Perosino bist.»

«Du hast doch keine Ahnung!»

«Ich kenn dich besser als du selbst.»

«Arschloch.»

«Vielleicht können wir jetzt endlich mal über was Vernünftiges reden», sagte ich. «Und falls es euch beruhigt, Perosino wird momentan von der Polizei verhört.»

«Das bringt doch wieder nichts», sagte Narc.

«Warum wird er verhört?» fragte Aloa.

«Zwei Drogentote auf der Toilette seiner Diskothek.»

«Der redet sich wieder raus», sagte Narc.

«Sie haben ein paar rote Pillen bei ihnen gefunden.»

«Scheiße», sagte Aloa.

«Die Psychopillen», stellte Narc fest. «Jetzt ist die Kacke am Dampfen.»

«Was sind das für Dinger?» fragte ich. «Designerdrogen?»

«Nicht gerade vom Designer entworfen», meinte Aloa müde und blies in ihre Kaffeetasse.

«Warum soll er nicht darüber schreiben?» drängte Narc wieder. «Das ist doch eine heiße Story.»

«Erfahre ich jetzt endlich mal, um was es geht?»

«Wir meinen», sagte Aloa, nachdem sie einen Schluck Espresso getrunken hatte, «dass diese Pillen was mit dem Tod von Kai-Uwe zu tun haben.»

«Katzur hat zusammen mit diesem Arschloch Perosino ein Labor eingerichtet», erklärte Narc. «Die beiden sind irgendwann auf die superschlaue Idee gekommen, dass man auf diese Weise einen Haufen Kohle machen kann. Und nachdem Kai-Uwe zu Hause rausgeflogen ist, musste er sich ja mit irgendwas über Wasser halten. Der war ja einen aufwändigen Lebensstil gewöhnt als Senatorensöhnchen. Dicke Brieftasche, dickes Auto und eine dicke Yacht. Außerdem war er größenwahnsinnig. Im Vergleich zu dem, was Kai-Uwe sich manchmal geleistet hat, ist diese großkotzige Tour von Perosino wirklich nur ein schwacher Abklatsch. Die Party auf der Elbinsel war auch so eine Angeberaktion. Aber das ging dann wohl eher nach hinten los.»

«Wo ist dieses Labor?»

«Zuerst war es in der Wohnung, wo er mich festgehalten hat», sagte Aloa. «Aber dann wurde es zu unsicher, nachdem irgendein Junkie aus der Nachbarschaft da mal eingebrochen hatte. Dann haben sie das Labor verlegt. Angeblich in irgendein Versteck am Hafen.»

«Eine Baracke… da wo Katzur ermordet wurde?»

«Genau da», sagte Narc.

«Ich bin da gewesen, habe aber nichts von einem Labor gesehen.»

«Sie waren zu spät dran», sagte Narc. «Katzur hat es verkauft.»

«Kann man denn so was verkaufen?»

«Es gibt genug Interessenten für so was. In diesem Fall war es der Pole.»

«Robak», ergänzte Aloa. «Den kennst du auch.»

«Was will der denn mit einem Drogenlabor?»

«Er hat es mit nach Hause genommen», sagte Narc. «Die Mafia in Warschau wird ihn mit offenen Armen empfangen. Hier bei uns sind die Bullen ja noch ganz gut auf Trab. Aber im Osten, so schlecht, wie die ausgerüstet sind, da kann doch jeder machen, was er will. Da produzieren sie ihre Drogen in aller Ruhe, bestechen die schlechtbezahlte Polente und exportieren den Scheiß in alle Welt.»

«Klingt nicht ganz unrealistisch. Aber wie hat Robak das Zeug über die Grenze bekommen?»

«Das dürfte überhaupt kein Problem gewesen sein. Als stinknormale Chemieanlage getarnt. Kleines Versuchslabor. Vielleicht hat ihm ein Kumpel aus einer Fabrik die nötigen Papiere besorgt.»

«Sein Bruder», ergänzte Aloa, «der hat einen Bruder in so einer Firma.»

«Und die Rohstoffe?»

«Gibt's in jedem Chemiebetrieb. Ich schätze, die haben dort schon alles aufgebaut und produzieren fleißig. Das wird eine verdammte Katastrophe geben.»

«Deshalb will er doch, dass du einen Artikel darüber schreibst», sagte Aloa.

«Was für eine Katastrophe denn?»

«Die Toten da heute im TP, was ist mit denen?»

«Das sind nicht die ersten. Es gab schon mal ein Versuchskaninchen, das draufgegangen ist.»

«Wieso denn Versuchskaninchen? Ich denke, Robak ist längst weg.»

«Der hat an ein paar Typen umsonst diese Pillen verteilt. Sie sind ungleich dosiert, die haben in ihrem Labor gestümpert. Manche wirken ganz normal, so ein bisschen wie Ecstasy, aber viel besser, andere lassen dich über die Klinge springen. Und wenn Sie Ihren verdammten Artikel nicht schreiben, werden noch mehr draufgehen.»

«Vielleicht solltet ihr einfach mal die Polizei unterrichten.»

«Wer glaubt denen denn? Wenn die anfangen, irgendwas über Gefahren rumzusülzen, nehmen die Leute aus der

Szene das Zeug doch erst recht. Das muss anders verbreitet werden.»

«Na gut. Es sind also noch einige Pillen in Umlauf?»

«Ich nehm's an.»

«Was war das mit dem Versuchskaninchen?» fragte ich.

«Christiane Meierhof», sagte Aloa.

«Eine Freundin von Kai-Uwe, falls man das überhaupt so nennen kann», sagte Narc mit sarkastischem Unterton. «Eins von den Mädchen mit den Goldkettchen ums Fußgelenk.»

«Was soll das jetzt heißen?»

«Die wollte hoch hinaus. Und so ein Ausflug auf einer Yacht, das hat ihr gut gefallen. Zumindest am Anfang. Dann hat er ihr die Pille verabreicht. Ich glaube, sie wusste gar nichts davon. Sie ist dran kaputtgegangen.»

«Offiziell hieß es, sie sei ertrunken», fügte Aloa hinzu.

«Sie war im Schwimmverein, aber das hat niemanden bei den Bullen beeindruckt. Die hatten Weisung von oben, den Fall schnell und ohne großes Aufhebens zu beenden.» «Wieso habe ich nichts darüber gelesen?»

«Weil der Herr Innensenator logischerweise über gute Beziehungen verfügt. Der hat seinen Sohnemann mehr als einmal vor dem Knast bewahrt.»

«Gibt's dafür Beweise?»

«Wer weiß, vielleicht irgendwo.»

«Wann war das?»

«Vor drei Monaten. Wir waren auf der Beerdigung. Kai-Uwe war nicht da.»

«Habt ihr sie gut gekannt?»

«Nein, nur zwei-, dreimal gesehen. Wir sind hingegangen oder jedenfalls ich -, um zu sehen, was Kai-Uwe für ein Gesicht macht. Aber er ist gar nicht gekommen.»

«Was hat Carmen Wüpperfürth dazu gesagt?»

«Die hat doch ihren Uwe immer nur in Schutz genommen», entrüstete sich Aloa.

«Die war ihm total hörig. Liebe macht nicht nur blind, Liebe macht auch strohdoof.» Narc starrte auf seine Tasse. Er hatte den Espresso nicht angerührt. Einen Moment war es still. Dann stand er plötzlich auf und ging zur Tür, ohne Aloa noch mal anzusehen. «Na ja, ich geh dann mal. Jetzt wissen Sie ja alles. Passen Sie auf Aloa auf.» Er war ziemlich schnell draußen im Treppenhaus. Als ich in die Küche zurückkam, sah Aloa mich wütend an. «Dieser Arsch», sagte sie, «das ist typisch für ihn.»

«Was denn?»

«Diese masochistische Tour. Jetzt stellt er sich die ganze Nacht vor, wie wir zusammen ins Bett steigen.»

«Wie sollte er wohl darauf kommen?»

«Weiß ich nicht. Ich geh mal aufs Klo.»

«Hm.»

Als sie zurückkam, erklärte sie, es sei ihr egal, sie könne auch auf dem Fußboden schlafen. Ich gab ihr eine Wolldecke und überließ ihr das Sofa im Wohnzimmer. Bevor sie sich hinlegte, holte sie ihren Teddy aus der Handtasche und setzte ihn auf den Couchtisch.

«Einer muss ja auf mich aufpassen», sagte sie mit dem Anflug eines Lächelns.

Morgens um fünf Uhr stand sie plötzlich in der Schlafzimmertür, bleich wie ein Gespenst. Sie zitterte, schniefte und weinte ein bisschen. Kalter Schweiß. Entzugserscheinungen. Ich ließ sie zu mir ins Bett. Irgendwann schlief sie ein. Als sie sich umdrehte, verrutschte ihr T-Shirt. Ich sah die großen blauen Flecken auf ihrem Rücken und konnte nicht mehr schlafen.

17

Das Frühstück war triste, der Abschied auch. Ich fragte sie nicht, was sie nun vorhatte. Ein Arzt würde ihr auch nicht viel helfen können. Und ich noch viel weniger.

Um die Mittagszeit saß ich im Büro, das Radio eingeschaltet, und schrieb die Kündigung an den Vermieter. Ein Kommentator ereiferte sich über die Meldungen der Boulevardpresse: «Verhandelt Katzur mit den Rechten?», «Alte Freunde kommen sich näher», «Freundschaftsdienste von der D.P.O.?» Diese Überschriften gehörten zu bissigen Artikeln, die anlässlich eines Treffens der beiden Schulkameraden Katzur und Hammerstein geschrieben worden waren. Das Treffen hatte am Vorabend stattgefunden. Über Inhalte war nichts bekannt geworden. Aus dem Rathaus verlautete, dieses «Dinner unter Freunden» habe «ausschließlich privaten Charakter» gehabt. Ein Teil von Katzurs Parteifreunden tobte, andere schwiegen betreten.

Über die Auskunft hatte ich mir die Telefonnummer der Familie Meierhof in Rahlstedt besorgt. Ich rief immer wieder an, erreichte aber erst am späten Nachmittag die Mutter der verstorbenen Christiane Meierhof. Als ich sie auf ihre Tochter ansprach, brach sie am Telefon in Tränen aus und bat mich, ich solle doch «den Schlaf der Toten ehren». Fragen nach den Umständen des Todes waren überhaupt nicht möglich. Ich solle noch mal anrufen, wenn ihr Mann zurück sei, aber der werde bestimmt nicht gerne darüber sprechen.

Zwei Stunden später ließ ich mich von einem Taxi in eine typische Kleinbürgersiedlung in Rahlstedt bringen: Reihenbungalows mit ordentlich gepflegten Gärten, Mittelklassewagen in Parklücken, keine Menschenseele auf der Straße. Die Kinder der Familien, die hier Ende der sechziger Jahre eingezogen waren, hatten ihren Eltern längst den Rücken gekehrt. Und so war aus der «familienfreundlichen Siedlung» eine «Seniorenwohnanlage» geworden. Ich lief einen von hohen Rhododendronsträuchern gesäumten Weg entlang und bog in einen Vorgarten, der von einem großen Fliederstrauß beherrscht wurde. Begonien vor dem Küchenfenster. Auf dem Zeitungskasten der halb abgerissene Aufkleber: «Atomwaffenfreie Zone». Eine hässliche Aluminiumtür. Plastik-Klingelknopf. Ein schüchterner Gong.

Dann stand Ludwig Meierhof in der Tür, ein stämmiger 65jähriger mit quadratischem Gesicht und dicken, grauen Haaren und deutlichen Tränensäcken unter den Augen. Hausschuhe, blaue Shorts, weißes Polohemd. Tiefe Stimme, ein bisschen brüchig.

«Sind Sie der Journalist?»

«Mein Name ist Tolonen.»

«Journalist?»

«Ja.»

«Gehen Sie lieber wieder.»

«Ich bin eigentlich mehr privat hier.»

«Sie sind doch der, der mit meiner Frau telefoniert hat.»

«Das stimmt.»

«Ihr Burschen tut immer so, als wüsstet ihr nicht, was ihr anrichtet.»

«Ich glaube nicht, dass ich mich am Telefon falsch verhalten habe ...»

«Ja, eben. Das meine ich.»

«Es ist wegen Ihrer Tochter.»

«Wir haben keine Tochter mehr. Nicht mal einen Sohn haben wir mehr. Lassen Sie uns doch in Ruhe. Sie haben uns damals auch nicht geholfen.»

«Ich habe vielleicht ein paar Neuigkeiten für Sie. Wenn Sie nur ein paar Minuten Zeit hätten.»

Plötzlich stand seine Frau hinter ihm. Schmächtig, mit grauen, toupierten Haaren und einer rosa Küchenschürze.

«Lass ihn doch rein, Ludwig, vielleicht hat er wirklich etwas zu sagen.»

«In mein Haus kommt kein Journalist.»

«Ludwig …»

«Ich habe mit zwei jungen Leuten gesprochen», sagte ich, «die bezeugen können, dass Kai-Uwe Katzur Ihre Tochter auf dem Gewissen hat.»

«Es gibt keine Zeugen, das haben wir bitter erfahren müssen. Gegen solche Leute findet man keine Zeugen.»

«Vielleicht hat sich die Situation geändert, Herr Meierhof.»

«Ludwig, bitte. Der Herr ist extra hier rausgefahren. Vielleicht weiß er was von Hansi.»

Er zögerte einen Moment, dann schüttelte er mit dem Kopf und murmelte: «Niemand weiß etwas von Hansi. Und wenn unser Name noch einmal in der Zeitung gedruckt wird, drehe ich durch. Gehen Sie.»

Die Frau sah mich traurig an. Ihre leicht angehobenen Hände sanken resigniert auf die rosa Schürze und strichen imaginäre Falten glatt.

Meierhof schloss die Tür.

Ich hätte das Taxi gar nicht fortschicken brauchen, überlegte ich, aber dann sah ich den schwarzen Passat herankommen. Langsam und gemächlich. Am Steuer saß ein kleiner Fettwanst, den ich kürzlich verprügelt hatte: Herbert A. P. Sapia. Er hielt neben mir an der Bordkante und stieß die Beifahrertür auf.

«Na, so ein Zufall», sagte ich, als ich mich neben ihn setzte. «Wohnen Sie in dieser Gegend?»

«Ich bin beruflich unterwegs», sagte er mit wichtigtuerischer Miene und gab gerade soviel Gas, dass wir ohne Bremsung den Wendehammer am Ende der Straße passieren konnten.

«Sieh mal an. Eine Scheidungssache?»

«Sagen wir mal so: Es geht um eine vermisste Person.»

«Ja, ja, allzu viele Menschen gehen uns im Laufe unseres kurzen Lebens verloren. Ich kenne jemanden bei der Polizei, der sich mit solchen Fällen befasst. Pragmatischer Kerl. Soll ich Sie zusammenbringen?»

«Sie reden einen ganz schönen Blödsinn zusammen, wenn der Tag lang ist.»

«Können Sie das denn beurteilen?»

Sapia gab Gas. «Ich hör ja, was Sie sagen... Mit dem Vermissten meinte ich übrigens Johannes Meierhof. Haben Sie mit seinen Eltern darüber gesprochen?»

«Sie waren nicht sehr auskunftsfreudig.»

«Die sind ganz schön verstockt, wem sagen Sie das.»

Er kam mir ein bisschen zu kumpelhaft vor, dieser Dicke. «Was ist denn so Besonderes mit Hansi?»

«Der jüngere Bruder, er hat seine Schwester sehr gerne gehabt...» Jetzt bogen wir auf eine größere Straße ein. Richtung Innenstadt. Glücklicherweise. Diese genormten Flachbauten hatten mich deprimiert.

«Was ist mit ihm passiert?»

«Er ist von der Bildfläche verschwunden. Gleich nach der Beerdigung seiner Schwester. Hat eine Rose ins Grab geworfen und ist weggerannt.»

«Und dann?»

«Seine Eltern haben erst eine Vermisstenanzeige aufgegeben, dann aber wieder zurückgezogen.»

«Sie wissen also, wo er ist.»

«Sie behaupten nein.»

«Wie alt ist der Junge?»

«Achtzehn. Im Grunde genommen kann er machen, was er will.»

«Sie wohl auch.»

«Bitte?»

«Sie fahren zu schnell.»

«Ich darf das.»

«Hm.»

«Vielleicht möchten Sie sich ein wenig von der Geschwindigkeit ablenken? Machen Sie doch mal das Handschuhfach dort auf.»

«Warum?»

«Sie müssen nur auf den Knopf da drücken.»

Wir fuhren durch Wandsbek. Ich öffnete das Handschuhfach. Ein großer Briefumschlag fiel mir entgegen.

«Was soll ich denn damit?»

«Öffnen Sie!»

Wir hielten an einer Kreuzung vor einer roten Ampel. Ich holte einige Formulare aus dem Umschlag. Ein Schweizer Kreditinstitut bot mir (bzw. dem Leser des beigefügten Briefes) seine Dienste an. Gegen einen branchenüblichen Obolus bot man mir an, meine Vermögenswerte zu verwalten. Selbstverständlich unter Wahrung vollster Anonymität. «Gegenseitiger Respekt ist unsere Geschäftsphilosophie», dieser dämliche Satz stand fettgedruckt am Ende.

«Soll das ein Witz sein?»

«Freuen Sie sich doch. Soweit ich weiß, stehen Sie mit diesem Institut ohnehin schon in Verbindung.»

«Wie bitte?»

«Hollex hat seine Augen überall. Wir wissen, dass Sie in der Vergangenheit größere - sagen wir mal - Honorarbeträge aus dem Ausland dort eingezahlt haben.»

«Sie sind ja verrückt.»

Sapia trat aufs Gaspedal. Die Reifen quietschten nur minimal.

«Aber nein. Wir haben alles zu Ihrer größtmöglichen Bequemlichkeit in die Wege geleitet. Und sehr diskret.»

«Wenn Sie so weiterrasen, ist es mit der Diskretion bald vorbei. Da vorne steht ein Bullenwagen.»

Er fuhr etwas langsamer: «Die können uns gar nichts. So lange sie nicht von der Steuerfahndung sind.» Er lachte dämlich.

Ich blätterte die Papiere durch. Die meisten Formulare kamen mir bekannt vor. Ich besaß noch ein Nummernkonto. Viel war allerdings nicht mehr drauf. Jahrelange Erfolglosigkeit kostet Geld.

«Womit hab ich das verdient?» fragte ich.

«Sie sind ein schweigsamer Mensch. Und die Wahl des Bürgermeisters steht vor der Tür. Ich mache Ihnen einen Vorschlag: Sie sprechen mit Dr. Katzur und erhalten als Honorar - sozusagen steuerfrei - diesen kleinen Betrag.»

«50.000 Mark sind kein kleiner Betrag. Die Sache stinkt doch gewaltig.»

Ich packte alles zusammen und verstaute den Umschlag wieder im Handschuhfach.

«Der Senator erwartet Sie bereits.»

«Ach was?»

«In der Tat. Allerdings unter... sagen wir mal... diskreteren Umständen.»

Ich zuckte mit den Schultern: «Ein kleines Interview kann nicht schaden. Kann ich mein Aufnahmegerät mitbringen?»

«Keine Aufnahme, kein Interview. Ein Gespräch. Jetzt gleich. Und Sie werden es erst veröffentlichen, wenn wir Ihnen grünes Licht geben.»

«Passt mir nicht.»

«Die ganze Sache kostet Sie lediglich eine halbe Stunde Ihrer teuren Zeit. Der Senator wäre Ihnen sehr verbunden.»

«Ich müsste mich erst mal vorbereiten.»

«Ach, die Alster! Sehen Sie mal die lustigen Segelschiffchen. Wenn das nicht die reine Idylle darstellt!»

«Idyllen haben immer eine modrige Kehrseite.»

«Sie sind ein Opfer Ihres negativistischen Berufsbildes.»

«Meines was?»

Wir bogen in eine kleine Straße und hielten vor einem grellweiß gestrichenen, neoklassizistischen Patrizierhaus. Eines von diesen Mittelklassehotels im Windschatten des Hotel Atlantic, wo man sich als Prominenter einmieten kann, ohne dass es gleich die ganze Stadt mitbekommt. Im ersten Stock betraten wir ein großzügig eingerichtetes Zimmer: Doppelbett, Sitzecke, Schreibtisch, verspiegelter Riesenschrank und natürlich ein marmoriertes Badezimmer.

Sapia zog sich dezent zurück, nachdem er mich dem Senator vorgestellt hatte, und schloss die Tür von außen.

Der Senator hatte die Ruhe weg. Einen Fuß auf den Stuhl vor dem Schreibtisch gestellt, beugte er sich vor, um mit einem weißen Handtuch seine teuren englischen Halbschuhe zu polieren.

Bruno Katzur war das, was man einen Mann in den besten Jahren nennt: mit grauen Schläfen, dichtem Haarschopf, Stiernacken und breiten, gepflegten Händen, blauen Augen unter weißen, buschigen Brauen und dem energischen Gestus des Pragmatikers. Ein bisschen untersetzt, aber das tat seiner antrainierten dynamischen Erscheinung keinen Abbruch.

«Setzen Sie sich doch», sagte er, während er den Glanz des schwarzen Leders begutachtete.

Ich ließ mich in einen Sessel mit einem scheußlich-dezenten Pflanzenmuster fallen und sah ihm zu, wie er an seinem zweiten Schuh herumrubbelte.

Endlich war er mit seinem Werk zufrieden und kam zu mir.

«Sie sind also der rasende Reporter», sagte er mit einem Wahlkampflächeln und hielt mir die Hand hin.

«Reporter kaum, rasend überhaupt nicht.»

«Na, wie dem auch sei», er rieb sich die Hände, «nett, dass wir uns mal kennen lernen.»

«Das hätten Sie schon früher haben können.»

«Kommt Zeit, kommt Rat, kommt Tat, wie man so schön sagt. Möchten Sie was trinken? Er beugte sich aus seinem Sessel heraus zur Minibar hinüber. «Bei dieser Hitze sollte man ...»

«Ich nehme ein Mineralwasser.»

Er nickte und stellte uns zwei Flaschen plus Gläser hin.

«Mein Beileid übrigens», sagte ich, als ich das Glas hob.

«Danke», sagte er knapp.

«Sie haben Ihren Sohn wohl nicht gemocht?»

«Selbstverständlich habe ich ihn gemocht. Er war nur etwas... schwierig.»

«Und ein ziemlich asozialer Charakter.»

«Er hätte sich schon wieder gefangen, wenn man ihm Zeit gelassen hätte.»

«Kurz vor seinem Tode habe ich mit ihm gesprochen. Er hat behauptet, Sie wollten ihn umbringen lassen.»

«Ach Gott... ist das wahr?»

«Sehen Sie nicht so betroffen drein, ich glaube Ihnen das nicht.»

«Kai-Uwe war immerhin mein Sohn. Sein Tod ist mir nahegegangen, das können Sie mir glauben.»

«Ich könnte mir vorstellen, dass Ihnen seine kriminellen Machenschaften noch viel näher gegangen sind.»

Er trank einen Schluck von seinem Mineralwasser und stellte es vorsichtig auf den Glastisch zurück: «Was wissen Sie davon?»

«Ich habe einige Informationen gesammelt. Es gibt Leute aus dem Milieu, in dem sich Ihr Sohn herumgetrieben hat, die eindeutig bezeugen können, dass er Drogenhändler gewesen ist.»

«Er hat sich in schlechte Gesellschaft begeben. Wir hätten uns darum kümmern müssen.» Katzur zeichnete imaginäre Muster mit seinem Zeigefinger auf die Tischplatte.

«Das haben Sie ja getan, auf Ihre Weise. Sie haben ihn gedeckt.»

«Ach was!»

«Sie haben Ihren Einfluss geltend gemacht, um ihn vor der Strafverfolgung zu schützen.»

«Das ist doch der blanke Unsinn.»

«Sie wissen ganz genau, dass das kein Unsinn ist. Ihr Sohn hat ein Mädchen auf dem Gewissen.»

«Die Tote auf der Insel, das ist nicht bewiesen -»

«Ich spreche von Christiane Meierhof. Ihre Eltern habe ich gerade besucht.»

«Das war ein Badeunfall.»

«Er hat sie für ein Drogenexperiment missbraucht, Ihr feiner Sohn.»

«Werden Sie nicht ausfallend, Herr ...»

«Sie tun mir leid, Herr Senator. Sie klammern sich an die Macht.»

«Niemand klammert sich... Ich bin Politiker, ich habe eine Aufgabe. Unser Gemeinwesen ist ins Wanken geraten.»

«Und man selbst ist ja immer der beste Mann, um so was wieder ins Lot zu bringen, was?»

«Ich stelle mich den Anforderungen -»

«Lassen Sie mich mit Ihren Statements zufrieden», winkte ich ab. «Sie sind genauso machtgierig wie alle anderen. Deshalb Ihre Manipulation im Polizeiapparat. Wenn das alles ans Tageslicht kommt - auch dass Sie wussten, wo sich ihr polizeilich gesuchter Sohn bis zuletzt versteckte -, sind Sie ruiniert. Vielleicht haben Sie wirklich einen Killer auf ihn gehetzt -»

«Das ist doch absurd!»

«- vielleicht auch nicht. Jedenfalls hat er zwei Mädchen auf dem Gewissen, und die zweite geht auch auf Ihr Konto.»

«Mir reicht es jetzt! Was soll das? Was wollen Sie denn? Sie haben keine Beweise in den Händen. Ihre Zeugen aus der Drogenszene -»

«Die sind recht zuverlässig. Und die Zusammenhänge werden immer klarer sichtbar.»

Bruno Katzur sah mich plötzlich aus zusammengekniffenen Augen an: «Haben Sie mit Sapia nicht schon über das alles gesprochen ...»

«Ihr Vertrauensmann, was?»

«In gewisser Hinsicht. Zumindest hat er mir einige Informationen über Sie zugetragen... Auch Sie könnten in Schwierigkeiten kommen, so vermute ich. Aber ich will davon eigentlich nichts wissen. Einigen Sie sich mit Sapia über die weiteren Verfahrensweisen. Und dann möchte ich Sie bitten zu gehen, ich hatte diesen Termin gar nicht eingeplant.»

«Sie haben schließlich darauf bestanden.»

«Ich hatte eher den Eindruck, dass Sie... aber es wäre meiner Ansicht nach wirklich nicht nötig gewesen. Solche Gespräche hinterlassen immer einen schalen Geschmack...»

Ich stand auf. Natürlich gaben wir uns nicht die Hand.

Der Mann von der Detektei Hollex erwartete mich bereits in seinem Wagen.

«Ich bring Sie nach Hause», sagte er gutgelaunt.

Als er in der Langen Reihe anhielt, um mich abzusetzen, sagte er: «Das Angebot im Handschuhfach gilt immer noch.»

«Ich möchte es lieber nicht annehmen. Ich habe mir vorgenommen, ein ehrlicher Mensch zu werden.»

«Soll mir auch recht sein», grinste er. «Machen Sie's gut.»

18

Um mich zu entspannen und nachdenken zu können, machte ich mich zu Hause an den längst überfälligen Abwasch. Anschließend kramte ich im Kühlschrank so lange herum, bis ich alle nötigen Zutaten für eine Junggesellenpizza de luxe zusammen hatte (Tomaten, Zwiebel, Salami, Sardellen, Mozzarella) und öffnete eine Flasche gutgekühlten Trebbiano. Die Flasche war schon fast leer, als die heiße Pizza auf den Tisch kam. Nach dem Essen fühlte ich mich ganz zufrieden, trotz der drückenden Hitze. Im Wetterbericht faselten sie schon seit Tagen von irgendeinem Gewitter, das angeblich im Anzug sei. Wahrscheinlich würde es nie mehr ein Gewitter geben.

Während des Essens hatte ich die Informationen, die ich zusammengetragen hatte, in meinem Kopf geordnet. Eigentlich wäre jetzt der Moment gewesen, ein paar Gläser Grappa zu kippen und dann auf dem Sofa vor dem Fernseher mit den «Tagesthemen» dahinzudämmern. Aber wie das so ist, wenn man sich mit Geschichten beschäftigt - sind sie erst mal im Kopf lebendig geworden, verlangen sie von einem, aufgeschrieben zu werden. Trotz des Alkohols im Blut entwickelte ich eine Art von Arbeitswut. Also verzichtete ich auf die taftige Dauerwelle der Nachrichtenmoderatorin und machte mich auf den Weg ins Büro.

Auf dem Hansaplatz hatten irgendwelche verlotterten Gestalten ein Lagerfeuer angezündet und warteten nun offensichtlich auf die Ankunft der Polizei. In der Bremer Reihe standen die abgehalfterten Nutten vor den schäbigen Spelunken und hielten ihre nackten Schenkel ins Licht der Straßenlaternen, während die Freier in ihren Wagen mit den außerstädtischen Kennzeichen mehrere Runden um den Block drehten, um eine gute Wahl zu treffen. Ein paar Rockertypen lungerten vor einem Schnellimbiss herum und machten sich über einen Junkie lustig, der auf der Treppe zu seiner Pension vergeblich versuchte, eine Vene zu finden. Die Bremer Reihe war die einzige Straße, die nicht um den Schutz der Schwarzen Sheriffs gebeten hatte. Hier lebten die Kneipiers von jenem Schmutz, den die anderen Geschäftsleute gerne ausgemerzt sehen wollten.

Kaum war ich auf den Steindamm eingebogen, wurde ich von einem Schwarzuniformierten angerempelt.

«He, he!» sagte sein Kumpel. «Zeig mal deinen Ausweis!»

«Entschuldigen Sie», sagte ich. «Meines Wissens sind Sie nicht befugt, hoheitliche Funktionen wahrzunehmen...»

«Hä?»

«... und außerdem sollten Sie ihre Kunden freundlicher behandeln. Mein Büro ist gleich da vorne links.»

«Oh, Verzeihung.» Jetzt standen sie beinahe stramm.

«Rührt euch, Jungs. Bis später dann.»

Ich wedelte ihnen einen Gruß mit der rechten Hand zu und ging weiter. Und siehe da, sie hatten nicht aufgepasst. Vor der Haustür zu meinem Büro saß ein schwarz gekleideter Typ. Als er mich näher kommen sah, stand er auf und ging einige Schritte weit davon, um dann vor dem Spielsalon mit den zusammengebastelten Wolpertinger-Monstren im Schaufenster stehen zu bleiben. Ein junger Kerl, ziemlich dünn, mit einer Schirmmütze auf dem Kopf, die sein Gesicht verdeckte.

Ich öffnete die Haustür, neben deren Schloss das martialische Emblem der Schwarzen Sheriffs prangte: ein Adler mit einer Pistole in der einen und einem Schlagstock in der anderen Kralle, die Flügel ausgebreitet und einen großen Schlüssel an einer Kette um den Hals.

Die Haustür schloss sich sehr langsam. Ich stand im Treppenhaus, drückte auf den Knopf, um den Aufzug runterzuholen, und schubste mit den Füßen einige Dosen und Zeitungsreste beiseite. Da wurde die Tür heftig aufgestoßen, und der dünne Kerl in Schwarz stürzte herein. In der Hand hielt er eine ziemlich große, halbautomatische Pistole. Eine blecherne Glocke ertönte, und die Tür des Aufzugs schob sich auf. Der Mann sprang auf mich zu, hob die Hand und hackte mir den Lauf seiner Waffe in den Nacken. Gleichzeitig stieß er mit der freien Faust gegen meine Schulter. Ich taumelte nach vorn, er versetzte mir einen weiteren Schlag, und schon lag ich halb betäubt auf dem Boden des Aufzugs.

Die Tür schloss sich, und wir fuhren nach oben.

«Steh auf, Alter», sagte der Junge mit einer dünnen Stimme, die überhaupt nicht zu seiner Gewalttätigkeit passte. Er trug monströse Lederturnschuhe.

«Vierter Stock ist doch richtig, oder?» Ich rappelte mich auf: «Ja, ja.»

Er schien nervös zu sein. Er bewegte sich unablässig, Arme, Beine, Füße, Kopf, Oberkörper, im unregelmäßigen Rhythmus eines imaginären, zerbröckelnden Hip-Hop-Stücks.

Ich erhob mich vorsichtig und befühlte meinen schmerzenden Nacken.

«Wird schon nicht so schlimm sein. Ich hab nicht richtig fest zugeschlagen.»

«Mir hat's gereicht.»

«Klar.»

«Was soll das, und wer sind Sie überhaupt?»

«Aussteigen!» kommandierte er.

Wir gingen den Korridor entlang, und ich schloss mein Büro auf.

Er befahl mir, mich im Vorzimmer auf das Sofa zu setzen, und blieb selber stehen. Jetzt erst wurde mir klar, wie dünn er war. Allerdings auch einen ganzen Kopf größer als ich. Den Oberkörper hielt er meist etwas nach vorn gebeugt. Langes, schmales Gesicht, sehr blass, die dunklen Augen tief in den Augenhöhlen, schwarze Haarsträhnen unter der Mütze, ausrasierter Nacken. Er lief hin und her mit einem federnden Gang, der gleichzeitig etwas Müdes an sich hatte.

«Was machen wir jetzt?» fragte ich, als ich wegen seines andauernden Herumlaufens nervös geworden war.

«Ich stelle Fragen, Sie antworten.»

«Soll mir recht sein. Aber dazu ist die Pistole da gar nicht nötig.»

«Das ist meine Pistole», sagte er, streckte den Arm aus und richtete den Lauf auf mich. Ein Linkshänder.

«Ja, ja, ist schon in Ordnung.»

«Warum sind Sie bei meinen Eltern gewesen?»

«Wer sind denn Ihre Eltern?»

«Ich bin Johannes Meierhof»

«Woher wissen Sie denn, dass ich dort war?»

Wieder zielte er auf mich: «Ich stelle die Fragen!»

«Schon gut. Ja, ich bin bei ihnen gewesen.»

«Warum?»

«Wegen Ihrer Schwester.»

«Was ist mit meiner Schwester, die ist längst tot.»

«Mich hat interessiert, wie sie umgekommen ist. Es interessiert mich immer noch.»

«Kein Arsch hat sich dafür interessiert bisher. Es ist längst zu spät.»

«Würde ich nicht sagen.»

«Sie sind doch ein Journalist, oder?»

«Haben Ihre Eltern Ihnen das erzählt? Von denen haben Sie doch meinen Namen, stimmt's?»

«Schnauze! Ich lebe schon lange nicht mehr bei meinen Eltern.»

Immer noch lief er hin und her, von der einen Wand zur anderen und wieder zurück, wie ein Tier im Käfig. Ab und zu blieb er stehen, um mir zu drohen, aber nach und nach verflog meine Panik.

«Ich habe versucht herauszubekommen, warum Carmen Wüpperfürth und Kai-Uwe Katzur sterben mussten. Sie haben sie doch getötet?»

Jetzt blieb er stehen: «Wissen Sie, was dieser perverse Kerl mit meiner Schwester gemacht hat?»

«Ja, ich weiß inzwischen Bescheid. Es gibt auch so etwas wie Zeugen.»

«Die haben bisher alle gekniffen.»

«Und dann haben Sie gedacht, Sie sorgen selber für ein bisschen Gerechtigkeit.»

«Christiane war drei Jahre älter als ich und... irgendwie vernünftiger. Sie war eine echte Freundin. Jedenfalls, bis dieses Arschloch ankam. Wir haben eine Menge zusammen unternommen, nachdem sie aus England zurückgekommen war.»

«Aus England?»

«Sie ist ein Jahr dort gewesen. Als sie mit der Schule fertig war, vor drei Jahren. Dann kam sie zurück, und wir konnten plötzlich miteinander reden. Vorher war das alles so bescheuert gewesen. Wir haben eine Menge gemacht zusammen.» Er schnaubte verächtlich: «Es war fast so, als ob wir zusammengewesen wären... verstehen Sie das überhaupt?»

«Ich glaube schon.»

«Wir sind ausgegangen oder ins Kino und so weiter. Und ich war nie ihr Bruder -» Er stockte und sah irritiert zu Boden.

«Nie der kleine Dumme, den sie mit sich rumschleppen musste.»

«Ja, eben. Wir haben sogar manchmal so blöde Spiele gespielt... als ob wir eher... verliebt wären oder so was... Ich weiß auch nicht, wie das kam... auf Parties oder so, mit vielen fremden Leuten... da haben wir uns schon mal abgeknutscht... die, die wussten, was da läuft, waren ein bisschen geschockt, das fanden die alle geil... und wir, na ja, ich weiß auch nicht... es war ja eigentlich eher ein Spaß, oder?»

«Dann hat sie Katzur kennen gelernt, und es war vorbei.»

Er sah mich jetzt gar nicht mehr an, sondern stand mit zusammengesunkenem Oberkörper zur Wand hin.

«Ach, zuerst hab ich mir alles erzählen lassen. Wir haben uns ja gut verstanden, ich meine, warum sollte ich denn sauer sein, es war doch normal, dass sie einen Typen hat, klar. Aber ich wollte nicht unbedingt alles wissen... jedenfalls hab ich das dann gemerkt. Da war's dann auf einmal schwierig mit uns... sie hat ihn aber nie mit nach Hause gebracht. Und irgendwann ist sie dann ausgezogen. Das war so ein paar Wochen, bevor er sie umgebracht hat.»

«Und dann hast du dir vorgenommen, dich zu rächen.»

Er zuckte mit den Schultern: «Ich weiß nicht... vorgenommen hatte ich mir das gar nicht. Auch wenn ich das Messer immer dabei hatte... Vielleicht wollte ich ihn auch bloß erschrecken... andererseits, ich war schon sauwütend, als ich gehört habe, dass er die ganze Zeit noch eine andere gehabt hat. Christiane hat mir ja erzählt, wie's mit ihm war... also ich dachte... sie war ja das einzige Mädchen, das ich kannte... die anderen, na ja, weiß ich auch nicht. Jedenfalls hab ich diesen Hass gekriegt, als ich gemerkt hab, wie toll sie ihn findet, und dann hab ich mir vorgestellt, wie er das gleiche mit der anderen macht.»

«Hast du mal mit ihm gesprochen?»

«Ich war ja drauf und dran, ihn zu stellen. Ich hätte ihm ja sagen können, dass ich meine eigene Schwester bumse und dass es ihr viel mehr Spaß macht als bei ihm und all den Scheiß. Aber da war es ja schon zu spät. Und dann, als alles schief ging, weil die Bullen von seinem Vater beherrscht werden, bin ich abgetaucht. Ich hab's nicht mehr ausgehalten mit meinen Eltern. Wenn man selber schon völlig am Ende ist, und dann noch die Eltern ...»

«Und aus Rache hast du Carmen erstochen, womöglich vor seinen Augen.»

«Das war doch ein Unfall.» Er wandte sich jetzt wieder um und richtete die Pistole wieder auf mich. Eine eher abwesende Geste.

«Ein Unfall mit dem Messer? Mit mehreren Stichen?»

«Das war so komisch. Er stand dabei und hat zugesehen. Die waren ja beide total hinüber und haben's da im Gebüsch getrieben. Ich hab zuerst ihn gepackt... der war nackt, und sie auch... es war auch nicht richtig dunkel, wegen des Mondes... ich hab ihn angefasst, das war seltsam mit dieser nackten Haut, die hab ich ja gehasst, und wie es gerochen hat ... und dann weiß ich nicht warum, ich hab sie da liegen sehen ... vielleicht hat sie geschrieen, kann sein oder auch nicht, jedenfalls sah sie ihr so ähnlich, und vielleicht hab ich sogar ihren Namen geschrieen, ich erinnere mich nicht mehr. Das ging alles ganz schnell, und er stand daneben. Als ich fertig war, hab ich ihn angeguckt. Da wäre er eigentlich dran gewesen. Aber er stand ja schon da wie ein Toter... und ich hatte keine Kraft mehr... Das hat mich gewundert, wo ich doch eigentlich ihn ...»

«Hat er dich erkannt?»

«Ich hatte so ein schwarzes Tuch im Gesicht, außerdem hat er mich nie vorher gesehen.»

«Und dann, als man ihn verdächtigt hat, hast du dich gefreut.»

«Nein, jetzt war es so schwierig geworden, ihn zu finden. Aber dann hab ich diesen Polen getroffen-»

«Robak.»

«- den hab ich dazu gekriegt, mir von der Baracke im Hafen zu erzählen.»

«Ist dein Rachefeldzug jetzt beendet?»

Er hob seine Pistole in die Höhe: «Ich hab jetzt dieses Ding hier.»

«Und?»

«Wenn ich Sie abserviert habe, kommt der Senator dran.»

Trotz des markigen Spruchs sah er nicht so aus, als wollte er mich wirklich erschießen.

«Es wäre ziemlich sinnlos, mich umzulegen», sagte ich. «Immerhin bin ich gerade dabei, einen Artikel über die ganze Geschichte zu schreiben. Wenn man genug Druck macht, gerade jetzt, wo Katzur den Bürgermeister spielen will und in Schwierigkeiten ist wegen der Rechten, dann …»

«Sie stecken doch mit denen unter einer Decke.»

«Quatsch, ich bin der letzte, der einen Politiker vor dem wohlverdienten Karriere-Ende retten würde.»

«Erzählen Sie mir mal, was Sie schreiben wollen.»

Ich erklärte es ihm und auch, dass ich Zeugenaussagen brauchte. Wir einigten uns auf eine Niederschrift. In einer seiner krakeligen, kindlichen Schrift kritzelte er mehrere Zettel voll, die ich dann zusammen mit den anderen Aufzeichnungen zum Fall Katzur, die im Laufe der Zeit angefallen waren, in meine Aktentasche steckte.

Schließlich war es sehr spät geworden. Den angebotenen Kaffee hatte Johannes Meierhof abgelehnt. Er wollte jetzt weg, er wollte untertauchen, erklärte er. Wohin, wusste er nicht im Geringsten. Er war immer nervöser geworden, je mehr ich versucht hatte, ihn auszufragen.

«Okay, hauen wir ab», sagte ich schließlich. «Du weißt ja, wo du mich erreichen kannst, falls du das vorhaben solltest. Ich nehm das hier besser mit nach Hause.» Ich griff nach meiner Tasche.

Seine Pistole machte mich jetzt doch wieder nervös. Er hielt sie immer noch in der Hand.

«Steck sie endlich weg», sagte ich, als wir die Wohnung verließen. «Wenn dich einer von den Schwarzen Sheriffs damit sieht, gibt es noch eine Schießerei.»

Er stopfte sich die Pistole in den Hosenbund und knöpfte die Jeansjacke zu, während wir nach unten fuhren.

Es wäre besser gewesen, er hätte die Jacke offen behalten. Denn den Verlust eines so schmierigen Typen wie Herbert A. P. Sapia hätte die Welt verschmerzen können.

«Wir traten aus der Haustür, und da stand er schon, hinter einem parkenden Auto verschanzt. Die Pistole in der Hand, zielte er auf meinen Begleiter. Ich sah, dass er Handschuhe trug.

«Hände hoch!» kommandierte Sapia.

«Du dummes Schwein!» schrie Johannes Meierhof. «Das hast du gewusst!» Und noch ehe ich überhaupt entscheiden konnte, was ich tun sollte, hatte er mich von hinten umklammert und zog mich in den Hauseingang zurück. Er stolperte auf der Treppenstufe, und wir fielen nach hinten gegen den Türrahmen. Er musste ziemlich schmerzhaft aufgeprallt sein und schrie. Den Moment, wo er locker ließ, nutzte ich und rollte mich beiseite. Es war ein Reflex, ich hätte es nicht tun sollen, dann wäre vielleicht nichts passiert. So aber gab ich die Schusslinie frei für den Detektiv, der um das Auto herumgelaufen kam und mit seiner kleinen Waffe auf den zu Boden gegangenen Jungen zielte. Der sah benommen aus, möglicherweise war er mit dem Kopf gegen die Mauer geprallt und versuchte, sich aufzurichten. Er stützte sich mit beiden Armen auf der Treppe ab und blickte Sapia mit halbgeschlossenen Augen benommen an.

Der Schuss klang eher so, als würde man einmal feste in die Hand klatschen. Das Loch in der Stirn war klein. Der Kopf des Jungen wurde zurückgeworfen, knallte gegen den Türrahmen und sank zur Seite.

Ich stützte mich an der Hauswand ab und sah Sapia erschrocken an: «Sind Sie verrückt geworden?»

Der Detektiv sagte überhaupt nichts. Er trat auf sein Opfer zu, knöpfte die Jeansjacke auf und zog die Pistole aus dem

Hosenbund. Dann legte er sie dem Toten in die rechte Hand. Er trat zwei Schritte zurück, begutachtete sein Werk und sagte zufrieden:

«Er hätte nicht auf mich zielen sollen.»

«Das ist doch absurd, was Sie da treiben», sagte ich. «Gehen Sie lieber nach oben und rufen Sie die Polizei.»

Ich fuhr nach oben und telefonierte. Als ich wieder unten ankam und aus dem Haus trat, waren die Bullen schon da. Selbst angesichts der Tatsache, dass das Polizeihochhaus sich dort in der Nähe befindet, waren sie erstaunlich schnell am Tatort.

19

«Ich dachte mir schon, dass wir uns bald wiedersehen», sagte der Kommissar und starrte mich über seine Lesebrille hinweg an.

«Warum werde ich erst jetzt vernommen? Wo ist Sapia?» fragte ich wütend.

Es war 8:30 Uhr morgens, und ich hatte seit zweieinhalb Stunden mit niemandem mehr gesprochen. Sie hatten mich in ein Vernehmungszimmer gesperrt, in dem außer zwei Stühlen, einem Tisch, einem Schreibmaschinenpult und einem verschlossenen Aktenschrank nichts stand. Vergittertes Fenster. Blick auf die dunkelste Ecke eines Innenhofs.

«Ich hab gesehen, wie dieser Mistkerl Beweismittel unterschlagen hat», sagte ich.

«Welcher Mistkerl?» fragte der Kommissar seelenruhig.

«Ich sprach von Sapia dem Schnüffler. Der hatte eine Abhöranlage in seinem Wagen. Sehen Sie in seinem Kofferraum nach. Wahrscheinlich ist mein ganzes Büro verwanzt.»

«Ich weiß gar nicht, warum Sie sich so ereifern. Die Mitarbeiter der Detektei Hollex genießen bei den Behörden durchaus großes Ansehen.»

«Na, das ist ja phantastisch. Eine staatlich anerkannte Mörderbande.»

«Seien Sie vorsichtig mit Ihren Behauptungen, Tolonen.»

«Warum?»

«Sie wollen doch heil aus dieser Affäre rauskommen.»

«Ist mir egal, wie ich hier rauskomme. Ich will, dass dieser Mörder zur Verantwortung gezogen wird.»

«Sie haben doch selbst ausgesagt, dass es Notwehr gewesen ist.»

«Wie bitte? Ich träume wohl?»

«Wir haben alles protokolliert.»

«Ich habe nichts unterschrieben.»

«Das werden Sie bestimmt gleich tun.»

«Holen Sie mir einen Anwalt, oder ich schlage hier alles kaputt.»

Er blickte sich um: «Hier gibt es nichts zu zerschlagen.»

«Was soll das alles? Sie können sich doch nicht einfach über das Gesetz hinwegsetzen.»

«Wer will das denn? Trotzdem, Sie unterschätzen uns.»

«Wird das Gespräch hier auch schon wieder aufgenommen?»

«Nein, nein.»

«Hören Sie mal, Sie Schlauberger, wie erklären Sie es sich denn, dass der erschossene Junge Linkshänder war, seine Pistole aber in der rechten Hand hielt?»

«Wie kommen Sie denn darauf?»

«Sapia hat ihm die Pistole in die falsche Hand gelegt. Das habe ich Ihren Kollegen schon vorhin gesagt.»

«Da müssen Sie sich trotzdem geirrt haben. Die Pistole lag in der richtigen Hand, in der linken. Aber keine Angst, es wurde alles fotografisch dokumentiert.»

«Nachdem Sie alle nötigen Arrangements getroffen hatten, was?»

«Versuchen Sie's jetzt mit Beamtenbeleidigung?»

«Solche Leute wie Sie kann man gar nicht beleidigen.»

«Es hat wohl keinen großen Sinn, mit Ihnen noch weiter zu debattieren.»

«Wahrscheinlich nicht.»

«Um Ihnen die Entscheidung bezüglich des Protokolls zu erleichtern, muss ich Ihnen noch mitteilen, dass Sie Ihr Büro bis auf weiteres nicht betreten dürfen. Wir haben es versiegelt.»

«Ich hab sowieso den Mietvertrag gekündigt.»

«Wohl oder übel werden wir Ihre Papiere und die Computerdateien alles studieren müssen.»

«Wenn Sie meinen. Es ist aber sehr langweilig.»

«Sind Sie sicher?»

«Ich weiß nicht, worauf Sie hinauswollen.»

Der Kommissar blickte mich einen Moment lang stirnrunzelnd an.- «Hm, wenn Sie nichts zu verbergen haben …» Er zögerte.

«Vor Ihnen bestimmt nicht.»

«… dann könnten Sie ja vielleicht morgen Nachmittag noch mal vorbeikommen, wegen des Protokolls -»

«Ich sagte doch schon -»

«- das wir wohl noch einmal neu aufsetzen müssen.»

«Tun Sie das. Darf ich jetzt gehen?»

«Aber bitte.»

«Geben Sie mir einen von Ihren uniformierten Knilchen mit, sonst finde ich aus diesem Labyrinth nicht wieder raus.»

Auf dem Heimweg, zu Fuß durch die morgendliche Frischluft, beglückwünschte ich mich zu meiner Ehrlichkeit. Ich hatte das Bestechungsangebot des Senators nicht angenommen. Die Bullen hatten offenbar darauf spekuliert. Nun glaubte ich mich in Sicherheit.

Am Hauptbahnhof besorgte ich mir die nötigen Zeitungen, beim Bäcker die Brötchen. Die Stunden in der Gruft des halbfaschistischen Polizeiapparates hatten mich hungrig gemacht. Zu Hause, am Frühstückstisch, musste ich grinsen, als ich mir vorstellte, wie mein Vermieter ratlos vor der Polizeiplakette an meiner Bürotür stehen würde. Wir hatten einen Termin vereinbart, um über die baldige Auflösung des Mietverhältnisses und die «Übergabe der Räumlichkeiten in ordnungsgemäßem Zustand» zu reden. Über ein Zuwenig an Ordnung konnte sich der Knabe nun nicht mehr beklagen. Komisch, dass man nach einer Nacht in Polizeigewahrsam und angesichts des beschlagnahmten Arbeitsmaterials glücklich sein kann. Meinen Artikel - den letzten meiner journalistischen Laufbahn, wie ich mir in dieser Nacht vorgenommen hatte - würde ich aus dem Gedächtnis auf einer alten Reiseschreibmaschine schreiben müssen, die irgendwo unter meinem Bett herumstand. Falls die etablierten Blätter kein Interesse hatten, würde ich die Reportage über die Hintergründe der beiden Morde an irgendeine linksradikale Zeitschrift für billiges Geld verscherbeln - an eins von den Blättchen, die ich abonniert hatte, aber nie las.

Als ich gerade die sechste Brötchenhälfte mit Krabbensalat belud, klingelte es. Um zehn Uhr morgens bekam ich normalerweise keinen Besuch, weder beruflich noch privat. Der erste Mensch, der mir in den Sinn kam, war komischerweise Aloa.

Als ich dann die Tür öffnete, traf mich fast der Schlag. Es war Kreissberg.

«Guten Morgen», sagte er. «Ich hab Brötchen mitgebracht.»

Er sah aus, als wolle er zum Golfen gehen: Leinenanzug in Naturweiß, schwarz-weiß gestreiftes Polohemd und eine lässige, dazu passende Schirmmütze. Außerdem eine Umhängetasche, die ich an ihm noch nicht gesehen hatte.

«Du siehst aus, als wolltest du in Urlaub fahren», sagte ich.

«Das Gegenteil ist der Fall. Wie wär's mit einem Arbeitsfrühstück?»

Ich ließ ihn rein: «Frühstück ist okay, aber das mit der Arbeit...»

«Ich will mich ja bloß mit dir unterhalten.»

«Setz dich erst mal hin, ich koch uns noch einen Kaffee.» Er legte die Tüte mit den Brötchen auf den Tisch und ließ sich schwerfällig auf einen Stuhl fallen. Ich stellte ihm Teller und Tasse hin, während er in seiner Umhängetasche kramte. Er förderte ein nagelneues Aufnahmegerät im Walkman-Format mit einem großen, superprofessionell aussehenden Mikrophon zutage.

«He, was willst du denn damit?»

«Wir nehmen unser Gespräch auf, du weißt doch, wie man sowas macht.»

«Was willst du denn so Großartiges aufnehmen - Kauen, Schlürfen, Schmatzen?»

«Ich will der erste sein, der mit dir redet. Nachher rennen sie dir die Bude ein - falls du überhaupt noch länger als ein paar Stunden hier bleiben darfst.»

«Was redest du denn da, Kreissberg?»

«Ich wurde aus erster Hand informiert», erklärte er mit wichtiger Miene, während er am Mikrophonkabel herumfummelte.

«Du willst mich verarschen!»

«Nee, diesmal nicht. Du warst die ganze Nacht in Polizeigewahrsam, und heute Abend werden sie dich abholen.»

«Wer hat dir denn diesen Quatsch erzählt?»

«Du hast ihn ja nie leiden können, aber Menzel ist ein echter Kumpel.»

«Was hat denn Menzel damit zu tun?» «Er meint, du solltest vor heute Abend aus der Stadt verschwinden, weil sie dann kommen werden, um dich abzuholen.»

«Ist der allwissend oder was?»

«Er ist heute seit sieben Uhr im Büro und hat einiges von dem gehört... Eins, zwo, eins, zwo ...» Er überprüfte das Mikrophon, dann stellte er den Recorder an.

«Was hat er gehört?»

«Eben darüber wollen wir ja jetzt reden. Bring den Kaffee rüber und setz dich hin!»

«Ich glaub nicht, dass ich Lust habe, noch mehr auf Band zu sprechen. Ich bin schon genug abgehört worden.» Ich goss den Kaffee in die Tassen. Noch mehr Koffein hatte ich nicht nötig, ich war jetzt nervös genug.

«Du kapierst immer noch nicht, was? Ich bin hier hergekommen, um dir die Möglichkeit zu geben, dich öffentlich zu äußern.»

«Das kann ich weiß Gott selbst in die Hand nehmen.»

«Aber nicht, wenn du untertauchen musst.»

«Ich will nicht untertauchen.»

«Dann landest du im Knast -»

«Ach, Quatsch!»

«- und ich bin der einzige, der deine Aussage veröffentlichen kann.»

«Schieß los, du Wichtigtuer.»

«Herr Tolonen, die Staatsanwaltschaft behauptet -»

«Also komm, diesen offiziellen Ton kannst du dir schenken.»

«Meinetwegen... also, es heißt, du hättest den Innensenator und Bürgermeisterkandidaten Katzur erpresst.»

«Wie soll ich ihn denn erpresst haben, mit was und wofür?»

«Es gibt eine Tonbandaufnahme über ein Gespräch, das du mit dem Senator in einem Hotel an der Alster geführt hast.»

«Scheiße ...»

«Über was habt ihr geredet?»

«Über seinen Sohn und dass Katzur dessen kriminelle Machenschaften gedeckt beziehungsweise die polizeilichen Ermittlungen abgewürgt hat.»

«Wieviel Geld hast du von ihm gefordert?»

«Gar nichts. Wir haben überhaupt nicht von Geld gesprochen. Es war ein ganz normales Interview.»

«Die Polizei bezweifelt das, zumal ein Detektiv namens Sapia bezeugt, dir im Auftrag von Katzur eine Bestechungssumme ausgehändigt zu haben.»

«Ich hab das Geld nicht angenommen. Es war so eine windige Konstruktion mit einem Schweizer Bankkonto.»

Kreissberg hielt das Mikro zu und flüsterte: «Na komm, Tolonen. Mit solchen Sachen hast du doch Erfahrung.»

«Das ist ein Komplott.»

«Jetzt merkst du's endlich, Mensch.»

«Aber Katzur ist doch verrückt, der ruiniert sich doch selbst.»

«Den haben sie doch in die Mausefalle laufen lassen. Der sollte doch erledigt werden. Du bist doch nur ein Mittel zum Zweck.»

«Ich blicke da nicht mehr durch.»

«Mensch, Tolonen, du bist zu blöd! Selbst wenn du beweisen könntest, dass du das Bestechungsgeld oder diese Nummernkonto-Arie nicht akzeptiert hast -»

«Hab ich doch nicht!»

« - hauen die dich trotzdem in die Pfanne.»

«Ich hab niemanden erpresst, ich wollte kein Geld.»

«In deinem Computer stecken Aufzeichnungen, die das Gegenteil beweisen.»

Ich sah ihn entgeistert an.

«Ich hab dir immer gesagt», meinte Kreissberg, «dass diese ganze Technik einen Scheiß wert ist.»

«Die haben meine Computerdateien manipuliert?»

«Wenn das, was sie dort finden werden, nicht von dir stammt, hat's ein anderer reingehackt. Jedenfalls beweist es, dass dieses ominöse Nummernkonto in der Schweiz zu deinen Gunsten und mit deinem Wissen eingerichtet wurde.»

Ich stand auf: «Wir müssen sofort ins Büro! Und wenn ich die Tür einschlagen muss.»

«Komm, setz dich wieder hin, es ist zu spät. Die haben das alles soeben abgeholt.»

«Der Einbruch», sagte ich. «Das war also der Grund, nicht bloß die verfluchten Wanzen. Dieser gottverdammte Sapia hat mit meinem Computer gespielt. Erst bringt er meinen Zeugen um, und dann macht er mich fertig.»

«Du bist am Arsch, Tolonen. Jetzt merkst du's endlich. Du warst nicht clever genug.»

«Ja, Scheiße, Mann! Bei so einer Schmalspur-Kriminalgeschichte, ich dachte doch nicht… und vor allem versteh ich diesen Privatschnüffler nicht. Der hat doch seinen Auftraggeber ruiniert. Ich wandere vielleicht in den Knast wegen dieser untergeschobenen Erpressung. Aber der Senator ist am Ende. Der muss sich doch, nach Aufdeckung dieser Rauschgift-Mord-Geschichte, aufs Altenteil zurückziehen.»

Kreissberg schüttelte den Kopf und grinste traurig: «Manometer, dass ich dir mal erklären muss, wo's langgeht. Du hast immer noch nicht kapiert, was da läuft.»

Ich sah ihn ratlos an: «Offenbar nicht.»

«Du hast vergessen, die Faschos mit ins Spiel zu bringen.»

«Was denn für Faschos? Die D.P.O. ? Mit denen hab ich überhaupt nichts zu tun.»

«Denkst du. Die Detektivagentur Hollex steckt mit denen unter einer Decke.»

«Das ist doch unmöglich! Der Senator würde doch nie -»

«Klar würde ein sozialliberaler Politiker nie wissentlich mit solchen Leuten zusammenarbeiten. Aber zum einen haben die Faschos in der Politik erst seit kurzem so einen großen Einfluss gewonnen, und zum anderen hat Bruno Katzur die Hilfe von Hollex als Privatmann und nicht als Politiker in Anspruch genommen. Irgend jemand hat ihm den Tipp gegeben, dass man mit Hollex auch ein bisschen jenseits des legalen Rahmens operieren kann. Und so jemanden brauchte Katzur offenbar.

Er wollte, dass sie seinen Sohn wiederfinden und beschatten, ihn außer Landes schaffen, dem Zugriff der Behörden entziehen. Denn nach dem Mord an Carmen Wüpperfürth konnte er ihn nicht mehr schützen. Und damit war seine

Kandidatur für das Bürgermeisteramt gefährdet.

Hollex hat auch schon anderen Größen aus der Zwickmühle geholfen. Die haben auch Erfahrung im Sich-Rausreden. Sapia wird sicherlich den Unschuldigen spielen, der erst im Laufe der Durchführung des Auftrags bemerkt hat, dass da etwas Illegales abläuft. Und da hat sich sein Gewissen gemeldet - wie schon so oft.»

«Die Typen von der D.P.O. hauen den Senator in die Pfanne? Das hätten sie doch schon früher haben können.»

Kreissberg blickte mich triumphierend an: «Es gibt da noch etwas, wovon du nichts weißt, weil du die ganze Zeit in die falsche Richtung recherchiert hast.»

«Gib bloß nicht so an!»

«Ich bin dem Senator auf den Fersen gewesen. Im Gegensatz zu dir ist mir nicht entgangen, dass er sich mit dem D.P.O.-Vorsitzenden getroffen hat.»

«Das ist mir auch bekannt. Ein Jugendfreund, der in die falsche Richtung abgewandert ist.»

«Die haben über ganz andere Dinge gesprochen, als Jugenderinnerungen.»

«Und zwar?»

«Stimmenkauf.»

«Du bist verrückt!»

«Nein. Die Sozialliberalen stecken in Schwierigkeiten, weil die Konservativen ihnen die Tour vermasseln wollen. Wenn Katzur Bürgermeister werden will, braucht er Stimmen aus den kleinen Parteien. Da sämtliche Koalitions- und Tolerierungsverhandlungen gescheitert sind, bleibt ihm nur noch der Verzicht auf die Kandidatur, wenn er sich nicht blamieren will–«

«- Oder die ganz miese Tour des Stimmenkaufs. So läuft der Hase also. Ich hätte nie geglaubt, dass der alte Katzur so machtgierig ist.»

«Oh, er ist der Überzeugung, dass er die Funktionstüchtigkeit des politischen Systems mit unorthodoxen Mitteln retten muss.»

«Es ist doch immer wieder rührend, was für ein Sendungsbewusstsein manche Leute entwickeln.»

Kreissberg schaltete den Recorder ab und begann, das Mikrophonkabel zusammenzurollen: «So weit, so gut. Ich hab's ein bisschen eilig. Der Text über deinen Fall muss heute noch geschrieben werden.»

«Seit wann arbeiten die bei Interpublic denn so rasend schnell.»

«Der Artikel geht exklusiv an die Illustrierte -»

«Du hast doch nicht etwa -»

«Doch. Endlich mal ein ordentlicher Auftrag. Sei doch froh. Für eine große Verbreitung ist also gesorgt. Du hast es ja nötig.»

Ich schüttelte ungläubig den Kopf: «Du bist ganz schön auf Trab.»

«Glückssache.»

Kreissberg stand auf: «Hör zu, du musst mir unbedingt mitteilen, wie ich dich erreichen kann, wenn du einen Unterschlupf gefunden hast. Vielleicht solltest du das Geld nutzen, was sie dir untergeschoben haben. Fahr in die Schweiz und dann raus aus Europa. Solange die Fahndung noch nicht angelaufen ist.»

«Das wäre doch ein Schuldeingeständnis.»

«Du bist sowieso verratzt. Die Zeiten sind härter geworden.»

Er ging durch den Flur zur Wohnungstür: «Ich drück dir die Daumen.»

«He, Kreissberg!»

«Hm?»

«Was ist mit den Brötchen? Du hast gar nichts davon gegessen.»

«Beleg sie mit Käse und Wurst, wenn du dich auf die Socken machst.»

Er riss die Tür auf und stiefelte mit schweren Schritten die Treppe hinunter. Ich blieb ratlos in meinem Türrahmen stehen. Die Ratlosigkeit hielt an, bis sie kamen. Gegen 18:00 Uhr. Genau wie Kreissberg vorhergesagt hatte. Die Handschellen passten, als wären sie extra für mich angefertigt worden.

20

Ich sitze im Besucherraum an einem verkratzten Holztisch auf einem altersschwachen Stuhl, neben mir steht ein Wärter in Uniform, den ich nicht leiden kann. Er scheint sich hier wohl zu fühlen, jedenfalls sieht er so aus: Pausbäckig, die Hände über der schmalen Brust verschränkt, steht er lässig gegen die schmutziggelbe Wand gelehnt und lässt sich von der Leuchtstoffröhre an der Decke bestrahlen, als sei es eine Höhensonne. Mir ist das Licht hier zu grell.

Er mampft ein Brot. Für den Kantinenfraß ist er sich natürlich zu schade. Seine Frau hat ihm Eier aufs Brot gelegt, ich kann es bis hierher riechen. Jetzt fällt ihm auch noch eine Scheibe zu Boden, bekleckst mit Mayonnaise. Es kümmert ihn nicht. Er lächelt mich freundlich an. Humaner Strafvollzug. Sie haben nicht verstanden, warum ich auf meinen Freigang verzichte. Ein Wochenende in der Stadt, sich den Geruch der Freiheit um die Nase wehen lassen? Warum nicht, Herr Tolonen? Möchten Sie vielleicht mal mit unserem Anstaltspsychiater sprechen? Nein, danke. Ich will nicht mehr zurück in diese Stadt. Wenn ich hier rauskomme, werde ich woanders hinziehen. Irgendwohin, wo mich niemand kennt und ich mit niemandem reden muss. Jedenfalls nicht über die Probleme eines Gemeinwesens, das nicht nur bis in den Justizapparat verrottet ist, sondern auch moralisch am Boden liegt: Sie haben Neuwahlen ausgeschrieben, nachdem der Skandal um Bruno Katzur sich nicht mehr im Zaum halten ließ. Demnächst gibt es eine rechtskonservative Koalition, da gehe ich jede Wette ein. Der liberale Geist hat abgedankt. Als erste Maßnahme wurden bereits die Asylantenheime eingezäunt und die Hotelschiffe wegen angeblicher Sicherheitsmängel geschlossen. «Schickt sie alle heim!» lautet die Parole der braven Bürger.

Das Büro habe ich aufgelöst. Sämtliche Akten und Papiere, die nicht von der Staatsanwaltschaft oder der Steuerfahndung beschlagnahmt worden sind, landeten im Reißwolf Die Einrichtung wurde an einen Secondhandladen verkauft. Es gibt ja zum Glück Leute, die man mit solchen Dingen beauftragen kann.

Die Tür geht auf, und ich bekomme einen kleinen Schock. In der Tür steht Aloa. Sie hat sich verändert. Die blonden Haare sind jetzt lang gewachsen. Ein Anflug von Rot auf ihren Wangen und ein ganz besonderes Rot auf ihren Lippen. Alles andere eher in Blau, die Jeans und die warme Wolljacke (draußen muss es recht kalt sein). Eine Plastiktüte und eine kleine schwarze Handtasche. Was ist wohl aus der roten geworden?

Sie kommt schüchtern auf mich zu und gibt mir unsicher die Hand. Wir setzen uns. Wir haben lange überlegt, sagt sie, ob wir uns überhaupt hier reintrauen sollen, aber dann sind wir doch gekommen. Wer denn wir sei, frage ich irritiert. Da lacht sie, und ich sehe, dass es ihr gut geht. Sie macht ihre Handtasche auf und holt den Teddybären heraus. Jetzt sitzt er auf dem Tisch zwischen uns und hört sich dieses nette, aber doch irgendwie stockende Gespräch an. Zwei Menschen aus verschiedenen Welten und Generationen. Schade eigentlich. Ich erzähle ein bisschen von meinem Zellengenossen und dass er werktags immer Tüten kleben muss, weshalb ich Zeit genug habe, meine Geschichte aufzuschreiben. Sie erzählt davon, dass sie nun endlich aufgehört hat mit den Drogen. Ich frage nach Narc und Perosino. Seit das TP 3000 in einer Nacht plötzlich abgebrannt ist, hat sie von beiden nichts mehr gehört. Sie sei jetzt vor allem mit einer Freundin zusammen, das sei doch mal etwas anderes als immer mit diesen verrückten Typen. Sie fragt mich, ob ich denn wirklich endgültig resigniert habe. Wieso? Weil Bücherschreiben doch immer etwas von Resignation an sich habe. Bücher werden nicht gelesen, sagt sie, oder jedenfalls kaum. Journalismus dagegen… das sei doch mein Beruf. Nein, widerspreche ich, Journalist bin ich nie gern gewesen. Journalisten belügen sich selbst. Die reinen Fakten entsprechen nie der Wahrheit. Dann sprechen wir noch ein bisschen über banale Dinge, und einmal lachen wir sogar.

Schließlich ist die Besuchszeit zu Ende, und sie muss ihren Teddy wieder einpacken. Aus der Plastiktüte holt sie auf einmal einen Blumenstrauß hervor. Rote Rosen. Ich bin ganz verdattert. Das habe ich doch gar nicht verdient. Doch, sagt sie.

Aber ich habe doch nichts getan. Eben drum, lautet die Antwort. Wir geben uns die Hand, und sie geht.

Dann trage ich die Rosen in die Zelle. Eine richtige Vase wird mir natürlich verweigert. Wegen der Selbstmordgefahr durch Glas- oder Porzellansplitter, nehme ich an. Ich muss mich mit einem Pappbecher begnügen.

SS-Heinz liegt auf seinem Bett und wundert sich.

«Blumen», sagt er, als ich eintrete, und richtet sich auf. Ich stelle den Strauß auf den Tisch.

«Rote Rosen. Von wem sind die? Von einer Frau?»

«Was dachtest du denn?»

Ich setze mich auf mein Bett. Wir blicken beide gebannt auf den Blumenstrauß. In dieser kahlen Zelle macht er einen geradezu sensationellen Eindruck.

«Mannomann, wie lang hab ich schon keine Rosen mehr gesehen. Die sind sogar rot», sagt SS-Heinz.

«Stimmt.»

«Er beugt sich nach vorn: «Scheiße.»

«Was denn?»

«Guck dir das doch mal an!» Er deutet auf die Stängel: «Fällt dir nichts auf?»

«Doch. Sie haben die Dornen abgemacht. Damit wir uns nicht verletzen.»

«Scheißstaat», sagt SS-Heinz und sinkt auf sein Kissen zurück.

«Gönnt dir noch nicht mal Rosen mit Dornen dran.»

Helmut Ziegler

Gute Krimis enden aussichtslos

Ein Werkstattgespräch mit Robert Brack

Hamburg Ottensen, Anfang Juni 2008. Die »Brasserie La Provence« ist ein kleines, französisches Restaurant mit gerahmten Schwarz-Weiß-Fotos an blutrot gestrichenen Wänden. Robert Brack hat das Lokal aus mehreren Gründen für das Gespräch vorgeschlagen: Sowohl Ottensen als die französische Küche spielen in bestimmten Phasen seines Werkes eine zentrale Rolle. Es liegt in Laufweite zu seiner Privatwohnung. Und bei rechtzeitiger Reservierung geht der Aperitif aufs Haus.

Helmut Ziegler: *Wie angekündigt, erschien im Februar 1993 »Psychofieber«. Das klingt, als sei bei der Produktion des Buches, dem dritten Band um den windigen Sensationsjournalisten Tolonen, alles nach Plan verlaufen…*

Robert Brack: Und das Gegenteil war der Fall. Die Geschichte von »Psychofieber« ist eigentlich die Geschichte eines auf den Müll geworfenen Manuskriptes.

Oh.

Ja, oh (lacht).

Dann behalten wir dies als Spannung steigerndes Element im Hinterkopf und fangen anders an. Für all jene, die Dich nicht so gut kennen: Wann und wo wurdest Du geboren?

Hm, das ist aber lange her. Also gut, am 4. Mai 1959 als Ronald Gutberlet im hessischen Fulda, dem Hauptquartier des deutschen Katholizismus.

Auf Deine Pseudonyme kommen wir ebenfalls später. Wie bist Du aufgewachsen?

Dank religiöser Einbläuungsmaßnahmen in der Schule bin ich bibelfest. Dank nihilistischer Äußerungen meines Vaters – »Der Mensch ist der größte Irrtum der Natur« – kam Freigeistiges hinzu. Halbwegs menschlich bin ich dank einer herzensguten und quasi-feministischen Mutter, die selbständig sein wollte und deshalb neben ihrem Hausfrauenstress noch arbeiten ging. Vater wie Mutter waren kaufmännische Angestellte und lasen so ziemlich alles, was bedruckt war. Gutberlets sind manische Leser. Es ist ein Wunder, dass noch keiner von uns von seiner Bücherwand erschlagen wurde. Schlechte Handwerker sind wir nämlich auch.

Schon während der Schulzeit und verstärkt nach dem Abitur spieltest Du in einer Band, oder?

Bevor ich anfing, ernsthaft zu schreiben, wollte ich Musiker werden. Zuerst mit einer provinziellen Hippie-Jazz-Rock-Gruppe und kosmischem Gesurre. Wir kamen nach Hamburg und lösten uns auf. Danach spielte ich in einer New-Wave-Kombo namens Exil-Stil und dann kam Fake-Jazz mit Außer Atem.

Spielst Du heute noch?

Gelegentlich Bassgitarre, neben der 45er Magnum, die ich einmal abfeuern durfte, mein Lieblingsspielzeug. Mit der Free-Jazz-Band Abou Zoufl habe ich »Dash« aufgeführt, eine musikalische Hommage an Dashiell Hammett.

Nach dem Soziologie-Studium hast Du 1986 mit der Niederschrift Deines ersten Krimis begonnen, »Blauer Mohn«. Warum ausgerechnet ein Krimi?

Die »echte« Literatur kam mir damals sehr fragwürdig vor, sie war größtenteils akademisch und leblos, bildungsbürgerlich dazu, tat dabei aber irre großspurig. Ich wollte jedoch nicht über die Funktion des Semikolons nachdenken, sondern mich mit der Wirklichkeit auseinandersetzen. Dazu musste man den Krimi nehmen.

Hattest Du damals Vorbilder?

Die drei Karls.

Wen?

In der Reihenfolge ihres Auftretens: Carl Barks, Karl May und Karl Marx. Sie haben mir beigebracht, die Welt mit dem Blick des Erzählers wie des Analytikers zu sehen. Carl Barks konnte eine völlig unglaubwürdige Welt, nämlich Entenhausen, so glaubhaft darstellen, dass man das Gefühl hatte, man wäre wirklich da gewesen. Karl May hat mir bewiesen, dass die Welt ein Abenteuerspielplatz ist und dass es sich lohnt, also Spaß macht, diesen Spielplatz erzählend zu erobern. Karl Marx konnte vielleicht nicht so gut erzählen, Friedrich Engels war da besser, aber seine Art, die Mechanismen und die Kräfte zu analysieren, die die Gesellschaft und damit den Einzelnen antreiben, hat mir gezeigt, dass die gesamte menschliche Geschichte ein Abenteuer ist.

Keiner von denen ist ausgewiesener Krimi-Experte.

Sagst Du. Ich sage: Wer etwas erleben will, steht sowieso mit einem Bein im Knast. Kriminal-Literatur ist Abenteuer-Literatur.

Der deutsche Kriminalroman hatte damals nicht den besten Ruf.

Stimmt. Ständig hieß es: »Sie schreiben Krimis? Also, ich les' ja nur amerikanische.« Andererseits: So ging's mir ja auch. Vielleicht hätte ich etwas anderes als Krimis geschrieben, wenn ich damals schon Erich Maria Remarque gekannt hätte …

Mitte der achtziger Jahre war der Krimi ziemlich fest in angloamerikanischer Hand. Fast jeder große Publikumsverlag besaß eine eigene Taschenbuchreihe, in der zu weiten Teilen Übersetzungen veröffentlicht wurden.

Und jede hatte eine eigene Farbgebung. Rowohlt und Diogenes Schwarz mit Gelb, Ullstein Gelb, Goldmann Rot, Heyne Blau. Komisch, kaum war diese Gettoisierung abgeschafft, so zur Jahrtausendwende, landeten immer mehr Krimis auf der Bestseller-Liste.

Die mittleren Achtziger waren auch die Zeit, in der sich neue Sub-Genres entwickelten. Aus Amerika kamen die Serienkiller-Epen, Deutschland steuerte die groteske Variante bei, wie sie etwa Norbert Klugmann und Peter Mathews forcierten. Oder den Regionalkrimi, dessen Handlung mit wenigen Quadratkilometern auskam. Du hast einen ganz anderen Weg eingeschlagen…

Ja. Ich machte mich auf nach Polen, in die Welt des demontierten Sozialismus.

Warum ausgerechnet Polen?

Es gab einen privaten und einen politischen Grund. Ich war oft in Polen, meine damalige Freundin stammte von dort, ich kannte mich dort also einigermaßen aus. Der politische ist ein wenig komplizierter …

Warst Du damals eigentlich Kommunist?

Wie gesagt, das ist ein wenig komplizierter. Kommunist wurde ich im Alter von zirka dreizehn Jahren. Auf Schulfeiern, wenn es hieß »Und jetzt erheben wir uns und singen gemeinsam die dritte Strophe des Deutschlandliedes«, habe ich immer tapfer die Faust gehoben. Nach der sozialistischen Schülergruppe und einem Reinschnuppern bei den K-Gruppen entstand allerdings schnell eine Abneigung gegen alles Dogmatische.

Der alte Satz: Wer mit Zwanzig kein Kommunist ist, hat kein Herz, wer es mit Vierzig noch ist, keinen Verstand?

Nein, das ist die selbstverliebte Rechtfertigung aller Nachgedunkelten. Bei mir erfolgte anschließend die konsequente Hinwendung zum Anarchismus, der einzigen politischen Theorie, der ich noch Sympathien entgegen bringe.

Für einen Anarchisten bist Du sehr gut gekleidet, hältst dich also an Regeln …

In meiner Firma, dem Gangsterbüro, herrscht eine strenge Kleiderordnung. Immer Anzug, Schlips ist nicht erforderlich, aber die Schnürstiefel sollten gut geputzt sein. (Brack schaut unter den Tisch) Obwohl… ausgerechnet heute sind sie es nicht. In der Freizeit sind Jeans und Polo-Hemden erlaubt, T-Shirts wirken allerdings unvorteilhaft.

Wie wichtig ist Dir denn Coolness?

Ich bitte Dich: Nichts ist uncooler als cool sein zu wollen. Es ist aber auch ein Irrtum, dass lässige Kleidung bequemer oder gar billiger sei als ein klassischer Anzug, mit dem man gar nicht schlecht aussehen kann.

Zurück zur Politik …

Also, dies als Zusammenfassung, ich weiß die Segnungen einer offenen, demokratischen Gesellschaft durchaus zu schätzen. Aber das Scheitern des Staatssozialismus hatte ja auch etwas Tragisches: Im Gegensatz zum Faschismus ist der Totalitarismus der Kommunisten ja aus der ehrlichen Begeisterung für eine humane Idee erwachsen.

Du erzählst von dem kommunistischen Apparatschik Kronstad, der nicht daran glaubt, dass der Kapitalismus eine Alternative für seine Heimat Polen sein könne, aber dennoch in seinen Handlungen wie seiner Haltung zunehmend Skrupel entwickelt. Hinzu kommen ein Hamburger Antiquar, der mit Pornos handelt, und ein halbseniler, bockiger Anarchist, der in einer Revoluzzer-Traumwelt lebt. Um diese Figuren herum entwickeln sich klassische Krimi-Plots, in denen Häuser abbrennen, Autos explodieren, Mädchen verschleppt und Männer ermordet werden. Gleichzeitig ist es aber auch Geschichtsschreibung einer inzwischen zu Ende gegangenen Epoche.

Der letzte Band erschien im Juni 1990, fertig gestellt nur wenige Monate nach dem Mauerfall. Ich sah es damals so, dass das Scheitern des Sozialismus nicht nur im Osten stattfand, sondern in Gesamteuropa. Es war eine europäische Tragödie.

»Blauer Mohn« war der Auftakt zu Deiner so genannten Polen-Trilogie, die mit »Die Spur des Raben« und »Die siebte Hölle« fortgesetzt wurde. Warum erschien sie unter dem Pseudonym Robert Brack?

Das war eine Maßgabe des Verlages, der nach einem geländegängigeren Namen verlangte. Robert Brack funktioniert in allen gängigen Sprachen. Für den Namen Robert hatte ich schon immer ein Faible, nicht zuletzt wegen dem »Fliegenden Robert«, der Struwwelpeter-Figur. Der Nachname bezieht sich dann auf das polnische Wort »brak«, welches »fehlt« bedeutet.

Ein Kommentar zu der Forderung, unter fremdem Namen zu schreiben?

Möglich. Mich gäbe es dann gar nicht. Andererseits existiert in Warschau eine »Bracka«, eine »Brack-Straße«. Das könnte wieder als unbewusster Wunsch gedeutet werden, dass man Alleen nach mir benennt. Insofern: ein Nullsummenspiel.

Schon zur Zeit der Polen-Trilogie entstanden die ersten Bände der Tolonen-Trilogie. Trügt der Eindruck, dass für erstere Eric Ambler Pate gestanden hat, für letztere – die schneller, schärfer, spöttischer ist – Raymond Chandler?

Ambler trifft schon zu, weil er internationale Intrigen mit allen wirtschaftlichen und politischen Verflechtungen schildert. An Chandler, von dem ich früher begeistert war, hat mich später seine Haltung zum Heldentum gestört. Insofern war es eher Dashiell Hammett. Ich mag keine eindeutigen Helden – moralisch eindeutige schon gar nicht. Die Protagonisten in meinen Büchern sind fast durchweg Menschen, die für das Abenteuer nicht gemacht sind. Sie geraten in eine vertrackte Geschichte und müssen versuchen, sich daraus zu befreien, ohne allzu viele Blessuren davon zu tragen. Das ist mein

Konzept von Realismus: Die wenigsten Menschen sind professionelle Intriganten – und wie man im politischen Alltag sieht, sind selbst die Profis nicht sonderlich perfekt.

Der Name Tolonen, woher stammt der? Von dem finnischen Jazz-Rock-Gitarristen wohl kaum, oder?

Doch, natürlich. Er hat ab und zu auch Country gespielt, Tolonens Lieblingsmusik.

Die Leser lernen Tolonen in »Rechnung mit einer Unbekannten«, erschienen 1989, erstmals kennen, am Morgen nach seinem vierzigsten Geburtstag. Er ist also genau so alt wie die BRD und die DDR.

Ich habe ihn mir immer ein wenig wie mich selbst vorgestellt, nur älter. Und größer (lacht).

Das bedeutet, man kann sich ihn als jemanden vorstellen, der im katholischen Muff aufgewachsen ist, den die 68er Bewegung zumindest geprägt hat, der dann die Hippie-Zeit, Punk und Postmoderne miterlebt hat.

Ja. Tolonen sehnt sich die ganze Zeit nach etwas. Aber er weiß ganz genau, er wird noch nicht einmal rauskriegen, nach was er sich sehnt. Weshalb er auch ein Loser ist. Fatal ist daran, dass er sich in diesem Dasein auch noch sonnt.

Warum hast Du einen Journalisten gewählt?

Es war eine gute Möglichkeit, jemanden detektivisch arbeiten zu lassen. Ich habe selbst als Journalist gearbeitet, wenn auch nicht als eine derart gescheiterte Existenz, sondern als Literaturredakteur für eine Stadtzeitschrift. Aber ich war nie besonders glücklich mit dieser Rolle. Ich war da unzulänglich, zu wenig forschend und nachhakend, nur Feuilletonist, kein Reporter.

In den ersten beiden Fällen, »Rechnung mit einer Unbekannten« und »Schwere Kaliber«, geht es um die Hamburger Schickeria sowie ost- wie westdeutsche Geheimdienstfinten bzw. das Privatfernsehen, den Jugoslawien-Konflikt und Vi-

ren-Attentate. In beiden Fällen folgt Tolonen weniger dem journalistischen Ethos, sondern profitiert finanziell von der Aufklärung der Fälle.

Er ist bestechlich, ja. Meine Geringschätzung des Journalismus kam da zum Tragen: Dass die meisten aus der Branche das Maul weit aufreißen, in Wirklichkeit aber ihren Vorgesetzten und Anzeigenkunden hörig sind, weiß man ja.

Womit wir beim dritten Band wären, bei »Psychofieber«.

Na, endlich (lacht).

In ihm ist Tolonen einmal nicht korrupt.

Und landet deswegen im Gefängnis. Er war zu klug für das, was passiert – und zu doof, um davon zu profitieren. So gesehen ist »Psychofieber« sein Ruhmesblatt: Zum ersten Mal könnte er Geld einsacken, in dem er einfach nur den Mund hält, aber das macht er nicht. Irgendwann ist auch für einen Zyniker der Kanal voll.

Eine klassische Humphrey-Bogart-Geschichte…

Nur ist das Ende ein bisschen gemein, es mutet an, als wolle der Autor seinen Helden loswerden. Andererseits: Gute Krimis enden aussichtslos. Ursprünglich hatte ich noch mehrere Romane über und mit Tolonen geplant, mit dem Band schien es so, als solle es enden.

Was war passiert?

»Psychofieber« war das Buch, welches mir am meisten Kummer bereitet hat. Schon als das Manuskript abgeschlossen war, 260 Seiten, beschlich mich das mulmige Gefühl, hier geht etwas zu Ende. Es gab Andeutungen, »Blauer Mohn« würde bald verramscht. Nach großen Hoffnungen, die man am Anfang natürlich naiverweise hat, entstand nun eher das Gefühl, das war's dann, vergiss es, du bist gescheitert. Es gab ja auch kaum Rezensionen, keine Rezeption. Und nachdem ich das Manuskript abgegeben hatte, war der einzige Kommentar des Lektors: »Das ist ja nicht gerade Dein bestes Buch.«

Hatte er Recht?

Wahrscheinlich. Das Buch war nicht geworden, was ich mir vorgestellt hatte. Ich wollte experimenteller arbeiten, habe mich aber nicht so recht getraut. Also entstand eine Mixtur aus ein bisschen gewagt und ein bisschen konventionell, ein halbgares Ding mit vielen verschiedenen Erzählern.

Und dann wurde die Veröffentlichung abgelehnt?

Nein, das wäre schon durchgegangen. Auf ein mittelmäßiges Buch mehr oder weniger kommt es den großen Verlagen nicht an. Aber mir kam es darauf an. Ich habe mich erst betrunken, danach ausgeschlafen und anschließend das Manuskript in einen Müllcontainer geworfen.

Komm, das ist zu dramatisch. Du hattest ein Back-up.

Alles gelöscht! Das Einzige, was ich behalten habe, war das erste Kapitel. Das habe ich später zur Kurzgeschichte eingedampft – und fünfmal in Anthologien verkauft (lacht). Als ich wieder klar denken konnte, habe ich meinen Lektor angerufen und ihn gefragt, wieviel Zeit ich noch habe. »Vier Wochen«, sagte er. »Okay, dann schreibe ich es neu«, sagte ich. Ich habe ein Exposé verfasst, es abnicken lassen und die Sache dann Kamikaze-artig durchgezogen. Und am schnellsten geht es nun einmal in der Ich-Perspektive. Nebenbei musste ich allerdings noch meine Frau pflegen, die lag mit einer Nierenbeckenentzündung auf der Couch.

Der Stil ist entsprechend, wie mit der Handkante geschrieben…

Ich nannte das damals Prosa der Verächtlichkeit. Mein Vorbild war der Roman noir oder néo polar, speziell Jean-Patrick Manchette. Und das nicht nur, weil er Jazz liebte und einen linksradikalen Hintergrund hatte. Das Programm war aber immer auch, anti-literarisch zu sein, bloß nicht auf die Selbstverliebtheit der Sprache hereinzufallen. Alles Schwülstige: weg! Alles Romantisierende: weg! Es durfte nie das Gefühl entstehen, dass die Sprache mehr ist als ein Handwerkszeug. Ich habe sie sozusagen schlecht behandelt. Hart, klar, wahr und möglichst schnell – so sollte es sein.

Inzwischen ist das anders, wenn ich etwa an Deine St. Pauli-Trilogie denke...*

Inzwischen bin ich flexibler geworden, schätze ich. Bei der St. Pauli-Trilogie, in der die Bände um 1900, 1920 und 1940 spielen, habe ich mir auch sehr viel Mühe gegeben, in der Sprache die Zeit mitschwingen zu lassen. Bei »Psychofieber« passt das Ruppige aber noch, da schwingt viel von den Neunzigern mit.

Hast Du »Psychofieber« für die Neuveröffentlichung erneut gelesen?

Ja. Ich befürchtete, es wäre ein sehr lieblos zusammen gehauenes Buch. Aber nach der Lektüre dachte ich ganz unbescheiden: »Hey, gar nicht übel.« Von heute aus betrachtet ist es ein gutes Porträt einer deutschen Großstadt in den frühen neunziger Jahren. Mit einer Intensität, die man erst einmal hinbekommen muss, und mit allen sozialen Verwerfungen, die sich damals so ankündigten. Wobei mir einfällt: Einen Fehler habe ich entdeckt. Wenn man bedenkt, dass ich das Ding geplant habe, hätte der nicht passieren dürfen.

Du meinst, dass der Mörder am Schluss ziemlich unvermittelt aus dem Hut gezogen wird?

Komplett unnötig. Den hätte man in der ersten Hälfte ein-, zweimal auftauchen lassen müssen, dann wäre es rund gewesen. Immerhin: Von allen Rowohlt-Büchern war

---

* »Die rote Katze«, »Der gestreifte Affe« und »Die schwarze Schlange« erschienen 2004, 2005 und 2006 im Heyne Verlag unter dem Pseudonym Virginia Doyle. Der Polizist Heinrich Hansen ermittelt um die Jahrhundertwende, in den Wilden Zwanzigern und unterm Hakenkreuz auf St. Pauli. In diesem Stadtteil befindet sich inzwischen auch Bracks Büro, das «Gangsterbüro».

»Psychofieber« das, welches sich am besten verkauft hat. Es musste nicht einmal verramscht werden.

Trotzdem war »Psychofieber« das letzte Buch von Robert Brack bei Rowohlt…

Ich hatte einen Endpunkt erreicht. Ich meine, bei meinem Schreiben hatte ich so viele Gesetze aufgestellt, das gefiel mir nicht mehr. Dieses Beharren auf dem Authentischen etwa. Gleichzeitig hatte auch das Lektorat Gesetze aufgestellt. Nur diese Perspektive, nur diese Art der Dramaturgie. Gesetze, Gesetze, Gesetze. Aus diesem Knast wollte ich raus. Und da habe ich endlich kapiert, dass im Krimi die Charaktere Mythen sind und konnte anschließend den Boden des billigen Realismus verlassen.

Weil die Welt, speziell nach dem Mauerfall, zu komplex geworden war?

Ein Krimi, so komplex wie die Welt? Das muss ja nicht sein, das wäre auch langweilig. Je näher man an der Wirklichkeit ist, desto banaler wird es doch. Nein, man muss immer noch einen draufsatteln, noch ein bisschen mehr übertreiben. Das ist realistischer, als wenn du versuchst, naturalistisch zu arbeiten.

Aber damals hast Du noch so gearbeitet. Die Tolonen-Romane wimmeln nur so von sarkastischen Bemerkungen zum Privatfernsehen, zur Kommerzialisierung der Literatur, zur Korruption der Polizei oder dem Haltbarkeitsdatum politischer Versprechen. Alles Themen, die noch heute laufen …

Natürlich guckt man auf das, was typisch, aber noch nicht ausgereizt ist, wenn man einen gesellschaftlich aktuell verankerten Thriller schreiben will. Manchmal hat man das Glück, dass man genau vor dem Trend ist. Was aber nicht heißen muss, dass es irgendjemand mitbekommt (lacht). Es gab so gut wie kein Presse-Echo auf den Roman. Und mein Lektor meinte, dass, wenn das Buch erschienen sei, das Thema des aufkeimenden Rechtsradikalismus schon wieder passé sei. Und dann brannte ein Wohnhaus für Asylbewerber in Rostock-Lichtenhagen, Rechtsradikale warfen Molotowcocktails oder stürmten das Haus mit Baseballschlägern.

Und das Foto eines Deutschen, bekleidet mit dem DFB-Trikot, der in vollgepisster Jogginghose vor dem brennenden Haus den Arm zum Hitler-Gruß erhob, ging um die Welt.

Exakt. Zu der Zeit war ich mit dem Manuskript von »Psychofieber« in Finnland. Als ich daraus las, war es haarsträubend. Ich hatte das Gefühl, ich gehöre zu einer Verbrecherbande. Damals existierte das Klischee, die Deutschen seien alle Nazis, noch stärker als heute. Und dann waren sie es auch noch. Glücklicherweise war genau dies das Thema des Romans.

Wie kam es zu Lesungen ausgerechnet in Finnland?

Das war schon kurios. Mein Gefühl sagt, ich bin als Autor im Niedergang begriffen. Und zur gleichen Zeit werde ich vom Goethe-Institut nach Finnland eingeladen.

Wie hast Du die frühen neunziger Jahre eigentlich erlebt?

In den frühen neunziger Jahren war die Euphorie – andere sagen: der Schock – über die Wiedervereinigung abgeflaut. Überall herrschte der Zusammenbruch. Den der DDR und der UdSSR kann man natürlich positiv sehen – endlich Freiheit, Freiheit. Aber man merkte damals schon, dass da etwas nicht stimmt. Die im Osten hatte man über den Tisch gezogen. Und das versprochene goldene Zeitalter brach auch nicht an, bis heute nicht. Es wurde auch nicht einfacher, konfliktfreier, internationaler. Stattdessen taten sich lauter kleine Unsicherheiten auf. Das Dumme, Schlechte und Negative, das vorher fest gefügt war, das zerbrach alles. Kennst Du das Märchen »Die Schneekönigin« von Hans Christian Andersen?

Nur dunkel.

Ein grausames Märchen. Eigentlich ist das gar kein Märchen, sondern etwas ganz anderes. In ihm gibt es einen Zauberer, der einen Spiegel herstellt, der alles Wunderbare verzerrt und als hässlich darstellt. »Die schönste Landschaft sah aus wie gekochter Spinat«, an den Satz erinnere ich mich noch. Als der Zauberer diesen Spiegel Gott vorhalten will, zerspringt er in tausend Stücke, die Splitter verteilen sich über die Menschen auf der ganzen Welt. Geraten sie ins Herz, wird man kalt wie Eis, geraten sie ins Auge, nimmt man alles mit dem bösen Blick wahr. So kamen mir die neunziger Jahre vor: Das große Böse war nicht weg, sondern multiplizierte sich im Kleinen und setzte sich überall fest.

Das Zeitalter der Unübersichtlichkeit begann …

Ökonomisch ging es nach dem Mauerfall nur noch um das Kapern und Ausweiten von Märkten. Kulturell war das aber durchaus spannend: In der Musik, die ja in »Psychofieber« eine gewisse Rolle spielt, gab es HipHop, Techno hatte gerade den Höhepunkt überschritten, es gab Retro-Soul, Acid-Jazz. Auch dort gab es das Zersplitterte also, andauernd kam etwas Neues, blitzte auf, verschwand wieder.

Der Robert Brack der Rowohlt-Zeit verschwand auch, tauchte aber bei der Edition Nautilus wieder auf, quasi runderneuert.

Mit »Das Mädchen mit der Taschenlampe«, das ich ursprünglich bei Rowohlt machen wollte, dann aber zurückzog. Tatsächlich hätte dieser »Nouveau roman noir«, wie ich ihn nannte, in der rororo-Reihe nichts zu suchen gehabt.

Weil es ein Meta-Krimi war?

Weil ich gegen alle Gesetze angeschrieben habe. Der Roman spielte in der Werbeszene, die zu der Zeit nicht mehr als Gehirnwäsche galt, sondern als Kunstform. Es gibt eine Hauptfigur, die nicht kommunizieren will, einen Kommissar, der nicht ermitteln will, ein Opfer, das allen gleichgültig ist. Und der Leser wird animiert, sich auf den Brettern der Logik vorzutasten, die sich aber als ziemlich morsch erweisen.

Was Dir Deinen ersten Preis einbrachte, den »Marlowe« der Raymond-Chandler-Gesellschaft.

Als ich hörte, die Raymond-Chandler-Gesellschaft habe das Buch zur Ansicht bestellt, dachte ich, das sind bestimmt irgendwelche verrückten Professoren in Ulm, die finden den Roman klasse, weil er total verschroben ist. Und genauso war's.

Während Robert Brack in Richtung Experiment marschierte, tauchte aber bei Rowohlt Virginia Doyle auf, die fast klassische Krimis um den Sherlock-Holmes-artigen Amateur-Detektiv Jacques Pistoux und seinen Watson-gleichen Küchenjungen verfasst. Wie kam es dazu? Ich dachte, Du bekamst bei Rowohlt kein Bein mehr auf den Boden…

Rowohlt hatte empfindliche Lücken im Programm, die ausgefüllt werden mussten. Bei mir gab es empfindliche Lücken auf dem Geschäftskonto, die ebenfalls gefüllt werden mussten. Mein Lektor schlug dann vor: »Schreib mal einen Landhaus-Krimi, so richtig englisch. Und am besten unter weiblichem Pseudonym, weil es sich dann besser verkauft. Im Verlag muss das ja keiner wissen.« Man kann das als kühle Kalkulation sehen, aber es war durchaus Leidenschaft dabei. Für die Unterhaltungsliteratur des 19. Jahrhunderts, für den Spaß an der poetischen Inszenierung über den Roman-Plot hinaus. Die Lust am Kulinarischen kam noch dazu. Leider hat Frau Doyle etwas spät bemerkt, dass sich ein Koch schlecht als Serienheld eignet. Pistoux braucht jedes Mal einen neuen Job, eine neue Küche, dann muss auch noch ein Mord passieren – hör mir auf. Inzwischen wäre mir ganz lieb, sie würde ihre Bücher selbst schreiben. Und das apologetische Moment an den Büchern geht mir auch ziemlich auf die Nerven.

Dafür hast Du mit den Lenina-Rabe-Romanen wiederum ein Gegengift, oder?*

Da habe ich völlig die Seite gewechselt. Weg von einem zynischen Alten wie Tolonen, der nur ums Überleben kämpft. Hin zu den für etwas kämpfenden, für eine bessere Welt kämpfenden jungen Frauen. Was habe ich für eine hohe Meinung von den Frauen (lacht). Wobei der erste Band »Lenina kämpft« insofern thematisch wieder direkt an »Psychofieber« anknüpft, als es wieder einmal um Rechtsnationale in der Politik geht, gehen muss.

Ist das Tolonen-Kapitel eigentlich komplett abgeschlossen?

Ganz tot ist er noch nicht. Irgendwie fände ich es spannend, ihn wieder auferstehen zu lassen, zu sehen, wie er heute drauf ist. Es gibt bereits ein klitzekleines Exposé. Wer weiß... Den ersten Satz habe ich schon ein paar Mal ausprobiert.

---

* »Lenina Kämpft«, »Haie zu Fischstäbchen« und »Schneewittchens Sarg« erschienen 2003, 2005 und 2007 in der Edition Nautilus. Die anarchistisch angehauchte Privatdetektivin wider Willen Lenina Rabe ermittelt hauptsächlich im Hamburger Stadtteil Ottensen, der sich in den letzten Jahrzehnten vom pittoresken Arbeiterquartier zum teuren Szeneviertel entwickelte.

Die deutschsprachige Kriminalliteratur hat keine Tradition? Stimmt, aber sie könnte eine haben.

Die **Criminalbibliothek 1850-1933** portraitiert die Epoche in zehn herausragenden Beispielen, manche seit hundert und mehr Jahren erstmals wieder in gedruckter Form zugänglich. Die ausführlichen Nachworte des Herausgebers sind zugleich der Versuch, erste Umrisse einer »Geschichte der deutschen Kriminalliteratur« zu zeichnen.

Emilie Heinrichs
LEIBRENTEN (1866)
Roman aus der Gegenwart
Band 1 der »Criminalbibliothek 1850-1933«
Hrsg. Dieter Paul Rudolph
Brosch., € 13,80
ISBN 9783936791563

Kriminelle Sittengeschichte Deutschlands
Editionsplan

Egon Eis
Duell im Dunkel (1957)
Schwarzmarkt und Schmuggel im Hamburger Hafen. Die Anfänge der Organisierten Kriminalität. Mit einem Nachwort von Michael Töteberg.

Hansjörg Martin
Kein Schnaps für Tamara (1966)
Schleswig-Holstein 1951. Die Tunesierin Tamara wird tot in einem Zugabteil entdeckt. Sie wollte zu dem Mann, der sich während des Afrika-Feldzugs bei ihr versteckt hat. Mit einem Portrait des Autors von Frank Göhre.

Friedhelm Werremeier
Taxi nach Leipzig (1970)
1968: der Kriminalkommissar Trimmel (der erste »Tatort«-Kommissar) reist illegal nach Leipzig. Er ist einer deutsch-deutschen Geschichte auf der Spur. Mit einem Portrait des Autors von Frank Göhre.

-ky
Einer von uns beiden (1972)
Berlin der 60er Jahre. Wahlkampf, Studentenproteste, falsche akademische Titel, Erpressung. Mit einem Portrait des Autors von Jürgen Alberts.

Michael Molsner
Rote Messe (1973)
Der Polit-Krimi der 70er Jahre. Mit einem Portrait des Autors von Jürgen Alberts.

Irene Rodrian
Schlaf, Bübchen, schlaf (1980)
Das Psychogramm eines »ganz normalen Mannes«. Mit einem Portrait der Autorin von Frank Göhre.

Helga Riedel
Einer muss tot (1983)
Deutsche Lehrerin liebt Türken. Ehehölle, Mord. Mit einem Nachwort von Frank Göhre.

Peter Schmidt
Die Regeln der Gewalt (1984)
Politthriller über die Zusammenarbeit des Ministeriums für Staatssicherheit mit der RAF. Mit einem Nachwort von Jürgen Alberts.

Peter Zeindler
Feuerprobe (1991)
Der DDR-Spion Gerd Brenner weiß nicht, wie es weitergehen soll. Mit einem Portrait des Autors von Frank Göhre.

Robert Brack
Psychofieber (1993)
Auf einer Elbinsel wird die Leiche einer jungen Frau gefunden, während Rechtsradikale die hanseatische Bürgerschaft zu sprengen versuchen. Mit einem Nachwort von Helmut Ziegler.

Peter Faecke
DIE TANGO-SÄNGERIN
Roman. Die Kommissar Kleefisch-Serie
Geb., € 15,90
ISBN 9783936791556

Es treten u.a. auf:
Die Generäle und der Admiral der argentinischen Militärjunta. Oberst Perón und Evita. Der Bundeskanzler. Noch ein Bundeskanzler. Berti Vogts. Eine Tango-Sängerin, die kahl ist. Und die Hamburger Werft Blohm&Voss, die Fregatten für den Admiral baut.